Harald Gerlach
Windstimmen

Harald Gerlach

Windstimmen

Roman

Aufbau-Verlag

Dieses Buch wurde durch den Deutschen Literaturfonds, Darmstadt, und durch die Stiftung Kulturfonds, Berlin, gefördert.

ISBN 3-351-02370-7

1. Auflage 1997

Einbandgestaltung Henkel/Lemme
Satz LVD GmbH, Berlin
Druck und Binden Clausen & Bosse, Leck
Printed in Germany

Wem Zeit wie Ewigkeit
Und Ewigkeit wie Zeit,
Der ist befreit
Von allem Streit.

Jakob Böhme

… es gilt mir gleich
es mags einer glauben oder nicht
und wers nicht glauben will
der mag einen andern Weg ersinnen

Grimmelshausen

1. Buch
Legende

I

Robert der Einarmige verläßt das Erzgebirge, als die letzte Silberstufe der Fundgrube Daniel leergefahren ist. Blindlings trotten die Göpelgäule den letzten Gang: gradwegs zur Abdeckerei. Verlassen steht das Erzscheidehaus. In der Bergschmiede sinkt das Feuer für immer, und mit ihm Roberts Hoffnung, hier künftig noch sein Brot zu finden.

Der Berg hat seinen Ausverkauf mit einem kaum merklichen Beben angezeigt, das Mutter Gustl am Flackern des Kienspans abliest. Sie schaut in den Kaffeesatz und weiß, was die Stunde geschlagen hat. Roberts Arm, dem man die Kraft und die Fertigkeit von zwei gesunden Händen nachsagt, ist über Nacht ohne Arbeit. Das Glück, sagt Mutter Gustl, ist ein verwöhntes Mensch, dem du hinterdreinlaufen mußt! Seit neun Nächten, sie weiß es, rennt ein Hund mit glühenden Augen um den Schneeberg. Da ist nichts mehr zu erhoffen. Sie räumt den Wäschekorb beiseit, läßt Robert ein Dielbrett anheben und in der Sandschüttung graben. Zutag kommt ein irdener Hafen, darin ihr Erspartes aufbewahrt ist. Das stammt aus besseren Tagen, als mit dem ersten Silberfund auf Sankt Dorotheen das Berggeschrei anhub. Aus allen Winkeln des Landes kamen sie in die windige Ansiedlung. Man konnte den Herzog Albrecht zum Frühstück unter Tage laden: an eine Erzstufe, die gut vierhundert Zentner gediegen Silber hergeben sollte. Aber: Bergglück, man weiß es, hat nicht ewig Bestand! Das Knarren der Schneeberger Münze, auf der einst die berühmten Schnieber geprägt wurden, ist lang verstummt. Ungenutzt gehen die Wasser des Filzteichs zu Tal. Still stehen die Kunstgezeuge.

Der Topf enthält außer den Münzen eine dunkle Haarsträhne, die Mutter Gustl ohne Erklärung in ihrer Schürzentasche verschwinden läßt. Sie stammt vom inzwischen verkahlten Haupt des Schlemaer Hufschmieds. Gustl ist ihm eines heißen Sommertags übern Weg gelaufen, als sie vom Markt in Hartenstein kam. Und sie hat auch danach noch an etlichen Markttagen in der Schlemaer Schmiede Einkehr gehalten. Sie trug da ein Stück Leben davon, das ihr anders nicht gelingen wollte. Wie lang, guter Gott, ist das her? Ihre Ehe mit Spiller-Hühndl, der in den Berg fuhr, bis der ihn bei sich behielt, war durch die Schlemaer Episoden nicht beeinträchtigt. Als Robert zur Welt kam, sah Spiller-Hühndl keinen Anlaß, an der legitimen Abkunft des Sprößlings zu zweifeln.

Ein verwöhntes Mensch, wiederholt die Mutter mit Nachdruck, dem du hinterdreinlaufen mußt! Die Hand in der Schürze trennt sich von der gehüteten Reliquie. Gustl knotet das Silbergeld in ein Leintuch und übergibt es dem Sohn samt einem ovalen Holzschächtelchen. Das enthält ein Pulver, gerieben aus den Wurzeln von Nieswurz und Angelika, aus Gerste, Roßkastanie und dem Holzmehl eines geweihten Kreuzes. Die Mutter bezieht es von den Laboranten in Bockau; es hilft zuverlässig gegen drei Dutzend Leiden. Und sofern mans getreulich bei sich trägt, schützt es vor Gefahren. Gustl schlurft zur Ofenbank, kauert da fröstelnd bis zum Abend. Robert sieht am Fenster eine Krähe mit zwei Köpfen. Er rührt Sauermilch mit Honig. Gustl schlägt den Trank aus. Sie friert jetzt heftig. Robert schürt den Ofen bis zur Weißglut. Brüht getrocknete Minze. Die Mutter atmet gierig den ätherischen Duft, trinkt aber nicht. Ihr Puls geht langsam, flattert plötzlich wild. Knarrend öffnet sich die Stubentür. Niemand tritt ein. Gustls Blick sucht den Sohn. Noch einmal öffnet sich der Mund. Kein Wort kommt über die trockenen Lippen. Mit klatschendem Flügelschlag streicht die Krähe ab. Robert schließt der Toten die Augen.

Er bleibt nicht allein mit der Leiche. Zweifel gesellen sich ihnen zu. Warum weglaufen? fragen sie. Der Berg ist ein Rätsel. Wer kann heute wissen, was er morgen preisgibt?

Da richtet sich der steife Körper der Mutter noch einmal auf. Die verkrampfte Hand öffnet sich, weist ein Stück Pechblende vor, in Gestalt einem Fisch ähnlich. Es ist lang entschieden, sagt Mutter Gustl mit fremder Stimme. Saturn, Jupiter und Mars sind sich im Zeichen der Fische begegnet. Da war es aus und vorbei mit dem Glück in Schneeberg. Jeder Ort hat seine guten Tage; sie sind gezählt. Johannes Stöffler, den die einen den neunmalklugen Schwarzmaler heißen, die andern den erleuchteten Hellseher, der Stöffler hat es vorhergesagt; keiner wollte es glauben. Verzweifelt haben sie weitergegraben. Aber die Spuren im Gedinge waren bloß noch Erinnerung.

Gustl breitet die Arme, ein lebendes Kreuz. Daniel in der Löwengrube, ruft sie, der den Bergbau behüten soll, ist von den Bestien gefressen. Sie haben die Gesichter von Räubern und Mördern. Die Knochen liegen verstreut, die Fratzen lekken sich die Lippen. Der Engel in Sankt Wolfgang hat gestutzte Flügel. Die Sorge kommt den Berg herauf. Ich hör ihren harten Knöchel an der Tür.

Lautlos sinkt die Tote zurück auf ihr Lager. Robert legt der Mutter zwei Münzen auf die gebrochenen Augen, daß die Geister sie nicht länger heimsuchen. Anderntags hebt er die Grube aus, läßt die Messe lesen, trägt die Leiche zum Kirchhof. Verknotet sein Bündel und geht talwärts aus dem Ort, auf Schlema zu. In seinem Rücken schweigt der Mittagsschatten von Sankt Wolfgang.

Wohin des Wegs? fragt ein Häusler unterm Drachenkopf.

Das, erwidert Robert, wüßt ich auch gern. Und schreitet aus, ohne den Blick noch einmal zu wenden. Beim Gehen empfindet er eine merkwürdige Leichtigkeit. Seine Schritte führen ihn die vom Schmelzwasser tief ausgewaschene Fahrstraße talab. Er achtet auf jeden Tritt. Zugleich aber schaut er sich von irgendwo weit oben zu: einem Mann, der ohne einen Anflug von Wehmut die zersiedelte Gebirgslandschaft verläßt, in der er die bisherigen drei Jahrzehnte seines Lebens verbracht hat. Er ist in der Stunde seines Abschieds, zugleich aber auch außer ihr, geht durch den Schnee von gestern, zecht noch einmal im Kretscham Zur Weile, liegt mit der Schäfergrete im stockigen Heu am Filzteich, durchlebt erneut, wie der Balbier blutige Fetzen von seinem Armstumpf trennt, während die abgerissene Hand in der Erzwäsche Rotes Pochwerk ausblutet. Er steht stumm und tränenlos am frisch aufgeworfenen Grabhügel der Mutter, unterdes er die letzten Häuser hinter sich läßt. Nur das längst verhallte Klappern der Pochwerke folgt ihm noch eine Wegstrecke weit.

Als es ihn nicht mehr erreicht, empfindet er die Stille schmerzlich. Jemand beginnt zu singen. Das Berglied. Und er hat sein helles Licht bei der Nacht schon angezündt. Ist das seine Stimme? Irgendwann setzt er sich an den Wegrand, sieht zu, wie er weiterläuft. Und lauscht eine Weile seinem sich entfernenden Lied, kontrapunktiert vom Geriesel des ungetrübt talwärts gehenden Bergwassers. So entkommt Robert der Einarmige der Churfürstlich-Sächsischen Freien Berckstat Schneeberge, darin seine Vorfahren durch etliche Generationen fette wie magere Jahre überdauert haben. Er weiß, es ist ein Abschied für immer.

Das geschieht im späten Herbst. Als es Winter wird, geht Robert über die Grenze. Der oberschlesische Bergbau ist sein Ziel: dort erhofft er sich Arbeit. Aber so weit kommt er nicht. Der östliche Winter läßt schon in der niederschlesischen Tiefebene die Muskeln spielen. Die Tage klirren vor Kälte. Die Nächte in Heuschobern sind für den fahrenden Gesellen die Hölle. In weglos verschneiter Einöde narrt ihn die Schneejule. Am eigenen Haar zieht Robert sich aus mannstiefen Wehen.

Bis in die Seele verfroren, sucht er Wärme am Feuer einer kleinen Dorfschmiede, vertraut auf die Wirkung der ovalen Holzschachtel aus Bockau und fragt in beschäftigungsarmer Zeit um Arbeit. Die Meisterin ist stumm, der Meister maulfaul. In der Schmiede herrscht ein lautes Schweigen, zerteilt vom Fauchen des Blasebalgs. Robert preist seine Fertigkeiten an. Skeptisch starrt der Meister auf den fehlenden Arm. Das letzte Wort hat die Meisterin. Ihr stummes Nicken heißt: Robert darf bleiben. Dankbar umklammert seine Hand die Spanschachtel mit dem Zauber aus Nieswurz und Angelika.

Der Ort heißt Treben, liegt in der Tiefebene unterm Nordhang des Riesengebirges, am Ufer des Flusses Bober. Endlose Heidewälder umgeben das Dorf. Die Winter sind streng hier. Und lang. Der Meister ist von der Gicht geplagt. Wenns arg kommt, muß er den Führhammer fahrenlassen. An solchen Tagen riecht das eingeschossige Ständerhaus nach Rindenaufgüssen und heißem Kuhmist. Robert hat im Gepäck eine Fußzange, ein sinnvoll konstruiertes Dreibein mit Greifer und Pedal, mit dem er das Werkstück auf dem Amboß fixiert, um es einhändig auszuschmieden. Je länger der Winter währt, desto mehr geht die Arbeit an den Gesellen. Der Schmied kommt tagelang nicht auf die Beine.

Samstags schabt die Frau ihm den Bart. Dann geht der Meister zum Stammtisch. Die Stumme bemißt aus bauchiger Flasche je eine Daumenbreite Machandelschnaps in zwei Wassergläser. Robert erhält den kleineren Anteil. Hastig schütten sie das scharfe Zeug kehlab. Die Meisterin breitet ein Tuch auf den gestampften Lehmboden der Küche; ihr eheliches Lager bleibt unbefleckt. Sobald sie erlöst ist, schüttelt sie den Einarmigen ab, bindet die Schürze um und macht sich am Herd zu schaffen. Am Ende des Winters, dessen ist Robert gewiß, wird er den kalten Ort verlassen.

Doch mit der Schneeschmelze läuft ihm Baluschek-Wanda übern Weg, die mit den polnischen Schnittern von Myslowitz kam und als Zweitmagd auf dem Steinhof geblieben ist. Der Blick aus slawischen Augen trifft Robert wie ein Wetterstrahl. Abends wartet der Geselle unterm Steinhoftor.

Ein reifer Apfel, sagt man in Treben, hängt nicht lange übern Zaun. Ob nun Robert ihn pflückt oder ob er ihm in den Schoß fällt – in Treben heißt es: sie haben sich erkannt. Und Wanda ist überzeugt, ein Schock Sperlinge sei ihr durch die Beine geflattert. Die stumme Meisterin quittiert es mit Schweigen. Fortan trinkt sie samstags zwei Daumenbreit Machandel. Allein.

Die Steinhofbäuerin warnt. Verhübscht ist als wie besuffa, sagt sie. Und: sieh ocke – a Krippel! Derzu noch a Fremder!

Zwei Arme, ein Arm – macht nix für Liebe. Weiß Wanda. Und: was heißt fremd?

Schlesien ist Grenzland. Vorm Heidewald sind Spuren der Dreigräben, bis zu den Sümpfen von Greulich. Dazwischen wölben Schanzen. Die Landwehr war Grenze zwischen Lausitzer Wenden und schlesischen Slawen, in friedlichen Zeiten durchlässig wie ein grobes Mehlsieb. Wer in solcher Landschaft will seine Abkunft bestimmen? Wer ist hier fremd, wer daheim?

Die Gesellenkammer, in der Robert nächtigt, liegt überm Ziegenstall. Dahin trägt nun Wanda ihr frisches Laken. Aus Roberts Mund schlüpft ein Silberfaden, steigt in die Nacht – es ist die Kälte, die ihn verläßt. In ihrer ersten Nacht sitzt auf dem Schmiedefirst ein weißer Vogel. Den hat man in Treben noch nicht gesehen. Zu später Stunde geht die Meisterin nach den Tieren schauen. Über sich in der Kammer hört sie die spitzen Schreie der Polin. Schmerzhaft krampft sich ihr Herz zusammen. Doch sie kann sich lange nicht lösen.

Auf Ostern vergißt der Schmied, die vor Festtagen vorgeschriebenen drei kalten Schläge auf den Amboß zu tun, die das Unglück fernhalten. Sein Schicksal ereilt ihn noch in der gleichen Nacht. Während er in Thiemanns Wirtschaft zecht, ruft vorm Fenster das Käuzchen. Um die Mitternacht taumelt er trunken aus der Kneipentür. Am Karmorgen findet ihn der Wirt, ersoffen in der Sottengrube. A Irrlichtla, sagen die Bauern, habe ihn wohl verführt. Gehört hat niemand nichts.

Die Schmiede steht zum Verkauf. Robert entknotet das Leintuch mit dem Silber aus Schneeberg. Die Meisterin holt noch einmal die bauchige Flasche vom Kannrück. Mit dem Machandelrest besiegeln sie nüchtern das Geschäft.

Hab und Gut der Stummen sind auf dem Ackerwagen verstaut. Als sie vom Hof fährt, ruft sie Robert kehlige Laute zu. Sind es gute Wünsche, ist es ein Fluch?

In Treben ist mans gewohnt, mit Dingen zu leben, die nicht geheuer sind. Wu keener nischte Genaues nie weeß, sagen die Bauern. An der Knorpelbuche hört man zur Mitternacht ein Glöcklein klingen. Niemand ist, der es läutet. Ein Einsiedel soll da gehaust haben. Und im Heidewald geht der aale

Baudenoswald um, der auch im Tode nicht aufhören kann, Holz für den Winter zu schlagen. Nacht um Nacht hört man seinen Axtschlag im Forst. Damit läßt sich leben. Schwerer wird es, wenn ein Bannspruch im Spiel ist. Als in der Grundmühle die Magd schwanger war, hat der Müller einen Meineid geschworen, daß es nicht von ihm sei. Da hat die Magd die Mühle verflucht. Von da an ist blutiges Mehl aus dem Mahlwerk gekommen. Der Müller ist wunderlich geworden. Am Ende hat er sich im Mühlschacht ertränkt.

Wanda hat im Steinhof ihren Abschied genommen. Robert nagelt den Gewerkspruch ans Schmiedetor:

Ich Huffschmidt ka die Pferd beschlagn
Darzu die Räder, Karn und Wagn
Schwäntzen und lassen ich wol kan ...

Wanda läßt sich das vorlesen und lacht schallend auf. Was es mit diesem »Schwäntzen« und »Lassen« wohl auf sich habe, möchte sie genauer wissen. Und Robert, der es ihr zeigen will, legt sie in die Hundskamille hinterm Alteisen. Es braucht drei Augenblicke, bis Wanda begreift, wo sie zu liegen gekommen ist. Doch da ist es schon zu spät, da sind ihr die Wespen, ein ganzes Nest, schon unterm Rock. Kreischend rennt Wanda übers Grundstück, landet im Bach. Bis zum Nabel im Wasser, kühlt sie ihr Mißgeschick.

Mit der Frühjahrsbestellung hebt die Arbeit erst richtig an. Der Blasebalg faucht vom ersten Frühlicht bis Sonnenuntergang. Wanda geht dem neuen Schmied zur Hand. Beim Hufbeschlag hält sie den Pferdefuß. Was das Dreibein nicht hergibt, das macht Wanda. Und abends kommen die Sperlinge.

Wanns Glicke ieber Nocht tutt vur a Tierdl scheißen, heißt es in Treben, tutts nu nee nich am jedigen gutt riechen.

Die einsamen Walddörfer aus der Siedlerzeit sind mißtrauisch gegen Zugereiste. Kommen her und setzen sich ins gemachte Nest, sagen verächtlich die Nachfahren der Kolonisten. Aber der Eifer des neuen Schmiedes spricht sich herum.

Und bald kommen Bauern aus Kreibau, Strags und Baudendorf und lassen bei Robert arbeiten.

A scheenes Furtkummen, bescheinigt der Scholze dem neuen Schmied.

Einzig der Steinhofbauer neidet dem Zugereisten das Glück. Die Polackin, streut er im Dorf aus, sei ein liederliches Mensch, das sich mit jedem einläßt. Auch ihm habe sie sich an den Hals werfen wollen. Er sei froh, die schamlose Schwuchtel vom Hof zu haben.

Vorerst läuft die Saat seiner Nachreden nicht auf. Aber Robert, der davon mehr ahnt als hört, spürt um sich eine Unsicherheit wachsen, für die es keine Worte hat. Treben ist ein Waldhufendorf aus der Zeit, als der Piastenherzog Heinrich Siedler aus der Pfalz, aus Franken und Thüringen ins Land rief. Als Siedlungsmaß galt die fränkische Hufe – das sind hundert Schritt Straßenanteil auf fünfundzwanzig Hektar gerodeten Boden. Alle Häuser in Treben stehen traufseitig zur Straße. Wenn Robert dorfab geht, empfindet er es zunehmend als Spießrutenlauf. Die Fenster scheinen schadenfrohe Augen zu sein. Aus den Höfen widerhallen, unartikuliert, kehlige Laute. Sind es Bannflüche der Stummen?

Auf Bonifazius sieht Robert zum ersten Mal den Großen Leuchter, ein Skelett, aus dessen Rippen bläuliche Flammen brennen. Das Licht dreier Steiger geht in ihm um, die in der Grube Anne Marie verschüttet sind. Wo der Große Leuchter sich zeigt, dort hat man Unheil zu gewärtigen. Robert hört ihn raunen. Wer glücklich übern Fluß ist, grummelt das Spukding, ertrinkt leicht im Bach.

Um die Geisterstunde irrt Robert heimatlos durch das nächtliche Dorf. Die Straßen sind leer, die verschlossenen Häuser weisen ihm die kalte Schulter. Er geht, ein Fremder, von lautlosen Bedrohungen umstellt. Stolpert in der Dunkelheit über Stock und Stein – alle Dinge scheinen gegen ihn verschworen. Das Sirren unsichtbarer Flügelschläge ängstigt ihn, ein warmer Luftzug streift, als schlüge ihm fremder Atem entgegen, sein Gesicht.

Inmitten der Stille plötzliches Lärmen: unbespannt rollt ein Ackerwagen die Dorfstraße herab, der Zufall führt die Deichsel. Die Fuhre ist in bläuliches Licht gehüllt. Auf dem Wagen stehen Burschen, umringen den Steinhofbauern. Auf hoch erhobenen Armen trägt der einen nackten Frauenkörper: Wanda! Roberts Mund öffnet sich zum stummen Schrei. Die Hand bleibt leer, die nach dem Schatten greift. Der Spuk entschwindet, funkenstiebend auf zwei Rädern rasselnd, ums Eck der Badstubengasse. Der Schmied steht am Rand einer stinkenden Jauchegrube, aus der der ertrunkene Meister steigt. Grinsend bleckt das schadhafte Gebiß. Der Alte krächzt: Auge um Auge, Frau um Frau! Und taucht wieder unter.

Unsicher tastenden Fußes, die Hand voraus ins undurchdringliche Dunkel gestreckt, gelangt Robert vor die Schmiede. Sieht hinter den verrußten Scheiben den Widerschein des Schmiedefeuers. Wer hat es aufgeschürt? Er hört den vollen Klang eines Schmiedegeläuts, dem nicht, wie bei ihm, der helle Klang des Führhammers fehlt. Im ruhigen Wechsel der Schläge singt das Eisen. Dies ist nicht sein Arbeitsrhythmus. Wer ist da am Werk, um diese Stunde? Der Hammerlaut schweigt. Aus der nächtlichen Werkstatt klingt Wandas fröhliches Gelächter. Der Schmied wendet sich ab, tappt, ein Blinder, durch die feindliche Nacht. Ein Gang ins Nichts, bis er den Boden unter den Füßen verliert, in rasendem Fall abwärts stürzt – und erwacht: schweißgebadet. Ihn schwindelt. Die Hand tastet hilfesuchend nach dem warmen Körper der Frau an seiner Seite. Und trifft auf einen Stein.

Einen Steinwurf hinterm Dorf, auf der Ebene gegen das Greulicher Bruch, steht hager eine Gestalt, gelehnt auf den Schaufelstab. Schäfer Liebs. Steht und lauscht in den Wind.

Zögernd tritt der Schmied zu ihm. Was gibts zu hören?

Stimmen.

Wer spricht da?

Niemand. Die Geschichten reden. Sie wollen nichts erklären.

Robert will den Windfang am Wohnhaus erweitern und geht im Forst eine Kiefer fällen. Wie er die Säge ansetzt, läuft stoßweise Blut aus dem verletzten Holz. Erschrocken verbindet er die Wunde mit Krauticht und kehrt mit leerem Wagen zurück in die Schmiede. Verliert kein Wort über das Vorgefallene. Entdeckt am gleichen Abend eine frische Verletzung an seinem Bein. Die will nicht heilen, bis Wanda die Hand auflegt und das Bein bespricht. Hexe, denkt Robert. Die Wunde verschwindet, der Schmerz bleibt.

Im Biergarten vor Thiemanns Kneipe sitzt allabendlich der alte Efler-Gustav, wartet geduldig, daß einer der Bauern ihm a Grußes und an Kleenen spendiert, reibt im Wechsel die Gichtknoten auf beiden Händen, sieht auf die Welt, priemt und schweigt. Ganz selten nur brabbelt er vor sich hin: Stellen aus den theosophischen Sendbriefen des Gottweisen Jakob Böhme. Ein Magnet zeucht den andern, sagt der Efler. Ein Licht erklärt das andere, eine Liebe rühret die andere, ein Geist wirket in dem anderen, der Stärkere in dem Schwachen, aber auch umgekehrt.

So recht beim Wort mag niemand ihn nehmen. Aber zu widersprechen wagt keiner. Zu vieles geschieht im Landstrich, das sich nicht erklären läßt. Mütter, die im Kindbett sterben, kommen bei Nacht und windeln und stillen ihr Kind. Wer falsch geschworen hat, dem wächst die Hand aus dem Grab. Und wenn es selbst der Scholze ist. Das Grabmal der seligen Frau von Frankenberg weint aus den steinernen Augen, als ihr Mann sich neu verehelicht. Und einem Soldaten, der dem Schuster die Stiefel nicht bezahlt, hats die Beine weggerissen. Seither laufen die Stiefel mit den abgeschossenen Beinen darin nachts um das Dorf.

Wenn Robert bei Thiemann sitzt, beunruhigen ihn die abwesenden Augen des Alten. Zu allen Tragödien, die in Treben geschehen und bei Thiemann beredet werden, merkt der Efler-Gustav an: Nischte asunste ist schwar wies Labn.

Robert verlor seinen linken Arm, als er sich mühte, die Transmission der Erzwäsche bei laufendem Rad zu richten.

Damals schien ein Weiterleben ohne fremde Hilfe nicht denkbar. Über die Jahre, die diesem Verlust folgten, lernte er, sich einhändig behelfen. Es war eine zweite Geburt, ein erneutes Abnabeln von Mutter Gustl. Robert glaubte endlich, nun jeder Herausforderung durch das Leben gewachsen zu sein. Doch die Verluste nehmen kein Ende. Sie treffen immer tiefer, hinterlassen schwärende Wunden, denen nicht mit dem Üben von Fingerfertigkeiten beizukommen ist.

Am zeitigen Morgen steht Robert in der Schmiede, starrt aufs Zainzeug. Ein Roheisenstab, den er gestern bereitlegte, fehlt. Hat ihn jemand zum Band ausgeschmiedet? Unter der Esse schwelt die Glut. Wer hat sie aufgeschürt? Woher stammt der Reif, den er um sein Herz gelegt hat?

Wanda ahnt nichts vom Gerede im Dorf. Sie spürt, wie der Schmied sich verschließt, seiner Wege geht. Als sie ihn anspricht, wendet er sich ab.

Wenns ihm nach Reden ist, wird er schon zu mir kommen, tröstet sich Wanda. Und nimmt die Dinge, wie sie sind.

Und dann geschieht, ohne daß es sich angekündigt hätte, das Unerklärliche. Für das die Betroffenen vergeblich nach einem handfesten Grund suchen. Wanda ist dem Schmied tagsüber zur Hand gegangen. Es ist spät geworden; längst hat es zu Abend geläutet. Sie wolle jetzt das Essen bereiten, hat Wanda gesagt. Robert hat genickt. Wie lang ist das her? Der Tisch ist gedeckt, das Brot geschnitten. Niemand nimmt Platz. Geduldig wartet die Frau. Längst ist der Arbeitslärm in der Schmiede verstummt. Spät am Abend steht sie in dem verlassenen Werkraum. Was geht hier vor?

Eine Tür bewegt sich im Wind. Niemand hat die Hand auf die Klinke gelegt. Spinngeweb verhängt den Zutritt. Flusen wölken hinter der Schwelle. Der Abdruck keines Fußes im Staub. Aber: Seufzer gehen um im Gebälk. Ein unterdrückter Klagelaut. Ein verstohlenes Rascheln von Batist. Wenn die Toten gegangen sind, ihr Leid läßt einen Widerhall zurück.

Das kann doch nicht alles sein, sagt Robert zu seinem Schatten, der seinen Bewegungen nur zögernd und ungenau folgt.

Wieviel ist alles? Der Schatten redet mit der erstorbenen Stimme von Mutter Gustl.

Die Toten, weiß Robert, müssen ewig den Kopf hinhalten. Viel Schuld läßt sich in ihre verfaulten Schuhe schieben. Die Toten haben den geringsten Frieden.

Du, sagt er, hast vom Gehen gesprochen!

Wieviel ist alles? wiederholt die dumpfe Stimme der Mutter.

Wer nur die Pfütze kennt, entscheidet Robert, der hält am Ende den Tümpel für das Meer.

Hinterm Dorf schickt der Heidewald seine Ausläufer bis hinunter ans Boberufer. Davor dehnt sich, in sanfter Rundung aufgewölbt wie ein trächtiger Leib, die Sanddüne. Bei Westwind weht eine dünne Fahne von ihrem dorfseitigen Ende. Dann nehmen die Frauen die Wäsche von der Leine. Jetzt, im bleiernen Frühlicht, liegt die Windseite in kühler Glätte, hebt und senkt sich in ruhigen Atemzügen. Ein Laut, Metall auf Stein, läßt Robert aufmerken. Der Schatten eines rechtswendigen Schälpfluges, ohne Zugtier und Pflüger, löst sich vom Girn, bricht in die glatte Dünenhaut, reißt sie auf – Dunkelheit quillt aus der Wunde. Der Schmied kniet verloren im Sand, preßt die glühende Stirn gegen die feuchte Kühle, will sich erheben. Und vermag es nicht. Eine winzige Kinderhand ragt aus der Düne, hat sich um den Knopf seiner Joppe gekrallt, läßt nicht locker, wie sehr sich der Schmied auch losreißen will. Es hilft nicht: er muß das Messer ziehen und den Knopf draufzahlen. Klägliches Greinen folgt seiner Flucht.

Als die Sonne aus dem dampfenden Busch kriecht, ist Robert zugang auf dem Sommerweg durch die Jungkiefern. Bevor die ausgefahrenen Spurrinnen in den Hochwald eintauchen, sperrt das Holzgatter der gräflichen Jagd den Weg. Die Vorschrift verlangt, das Tor nach dem Passieren zu schließen und den Riegel in der hölzernen Falle zu sichern. Robert läßt den Flügel offen: überzeugt, nach kurzer Wegstrecke umzukehren. Einzig seine Trauer will er hinter sich lassen, von der er nicht sagen kann, woher sie rührt. Laufen, heißt es, befreit. An der nächsten Wegbiegung wird er umkehren. Der Sommerweg führt geradeaus, wie an der Schnur gezogen. Robert läuft weiter. Hört noch immer die klagende Kinderstimme. Weiß, daß sie ihm gilt. Und kehrt doch nicht um.

Gegen Abend erreicht er einen Weiler, letzte Station vor den Bergen. Über den Schindeln steht weißer Rauch. Robert klopft an, bittet um Obdach. Die Häuslerin tritt wortlos beiseit, läßt ihn ein. Robert nimmt Platz am fremden Tisch, der für ihn gedeckt wird. Ißt, bis es ihm vom Kinn tropft. Die Witwe, als er sich den Mund wischt, füllt aus bauchiger Flasche Machandelschnaps in zwei Gläser. Robert betrachtet den Küchenboden: gestampfter Lehm.

Wanda hat lange gewartet. Sie kann nichts anfangen mit dem Schweigen, das Robert zurückgelassen hat. Vergeblich sucht sie nach Erklärungen. Es bleibt nichts, dem sie widersprechen könnte. Nur eine Fehlstelle, die Unsicherheit stiftet. In der Nacht kommen die Tränen. Der Morgen trocknet sie ein. Da weiß Wanda schon, wie ihr nächstes Leben sein wird: eh ihr Bauch anschwillt, wird sie ihr Bündel schnüren und hinauf gegen Myslowitz ziehen. Darüber verschläft sie den Tag.

In der Nacht im fremden Weiler begegnet Robert einem Spiegel, der ihm sein Bild zeigt: es fehlt kein Arm. Was also fehlt ihm? Ist es das Vermögen, sich zu begnügen wie andere auch?

Später tritt Mutter Gustl an sein Bett. Wo wir fortgehen, raunt sie ihm zu, lassen wir etwas zurück, das nicht wieder zu gewinnen ist.

Aber du, Robert begehrt auf, hast zum Gehen geraten!

Die Mutter lächelt. Hin wie her ist gleich weit.

Wieviel, fragt Robert, kann man verlieren, ohne daran Schaden zu nehmen?

Mit den Verlusten, sagt Gustl, ist es wie mit den Hornissen: sieben töten ein Pferd, drei einen Menschen!

Robert zählt an den Fingern ab, was ihm noch bleibt für ein restliches Leben.

Am Morgen geht er ohne Dank aus dem Weiler. Nach Süden will Robert sich wenden. Steigt im Frühtau ohne Eile auf den krummen Rücken des Gebirges, über den bald die Sonne kommen wird. Blickt nach Mittag. Dort soll das warme Land liegen, aus dem die Walen herfliegen. Wo die eisernen Reifen sich lösen um unsere Brust. Von dem schon die Schneeberger Weihnachtsberge kündeten. Wo Milch und Honig fließen und Löwen und Schafe nebeneinander weiden.

Auf der Zunge schmeckt schal der Machandel vom Vorabend nach. Gehen! Die schmerzende Erinnerung hinter sich lassen! Es ist windstill, die Ruhe vor dem Sturm. Wolken hängen tief überm Reifträger. Graue Nebelfetzen fallen in die Latschenkiefern. Die Wegstangen, ausgewitterte Skelette, bleiben hinter Robert zurück.

In Treben wird dem Schmied nicht lang nachgeredet. Neue Tage bringen neue Geschichten. Die Schöps-Ella, die dunkle Wege geht, soll ihren Mann geschlachtet haben. Wieder einen, sagen die Leute. Herz und Leber, heißt es, habe sie gegessen. Ungebraten. So hält sie sich jung. Ihrer Verführung hat noch keiner widerstanden. Auch wenn er ahnte, wer sie in Wahrheit ist. Und so wird sich wohl bald wieder einer finden, der zu ihr ins Nest kraucht, sagen die Leute.

Die ausgeschlachtete Leiche hat der Fluß davongetragen. Also hat man nichts finden können. Am Ufer steht die Ella, und in ihren Augen glimmt eine geheimnisvolle Sehnsucht.

Auf Lichtmeß bringt die Wanda ihr Kind zur Welt. In einem Dorf östlich von Beuthen, aus dem sie stammt. Wie die Kindelfrau es badet, entdeckt sie: die kleine Hand umklammert einen abgerissenen Hirschhornknopf. Die Wanda erkennt ihn gleich; er stammt von Roberts Joppe.

II

Auf eine wechselvolle Geschichte blickt das Land zwischen Oder und Neiße, am Fuß der Sudetenberge. Schon dreimal war hier Wald, schon dreimal war hier Feld, orakelt die alte Pilweißen in Schöndorf nach rückwärts. Sie wird schon was wissen, denn wenn die Hexe kocht, sagen die Leute, rührt der Besen die Suppe. Wer sie sehen will beim Beschwören, der geht zur Christnacht mit einem vierblättrigen Klee in die Mette. Er darf aber kein Wasser überschreiten auf seinem Weg. Und das ist schwer hier, wo alle paar Schritt ein Rinnsal dem Bober zufließt.

Solche wie die Pilweißen gab es hier schon, als die Kelten auf dem Zobten siedelten, von denen ein steinerner Bär geblieben ist. Hexen lauschten bei Neumond auf den Kreuzwegen, als die Lugier ins Land kamen und später von den Silingern verdrängt wurden. Sie fertigten Tränke, mit denen man den Liebsten herbeikocht, während die Wenden den Queis aufwärts zogen, die ihren Hauptgott am Weißen Flins sitzen haben. Und sie sammelten das Lebenskraut, als die Walen von weit her geflogen kamen: auf schwarzen Mänteln, vom Süden. Die haben im Gebirge eine Goldader gesehen, dick wie eine Wagendeichsel. Durch den ganzen Bergstock, von der Koppe bis zum Reifträger, reicht sie. Sie zu heben ist einem Mann vorbehalten, der jederzeit für die Armen einsteht. Wenn er zum Jüngling reift, gibt es Krieg gegen die Reichen. Der Jüngling kämpft an der Seite der Armen. Nach dem Sieg wird er sein weißes Roß tränken, und dann stampft es mit den Hufen das Gold aus der Erde. So beginnt die güldene Zeit für das schlesische Land, sagen die Leute.

Das Dorf Treben ist von dichten Wäldern umstellt; ein gottverlassener Winkel, sagen Besucher von weither. Im Süden der Eichberger Forst, der Primkenauer im Norden. Nach Osten, auf Kretschamberg zu, liegt das Greulicher Bruch; dahinter, schon gegen Lüben, der Hammer-Wald. Und westlich, auf dem anderen Boberufer, erstreckt sich der endlose Klitschdorfer Forst.

Im Wald ists hier nirgends geheuer. Arme Seelen gehen um, weiße Frauen und die Schatten der Walen, Irrlichter und der Vogelhannes. Nach dem Abendgeläut geht ein Rechtschaffener nicht mehr aus dem Dorf. Wohin auch sollte er sich wenden? Die nächsten Orte liegen Wegstunden entfernt im fruchtbaren Schwemmland der Bobertalung: Wiesau, Heidau, Kreibau im Süden, Baudendorf, Strags, Buchwald und Zirkau weiter flußab. Nachrichten aus der großen Welt kommen in die Waldeinsamkeit verspätet und nehmen auf der gemächlichen Fahrt über sandige Waldwege schon den Geruch der Kiefern und des Heidekrauts an.

Zweimal sind die Franzosen durch den Landstrich gezogen. Erst nach Osten, dann wieder zurück. In Aslau haben sie zwei Bankerte hinterlassen. Beide hinwärts. Auf dem Rückzug ging nichts mehr bei den Franzosen.

Als Kowal-Koarle nach Treben kommt, sind etliche Kriege über den Landstrich gegangen. Nun ist Schlesien zu Preußen geschlagen. Ist das der Anfang der güldenen Zeit? Wie soll die aussehen im Dorf am Bober?

Frassa wern mer wie die Ferschta,
Sauerkraut mit Laberwerschta.
Aus dam grußa Ufatuppe
supp mer lauter gaale Suppe.
Fleesch und Tunke, Kließla miete
und an gutt geschmierte Schniete.
Oalles labt durt ohne Surga,
Feierobend is frieh Murga.
’s gibt keen Schulza, ’s gibt keen Richter,
lauter guude Schoofsgesichter.

So beschreibt Thiemann der Wirt, der in Treben Thiemann Höckrig genannt wird, das erwartete Paradies.

Dosde dich nie nich vartust mit am Woarten, warnt Schäfer Liebs und legt dem Wirt die Hand auf den glückverheißenden Buckel.

Das Schmiedegrundstück steht seit Ewigkeiten leer. Im Dorf

gilt es als Scheechhaus. Irgendwann werden die Nachbarn heimlicher Umtriebe gewahr: bei Nacht und in aller Stille. Eine gemeinschaftliche Inspektion bei Tageslicht zeigt, daß Pascher vom Gebirge den Keller des verfallenden Anwesens als Lager für ihr Schmuggelgut nutzen. Eine Meldung an die Gendarmerie in Liegnitz, preußisch korrekt, wäre nun fällig. Nicht so in Treben. Zumal es sich bei der gelagerten Ware um Destillate handelt. Es gibt ein Gelage auf dem verkrauteten Grundstück, an dem das halbe Dorf teilhat. Weit in der Nacht fallen Schüsse. Die unbekannten Pascher machen den Dörflern die Rechnung auf. Anderntags wölbt sich auf dem Kirchhof ein frischer Erdhügel – eine Kugel aus dem Dunkel hat Korbflechter Endrokat ereilt, und man hat ihn in aller Eile vergraben. Auch der Scholze hat einen Streifschuß abbekommen, am Knie. Er wird seinen restlichen Lebensweg am Krückstock gehen und ein durchgegangenes Ochsenpaar als Grund angeben.

Solcherart Folgen sprechen sich nun doch herum bis ins Zentrum der behördlichen Macht. Eine zweiköpfige Untersuchungskommission langt im Dorf an, wird in Thiemanns Gasthof von den Bauern traktiert und vom fünften Glas an darüber belehrt, daß an allem Unglück zuletzt immer die Toten selbst Schuld haben.

Zu sehr später Stunde erinnert sich dann doch noch einer der beiden Gendarmen des amtlichen Auftrags, erhebt sich mühsam vom Stuhl, läßt sein Koppelschloß klicken und fragt mit behördlich-strenger Stimme nach dem Verbleib eines gewissen Endrokat. Das ist nun der Augenblick, wo im Dorf Treben jener Gemeinsinn einsetzt, der den Ort durch die Jahrhunderte gebracht hat und der, wenn Fährnisse dräuen, noch die Toten einstehen läßt für das Gemeinwohl. In diesem Moment nämlich wird die Tür zum Schankraum geöffnet, der Geist des Endrokat tritt herein, schreitet gemessen zum Tresen und verlangt vom buckligen Wirt mit hohler Stimme ein Bier. Dem Gendarmen, der ihm im Weg steht, stellt er sich vor: Gestatten, Endrokat!

Spiritus endrocatis! brüllt begeistert der besoffene Kantor.

Und Thiemann Höckrig seufzt bekümmert: Wenn die jetzt alle mit ihren leeren Taschen zu mir kommen …

Das Gesetz, befindet streng der Gendarm, anerkennt keine Geister nicht, welchselbige Bier trinken gehen. Vermißter Endrokat gilt als wieder beigebracht. Damit ist die behördliche Mission beendet, und man kommt zum gemütlichen Teil des Abends. Der Gendarm öffnet das Koppelschloß wieder und lehnt sich entspannt zurück, der andere will es ihm gleichtun, doch sein Ledergurt hängt bereits über der Stuhllehne. Spät am Morgen säubert Thiemann das Zimmer, in dem die hohe Kommission ihren Rausch ausgeschlafen hat, vom Erbrochenen. So findet das Dorf seinen Frieden wieder.

Zeitläufte, sagt Schäfer Liebs, kommen und gehen. Die Dinge sind wie sie sind. Und die neue Kirchuhr in Treben ändert mit ihrem ganzen Gedrehe an all dem nichts. Als Kowal-Koarle an den Bober kommt, ist das Dominium erbgeteilt. Zeit ist Fortschritt, behauptet der junge Kantor. Die Söhne des Grafen von Kölichen sind an den Schnaps verfallen und stehen unter Kuratel. Der Grundmüller ist nach zwei verregneten Sommern an einen Liegnitzer Wucherjuden geraten. Am Ende hat er Frau und Kinder erschlagen und sich am Kragbalken erhängt. Seither klagt zur Geisterzeit die Müllerin im Leichenhemd. Die Mädchen hat sie an der Hand.

Hirngespinste, behauptet der Kantor, der mit den Preußen ins Land kam. Von jetzt an regiert im Land die Vernunft.

Der Fortschritt, weiß Thiemann Höckrig, ist von weit hergekommen, aus einem Land, das Brandenburg heißt; er besteht aus kleinen braunen Knollen, die im Frühjahr vergraben und im Herbst wieder hervorgesucht werden. Ardapern werden sie geheißen. Der Scholze, der auch noch mit dem Krückstock in allem der erste sein will, wie er sich auch da hervortun will, läuft ganz blau an und erstickt an einem Stück Fortschritt im Hals.

Eines Tages liegt ein Schiff am Boberufer. Wie kommt es da hin? Der Fluß gilt hier als nicht schiffbar. Durch die Luft ist es gesegelt, behauptet die Heidler-Martl. Sie hats übern Primkenauer Forst ankommen gesehen. Großes Lärmen hebt an. An Stelle der Ziegelei soll eine Schmelzhütte entstehen. Material wird entladen. Das ist der wahre Fortschritt, sagt der Kantor. Das güldene Zeitalter hebt an. Dann ist das Schiff wieder fort, über Nacht. Diesmal hat es die Heidler-Martl nicht sehen können, weil kein Mond war. Sand und Regen machen sich über die zurückgelassenen Laststapel her; die neue Zeit verrottet übern Winter sehr gründlich.

Als Kowal-Koarle nach Treben kommt, hat die Zeit den Atem angehalten. Es ist ein Tag im Frühling, der Fluß trägt schwer am aufbrechenden Eis. Der Fremde, der von Osten ins Dorf kommt, spricht in der Gemeindestube vor, wo abends der neue Scholze residiert. Er redet eine Sprache, die etwa so klingt: Als wu bin ich Gornoschlonski, ich mechte iebernämen jeze Besiz vun friher, wie geheert sich!

Als Kowal stellt er sich vor, also als Schmied. Und gibt an, Karol zu heißen. Daraus wird im Bobertal der Kowal-Koarle.

Er weist einen vergilbten Kaufvertrag vor, kaum zu entziffern, der seine Besitzrechte an einer Trebener Schmiede belegen soll. Von der aber gibt es bloß noch die Ruine. Und das Grundstück? Inzwischen haben anrainende Nachbarn längst die Grenzsteine versetzt. Dreimal muß man das tun, durch drei Generationen, weil der Stein sich gegen den Betrug wehrt und zurückwandert an seinen richtigen Platz. Erst dann, weiß man in Treben, gibt er Ruhe. Nach so viel Mühe sind die Aneigner nicht gewillt, den durch Zeit und Gewohnheit bestätigten Gewinn wieder preiszugeben. Seufzend macht sich der Scholze auf den Weg nach Liegnitz um einen amtlichen Entscheid. Muß sich dort vom Offizianten belehren lassen, daß nichts in der Welt gültiger sei als ein gesiegeltes Papier. Unterm stummen Aufschrei der Anrainer steigt der Scholze über Zäune und Trockenmauern und mißt dem Fremden sein Anwesen zu. Unwilliger hat Dausel-Fritz, der Scholze, keine Amtshandlung begangen – sie trägt ihm lebenslange Feindschaften ein. Doch Preußen läßt ihm da keine Wahl.

Der Zugereiste spuckt in die Hände und mauert die Schmiede

neu auf. Nebenan schäumt die Wut und schlägt Blasen. Sie gilt dem polackischen Baran, und das ist auf gut Schlesisch ein Ochse.

Wikarski-Josef nennt einen stolzen Siedlerhof sein eigen, in bester Trebener Lage, dazu eine stattliche Frau. Aber ein einziges Kind nur. Daß es ein Mädchen ist, muß ihn nicht grämen. Denn in Schlesien sind, seit den Zeiten der heidnischen Jungfrau, auch die weiblichen Nachkommen erbberechtigt, anders als im benachbarten Sachsen. Schwerer wiegt schon, daß Wikarski weiß, es wird bei diesem einen Kind bleiben. Seit der auskeilende Deckhengst den Bauern ins Gemächte trat, darf Josef auf weiteren Nachwuchs nicht hoffen. Um so wichtiger ist es, mit dem Vorhandenen gut hauszuhalten. Als Tochter Meta ins heiratsfähige Alter kommt, sucht Wikarski nach Mesalliancen, die den vorhandenen Besitz zuträglich zu mehren geeignet sind. So sitzt er an den Abenden, wenn das Vieh in den Ställen wiederkäut, nachdenklich über einem selbstverfertigten Abriß der Trebener Flur. Mitunter gerät ihm Lene dazwischen, die Frau, die ihn von den Äckern weg und auf Namen und Gesichter zu bringen sucht. Doch Wikarski-Josef ist noch Manns genug, sich von solchen Abschweifungen nicht irritieren zu lassen. Zu gut weiß er: ein unerwarteter Huftritt, und vorbei ists mit der ganzen Schöntuerei! Von da an zählt nur noch Bodengüte und Lage der Felder.

Schneider-Wilhelm, Nachbar zur anderen Seite, kann nicht vergessen, daß er lang schon ein Auszugshaus bauen wollte, und zwar auf seinem bisherigen Anteil am fremden Grundstück. Die Würmer nagen an seiner Gemütsruhe, und er lädt zur geheimen Beratung. Olbrichsky-Blasius und Wikarski-Josef hocken um Schneiders Küchentisch, trinken Kümmel und schmieden finstere Pläne. Der Olbrichsky drängt zur Eile. Er will eine Wagenhalle errichten lassen, auf jenem abhanden gekommenen Grund, dem er nur auf wenige Schritte anraint.

Nu wart ocke amol! Schneider-Wilhelm bohrt den Zeigefinger ins Nasenloch und denkt angestrengt nach. Grund dafür hat er. Denn Olbrichskys bisheriger Anteil am fremden Boden bestand aus einem Stück Bachlauf samt sumpfiger Wiese, kein Bauland jedenfalls. Wo soll da eine Remise stehen? Nun muß er erfahren, daß der Platz für sein Altenteil längst von Olbrichsky verplant ist. Am langen Gesicht, das der Wikarski bei all dem zieht, wird deutlich, daß auch er heimliche Absichten hegt. Die Interessengemeinschaft zerbricht. Türschlagend verlassen die gewesenen Verschwörer den konspirativen Ort. Künftig wird jeder auf eigene Faust versuchen, seine Absichten durchzusetzen.

In Treben heiratet man um die Ecke, höchst selten ins nächste Dorf. Die Inzucht durch Jahrhunderte macht, daß ein ansehnlich geratenes Mädchen wie Meta vergeblich nach einem Burschen im Dorf sucht, der ihr gefallen kann. Um so schneller wirft Meta ein Auge auf den Kowal, der da täglich in ihrer Nachbarschaft zugange ist. Zeigen darf sie solches Interesse nicht, denn im Vorbehalt gegen Fremde ist das Dorf Treben einverständig. Der Zugezogene muß um sein Brot bis Kreibau laufen; in Treben gibt ihm niemand nichts.

Am Heidberg schüttet die Walenquelle winters wie sommers gutes Trinkwasser. Der Quellfaden ist auf den wenigen Steinwürfen bis zum Grundstück Olbrichskys gefaßt, verbreitert sich dort zu einer Schöpfstelle und durchfließt, hinter einer Staustufe, das Schmiedegrundstück.

An einem lauen Abend im Mai, mit Einbruch der Dämmerung, macht sich Olbrichsky-Blasius mit Hacke und Schaufel hinterm Haus zu schaffen. Am Morgen zieht sich ein frisch ausgehobener Stichgraben von Olbrichskys Sottengrube quer durch den Garten und mündet hinter der Staustufe in den Quellbach. Als der Kowal Wasser schöpfen will, läuft verdünnte Jauche in seinen Eimer. Er braucht eine Weile, bis er begreift, was hier gespielt wird. Aus der Nachbarschaft grinst hämisch der Olbrichsky herüber.

Koarle muß einen Brunnen graben. Das braucht seine Weile. Bis dahin schleppt er das Wasser vom Heidberg heran. Wie der Brunnen fertig ist, schüttet der Blasius den Stichgraben zu, der seine Schuldigkeit getan hat. Als wär nichts gewesen, plätschert glasklar der Walenbach an der Schmiede vorüber.

Dennoch: im Spätsommer ist das Schmiedehäusl aufgemauert. Kowal-Koarle macht sich an den Dachstuhl. Auf dem Weg zur Schneidmühle, die flußauf am Eichberger Forst liegt, trifft er die Tochter von Nachbar Wikarski. Die sichelt Heidekraut und rafft es als Ziegenfutter ins Heutuch. Der Heidesand ist aufgeladen mit aller Wärme des reifen Jahres. Eine Holztaube gurrt in den Kiefern. Schrill schlägt der Tannenhäher an. Über den Bäumen leuchtet ein wolkenloser Himmel in südlichem Blau. Meta steht dem Fremden gegenüber, und ihre Knie werden weich.

Am gleichen Abend tagt im Hause Wikarski der Familienrat. Anlaß ist eine Bemerkung, die Schneider-Wilhelm fallenließ, im Vorüberkommen vor Wikarskis Stalltür, als Josef eben das Futter mengte. Seither weiß der Wikarski, daß Tochter Meta am Eichberger Forst nicht bloß Heu gesichelt hat. Und Schuld daran, so der Schneider, habe der gemeinsame Feind, dieser hergelaufene Baran.

Josef hat vor Schreck den Eimer losgelassen, die Kleiebrühe ist ihm in die Holzpantinen gesuppt.

Weiter wolle er aber nichts gesagt haben, hat der Schneider noch angefügt. Damit ist er davon, ein hämisches Grinsen im Gesicht.

Deine Tochter! hat Josef die Frau angebrüllt. Zu mehr ist er nicht gekommen; vor lauter erregtem Vorwurf hats ihm die heisere Stimme gänzlich verschlagen.

Herrimhimmel, hat Lene bloß zu seufzen gewußt.

Und das wiederholt sie soeben, es ist weit über Mitternacht, zum neunten oder elften Male. Tochter Meta ist in ihre Kammer gesperrt. Schwuchtel, schlamperte! hat Josef sie in seinem heiligen Zorn genannt. Erst hat sie geheult, jetzt liegt sie mit dem Ohr auf der Dielung und hofft zu erfahren, was im Zimmer unter ihr für die Zukunft beschlossen wird. Drakonische Maßnahmen sind dort erörtert und verworfen worden. Als Ratgeber wurde eine bauchige Flasche hinzugezogen. Und jetzt, während Lene noch immer und nicht ohne heimlichen Neid sich das Treiben der Tochter auszumalen sucht, nähert

Wikarski-Josef sich dem Flaschengrund. Je tiefer er gelangt, desto höher lodern die Flammen, in denen er die Schmiede aufgehen zu lassen gedenkt.

Herrimhimmel, seufzt also Lene und schlägt das Kreuz. Tu dich ni asu varsindigen!

Josef will mit der Faust entschlossen auf den Tisch schlagen, vertut sich in der Entfernung, die Hand saust abwärts zwischen die Knie, Josefs Stirn schlägt hart auf die gescheuerte Tischplatte. Und während Lene die hervorquellende Beule mit der flachen Messerklinge kühlt, entscheidet sie, es müsse nicht alles so heiß gegessen werden, wie es gekocht ist. Man habe vorerst nur Sorge zu tragen, daß der unplanmäßige Verlust von Metas Jungfernschaft nicht öffentlich ruchbar werde. Folglich sei es ratsam, das geschwätzige Maulwerk von Schneider-Wilhelm mit angemessener Gabe wirksam zu verschließen.

Wikarski-Josef, infolge der schmerzenden Stirnblessur spürbar beeinträchtigt im Denkvermögen, ordnet an, die Entscheidung zu vertagen. Wenn er erst wieder die ganze Höhe seines sonstigen Gedankenfluges erreicht hat, wird ihm das Richtige schon einkommen. Sagt er. Und dann: Sollst du mal sehen! Wikarski legt vorsichtig den dröhnenden Schädel auf die verschränkten Arme und entschläft hörbar. Aufatmend genehmigt sich Lene den letzten Schluck aus der bauchigen Flasche.

Am zeitigen Morgen steht sie in Schneiders Hoftor. Wilhelm stellt die Forke beiseit und wischt sich die Hände.

Der Mensch ist schwach, sagt Lene anstelle einer Begrüßung. Aber alles ist Gottes Wille.

Amen, brummt Schneider-Wilhelm.

Und ein Schuft ist, fährt Lene fort, wer auf dem Herd der Schwachheit seine Suppe rühren will.

Was soll das?

Dein loses Maul sollst du halten! Wikarski-Lene holt einen verknoteten Strickstrumpf aus der Schürzentasche, darin klimpert es wie Erspartes. Was immer du gesehen haben willst, sagt sie, es sei in dir verschlossen wie im Grab.

Amen, sagt Schneider-Wilhelm noch einmal. Der Strumpf

wechselt den Besitzer. Sie reden dann eine Weile übers Wetter und die nahende Kirchweih. Wie im Grab, wiederholt Lene beschwörend. Sie geht grußlos. Noch darf sie glauben, ihr Geld mit Gewinn angelegt zu haben.

Olbrichsky-Blasius sieht es zuerst: Rauchfahnen wehen aus dem Schmiedehäusl. Bald züngeln Flammen über den neuen Dachstuhl. Olbrichsky liegt im Fenster, die Stundenpfeife im Mund. Und rührt keinen Finger. Feierohmd. Besser, denkt er, kann es nicht kommen.

Wo ist der Schmied? Nicht zu sehen. Im Dorf läutet die Feuerglocke. Niemand, heißt es später, zieht den Strang. Wikarski hält die kreischende Tochter, die nach dem Schmied suchen will, mit Macht im Haus. Leute laufen zusammen, gaffen. Die Schmiede brennt aus. Wikarski-Lene wird bis ans Ende ihrer Tage rätseln, ob Josef es war, der seine im Rausch angekündete Erleuchtung wahrmachte. Keiner kann ihr da helfen, denn ihr Mann schweigt wie ein Toter. Vermutungen gibt es in Treben zuhauf; ausgesprochen wird keine. Wer ein Unglück beim Namen nennt, ruft es herbei.

Kowal-Koarle ist verschwunden. In den rauchenden Trümmern finden sich Reste seines Lagers. Von dem Mann keine Spur. Wikarski-Josef atmet auf. Er befindet, dies sei die Stunde, unter allen seinen Plänen sich für einen zu entscheiden. Die selbstverfertigte Gemarkungskarte in der rechten Hand, eine bauchige Flasche in der linken, macht er sich auf den Weg zu Dausel-Fritz, dem Scholzen.

Die schlesischen Scholzen haben durch wechselnde Zeitläufte ihre Privilegien immer zu mehren gewußt. Freihufen und Trift für dreihundert Schafe, Holzrecht und Fischerei sind ihnen gesichert. Daran teilzuhaben erscheint dem Wikarski verlockend, zumal sich über sein Waldstück eine direkte Verbindung zu den Feldern des Scholzen herstellen ließe. Er breitet seinen Plan auf Dausels Küchentisch aus und plaziert die bauchige Flasche an der gedachten Nahtstelle beider Besitzungen. Sein blauschwarzer Daumennagel beschreibt einen weit ausholenden Kreis.

Donnerwetter, brabbelt der Dausel und beugt sich mit geheucheltem Interesse über die Karte. Als habe er noch nie an eine solche Verbindungsmöglichkeit gedacht.

Hoch erfreut entkorkt Wikarski-Josef die Flasche und entwickelt seine Gedankengänge über den Vorteil solcherart verbundener Felder. So könne man endlich diese neue Fruchtfolge ausprobieren, die aus England gekommen ist oder sonstwoher, jedenfalls übers Meer.

Prost, sagt Dausel. Auf die christliche Seefahrt! Und fährt, nachdem er das Glas geleert und sich die Lippen geleckt hat, ganz beiläufig fort, da sei nur noch ein Haken an der Sache: sein Ältester nämlich lege Wert auf eine Jungfrau.

Josef stutzt. Hat der Schneider gequatscht? Zu klären ist das jetzt nicht. Um die Sache nicht zu verderben, steigt er elegant über die ausgelegte Fußangel hinweg. Macht nichts, erklärt er bereitwillig, das Mädel nimmt auch den Jüngeren.

Der legt auch Wert darauf. Dausel seufzt.

Wikarski schweigt eine Weile seiner eilig entschwindenden Siegeszuversicht hinterdrein. Und da ist gar nichts zu machen?

Nichts.

Wikarski muß mit seinem Plan und dem angebrochenen Schnaps wieder heimwärts ziehen. Hadert mit dem Schicksal, den anspruchsvollen Zeiten, vor allem aber mit der haltlosen Tochter. Und leert darüber die Flasche allein.

Von Kellerheim heißt der preußische Offizier, der in königlichem Auftrag einen abgelegenen Landstrich seiner schlesischen Provinz bereist. Logiert in Thiemanns Gasthof, verzieht das Gesicht, als die Wirtin Schlesisches Himmelreich aufträgt. Und begehrt Kartoffeln zu speisen.

Mit der Ardaper, warnt die Frau, heißt es vorsichtig sein. In Görlitz ein Erhenkter hat eine in der Tasche gehabt. Wie er so dahängt, beginnt sie mit Keimen. Aber was bringt sie für Früchte? Lauter Natternköpfe! Und der gewesene Scholze hiesigenorts hat verstorben ausgesehn wie ein Karpfen blau wegen solcher Knolle im Hals!

Nein, der Herr Offizier speist heute nicht. Dieses Volk, schreibt er seinen gebildeten Freunden in Berlin, ist unglaublich dumm und vom Aberwahn ganz besessen. Einem aufgeklärten Menschen ist es unfaßbar … Während der königliche Inspekteur auf seinem Zimmer diese Zeilen zu Papier bringt, nimmt es ihm von hinten die Feder aus der Hand. Erschrokken dreht von Kellerheim sich um: er ist mutterseelenallein in Thiemanns Gästezimmer. Die königliche Inspektion des Dorfes Treben ist von kurzer Dauer. Der kleine Ort wird im Bericht des Offiziers keine Erwähnung finden.

Das Jahr neigt sich. Der erste Schnee tilgt die Erinnerung an den Brand in der Schmiede. Nur die Sehnsucht kann er nicht zudecken, die in dem Mädchen Meta zugange ist. Die größer wird mit jedem unerfüllten Tag und auch im strengen schlesischen Winter keine Wachstumsruhe kennt. Wikarski, dem der kunstvoll gebaute Plan zerscherbt ist, macht keine Anstalt mehr, die Abgewiesene anderweitig loszuschlagen. Aus einem beschmierten Glas, hat Josef entschieden, mag halt keiner trinken. Das macht das Leben für Meta nicht leichter. Nachts starrt sie auf die Reste der Schmiede, glaubt Licht in den finsteren Fensterhöhlen zu erkennen; schwiefelbloo, redet sie sich ein. Ist der Schmied zurückgekehrt? Einmal vermeint sie gar, wildes Kreischen von jungen Frauenzimmern zu hören. Schmerzhaft krampft sich ihr Herz zusammen. Doch am Morgen steht die ausgebrannte Ruine verlassen und unberührt wie seit langem.

Das Dorf feiert das Ende der Fastenzeit. Bei Thiemann ist Tanz. Schäfer Liebs läßt die Harmonika schluchzen. Singt: dobsche dobsche trala. Im Schankraum hockt ein Gebirgsläufer, ein junger, aus dem Böhmischen. Hält Glasla feil und das Zaubermittel Hing-Fong, das gegen Zahnweh hilft, gegen Bauchgrimmen und Hexenschuß. Und bei Vollmond gegen Herzeleid. Meta, die auf dem Tanzsaal vergeblich Trost zu finden suchte, ersteht eines der vielversprechenden Fläschchen. Und ist plötzlich wild entschlossen, mit der Ware auch den Händler in Kauf zu nehmen.

Spät in der Nacht, der Mond steht schamlos nackt und rund, schleppt sie den von den Folgen Trebener Gastfreundschaft torkelnden Fremden auf Thiemanns Tenne. Müht sich dort lang, in ihm ein Begehren zu wecken. Vergeblich. Da hilft jetzt auch der Zaubertrank Hing-Fong nicht weiter. Wütend zerschmeißt Meta das nutzlose Glas an der Wand. Durch Thiemanns Tenne zieht ein Wölkchen ätherischer Düfte, lockt Thiemanns Katze an.

Wikarski beginnt mit der Frühjahrsbestellung. Er steht auf dem Acker, reibt den schmerzenden Rücken. Aus dem Schatten des nahen Heidewaldes löst sich dunkel ein Punkt, wird langsam größer. Ein Fremder kommt durch den ausgefahrenen Feldweg. Wikarski hängt den Gäulen die Futtersäcke um, geht um Wasser zum Ackerwagen. Der Fremde erreicht ihn. Es ist Kowal-Koarle.

Meta holt die leeren Kannen von der Milchbank. Wie sie am Schmiedegrundstück vorbeikommt, merkt sie, da ist wer. Sie läßt den Karren fahren, tritt neugierig näher. Da steht der Schmied. Meta spürt erneut ihre Beine weich werden, es ist wie ein Schwindelanfall. Trotz des zeitigen Jahres ist plötzlich die Wärme wieder da vom vorjährigen Heidesand im Eichberger Forst; darüber der blaue Himmel.

Wu ar gewast is, will Meta später wissen.

Ei am Sieden, sagt Koarle, inzwischen der Trebener Mundart kundig.

Das kann nun vieles bedeuten: Alt-Öls, Jung-Bunzlau oder auch Rom. Aber mehr bekommt Meta nicht zu erfahren.

Im Dominium rafft die Schwindsucht die Tochter des Verwalters dahin. Noch nicht volljährig war sie. Dausel-Erwin, der für den älteren Sohn Hoffnungen in dieser Richtung hegte, muß seine Absichten ändern. Der Scholze macht sich auf den Weg zu Wikarski. Trägt in der einen Hand den Flurplan, in der anderen eine Flasche. Josef kommt eben aus dem Stall.

Diese Fruchtfolge aus Amerika, sagt Dausel, oder was es gleich war – man hört da viel Gutes.

Wikarski kratzt sich hinterm Ohr. Denkst du, dem Mädel wär die Jungfernhaut nachgewachsen?

Irren ist menschlich, sagt der Scholze. Und alles läßt sich irgendwie reparieren. Wir sollten in Ruhe reden. Sein nachdrücklicher Blick verweist auf die Flasche.

Wikarski führt ihn ins Haus. Dausel-Erwin meint seinen Augen nicht zu trauen: am Küchentisch sitzt der verbrannt oder verschwunden geglaubte Kowal, Hand in Hand mit der Meta.

Willst du mit uns essen? fragt die Lene vom Herd her.

Nein. Dem Dausel hats den Appetit gründlich verschlagen.

Kinder, schreit der Josef und haut sich zufrieden auf die Schenkel, das ist mir mal endlich ein glücklicher Tag.

Ja, flüstert Meta.

Na nu nee nich deineterwegen, gesteht der Wikarski. Duch die Frasse vum Dausel, die ward ich mer mei Labtoag ni vergassn!

Ein armer Häusler aus Treben, wird erzählt, hat einst sein letztes Brot mit einem Walen geteilt, der vom Gebirge mit Brocken grauen Gesteins kam. Zum Abschied hat der Wale gesagt: wenn du in Not bist, komm nach dem Süden. Und so ist es auch bald geschehen. Dem Mittag zu ging der Weg. Und er war weit. Im goldenen Tor einer fremden Stadt hat der Wale den Häusler erwartet. Sie leben dort im Überfluß. Aus den Brunnen fließt Wein. Und die Früchte der Bäume wachsen einem in den Mund. Ein ganzes Jahr hat der Häusler da verbracht und ein glutäugiges Mädel zur Frau genommen. Als ihn später die Sehnsucht ankam nach den heimischen Wäldern, ist sie ihm treulich gefolgt. Der Wale hat ihn zum Abschied reichlich beschenkt, so daß er daheim ein langes Leben glücklich zum Ende gebracht hat.

So oder ähnlich malen sich nun die Trebener die fast einjährige Abwesenheit von Kowal-Koarle aus. Wie verschieden die Versionen sein mögen, sie decken sich am gemeinsamen Endpunkt: der Schmied sei zurückgekehrt mit einem Schultersack voller Reichtümer. Und der Wikarski, der dazu etwas sagen könnte, schweigt sich aus.

Bald schon verdrängen andere Ereignisse die Rückkehr

des Schmiedes aus dem Dorfgespräch: die alte Prunschen aus dem Weiler im Mühlgrund will zur Frühmette nach Sprottau. Da kommt ihr ein Licht in die Quere. Sie läuft und läuft. Wies endlich hell wird, steht sie wieder vor der eigenen Haustür. Und in Flinsberg eine geizige Frau hat ihren Mann im zerrissenen Hemd begraben. In der Nacht erscheint er leibhaftig vor ihrem Bett und fordert ein ordentliches Leichenhemd. Dem Schäfer Liebs aber widerfährt dies: ein Waldmädchen kommt nachts in den Pferchwagen. Und ist wieder weg, eh die Sonne übern Busch steigt. Das geht eine Weile, dann erfährt es die Liebsen. Die geht zur Greulicher Hexe und läßt einen Bann legen, indem die Alte dreimal um den Pferch läuft, bei Neumond, und einen toten Hund hinter sich drein schleift. Von da bleibt das Waldmädchen fort. Am Liebs zehrt der Gram. Er wird immer weniger. Bauern finden ihn auf der Trift: gelehnt an einen Baum und steif und tot. Wie sie den Schäfer in den Sarg legen wollen, zerfällt er zu lauter Staub. So ausgezehrt hat es ihn vor Verlangen. Jetzt kommt die Reue über die Liebsen. Und in der Nacht nach der Leiche erhängt sie sich. Der junge Liebs, der das Schäferamt übernimmt, muß erst den Bann lösen, indem er zur Mitternacht Reisig verbrennt, mit großen Büscheln Hartheu mittenein. Danach liegt noch tagelang ein übler Gestank über der Trebener Flur.

Kowal-Koarle verpflichtet Handwerker aus Aslau; im Sommer steht die Schmiede. Im Herbst feiert Meta Hochzeit mit dem Baran. Und hält Einzug im Schmiedehäusl. Das junge Glück kann jeder in Treben bestaunen. Der gute Ruf der neuen Schmiede verbreitet sich schnell im Bobertal. Von weit her kommen im Winter die Bauern und lassen bei Koarle arbeiten. Wer die richtige Schwanzquaste kämmt, knurrt Schneider-Wilhelm, dem werden zum Dank Mookließ geschissen.

Der Trebener Schmied beherrscht die Kunst, das Eisen kalt zu spalten. Wenn das Tagwerk es zuläßt, steht Koale am Amboß, schmiedet Wendelstäbe aus, spaltet die Enden auf und schlägt sie am Gesenk aus zu zierlichen Blattornamenten. Weinlaub, wie die Walen es einstmals mitbrachten. Jeweils drei Stäbe werden miteinander verringt und ergeben einen Küchendreifuß. Den ersten erhält Thiemanns Frau als Geschenk. Die stellt ihn überm offenen Herdfeuer auf, gut sichtbar für die Gäste. Hübsch ist das anzusehen.

Firlefanz, schimpft Olbrichsky-Blasius. Mit so was schürt der Teufel das Feuer. Aber daheim liegt ihm die Frau in den Ohren, den eigenen Hausstand mit solcher Zierde zu bereichern. Olbrichsky wehrt sich erfolgreich. Zwei Abende lang. Dann tritt er, beklommenen Herzens, durchs Schmiedetor. Bald ist das halbe Dorf mit den Kunstwerken des Baran ausgestattet.

Im anbrechenden Jahr, unterm Sternbild der Fische, die Krokusse blühn aus dem schlesischen Schnee, wird das Schmiedehäusl zur Wochenstube. Meta bringt einen Knaben zur Welt, den man eiligst tauft, da ihn die Wehfrau an kimmerlichen Spirifax genannt hat, von dem man nicht sagen könne, ub ar dan annerschen Murga werd siehn.

Die Hebamme weiß viel, glaubt man in Treben. Sie sieht schon bei der Geburt, welchen Tod das Kind wird sterben.

Herta, die Dausel-Tochter, nimmt Meta beiseit. Dein Koarle muß, wie er fort war, bei einer Hexe gewesen sein. Die saugen den Männern die Kraft aus. Und davon kommen die Kriewatsche.

Meta schüttelt den Kopf. Das Walterle ist klein, aber kein Kümmerling!

So recht ein künftiger Schmied, spottet die Herta. Als sie geht, läßt sie in Meta eine Unruhe zurück.

Jedes Jahr im Sommer kommt die Schnitterkolonne ins Dorf. Hinterm Dominium steht das Polackenhaus. In der Nacht klopft die Dausel- Herta an Metas Fenster. Dein Koarle, flüstert sie, ist zugange mit einer von den Pölschen.

Meta starrt auf die Wolkenhaufen überm Dorf. Blasser Widerschein des Mondlichts liegt darauf. Sie wundert sich, daß sie keinen Schmerz empfindet. Der kommt erst viel später. Sie trinkt ein Glas Wasser und kehrt zurück ins Bett. Liegt auf der Schwelle zwischen Wachen und Schlaf. Es ist wie ein Schweben. Mit dem ersten Frühlicht rafft sie das Kind und kehrt zurück ins Elternhaus. Wikarski-Josef will sie nicht einlassen. Eine Frau gehört zu ihrem Mann, verkündet er. Egal, was passiert. Doch die Lene schiebt ihn einfach beiseit.

Als der Schmied heimkehrt, ist das Häusl verwaist. Er schnürt sein Bündel und geht davon, mitten durchs Dorf. Die Leute zerreißen sich die Mäuler.

Das war ja ein recht kurzes Glück, sagt die Dausel-Herta zur Meta.

Aber es war eins, antwortet die.

Schlesien ist Grenzland, seine Geschichte ist von Grausamkeit gezeichnet und mit Blut ausgemalt. Im Dunkel der Vergangenheit werden Säuglinge in siedendes Öl geworfen, Ungehorsame in Stroh gehüllt und zu lebenden Fackeln entzündet. Martini 1293 überfällt der Glogauer Herzog am Oderufer seinen Vetter Heinrich V. im Bade. Er schleppt ihn nach Burg Sandewalde bei Guhrau, später nach Glogau. Sperrt ihn in einen hölzernen Käfig, in dem der Gefangene weder stehen noch sitzen noch liegen kann und bei lebendigem Leib ein Fraß der Würmer wird.

In Schlesien hat man gelernt, mit dem Schmerz zu leben. Schwieriger geht es mit dem Sterben. Wem das Weh keine Ruhe läßt, der muß nach dem Tod als Wiedergänger umgehen. Bis ihm irgendwann Gerechtigkeit wiederfährt. Und das kann dauern.

Umgetrieben, ziellos häufig die Richtung wechselnd, hier um ein Obdach bittend, da die Begegnung mit Menschen scheu meidend, ist Koarle bis zum Gebirge gelangt, an den Hangfuß der Koppe. Noch einmal sieht er nach rückwärts die Ebene ab, wo in den Wäldern sein verlassenes Leben zurückgeblieben ist. Dann steigt er hinauf zu den Grenzbauden. Da sitzt im Windschatten ein Einarmiger, altmodisch ist er gekleidet. War das nötig, daß du fortgelaufen bist? fragt er den Ankömmling.

Das, erwidert der Kowal, frag ich mich bei jedem, der vom eignen Herd davongerannt ist. Aber ich werf nicht den ersten Stein!

Der Einarmige seufzt, Koarle geht seines Wegs. Im Böhmischen erreicht er die Stadt Schatzlar, verdingt sich übern Winter in der Gewerksschmiede der Zeche. Doch schon bald kehrt die alte Unruhe zurück. Vom laubenumstandenen Marktplatz, von den Stufen der Mariensäule, kann er den Anfang des Grenzwegs absehen. Im benachbarten Dorf Bober nimmt der Fluß seinen Ausgang, an dessen Ufer er einen Teil von sich zurückgelassen hat. Koarle bindet erneut die Schuhe, geht bis Freiheit an der Aupa. Im Felsenkeller zu Groß-Aupa will man ihn zuletzt gesehen haben, stumm vor einem Trautenauer Bier.

Eine Hand ragt aus dem letzten Schnee, mitten im Gebirge. Der Zugänger von der Peterbaude sieht sie im Vorbeikommen, bekreuzigt sich und schlägt bei den Zöllnern Alarm. Die kommen und graben. Und finden: nichts. Nur die Hand, die aus dem Schnee ragt.

Spuk, sagen die Zöllner. Und begraben den Fund an Ort und Stelle, in ungeweihter Erde. Eine harte Arbeit bei dem noch tief gefrorenen Boden. An dem Platz wächst später ein Haselstrauch, behaupten die Wirtsleute von der Geiergucke.

III

In Hohenelbe und Dunkeltal erzählen Laboranten, die aus dem Schlesischen kommen, von der Quelle im Greulicher Bruch, die nach Schwefel stinkt. Der Teufel badet dort mit den Hexen. Alles Aberglauben, hat der neue Forstaufseher von Klitschdorf gesagt. Und: daran sieht man, wie primitiv hier noch die Verhältnisse sind. Aber dann ist er selbst einer Hexe begegnet, die war ganz nackt. Und er hat ihr folgen müssen, bis er schließlich versunken ist im schwefligen Morast.

Bei Sprottau auf dem Kreuzweg hat es die Tochter des Flußmeisters zerrissen. Blutjung ist sie gewesen, und rothaarig dazu. Eine Hexe soll auch sie gewesen sein. Alle Burschen auf drei Wegstunden im Umkreis waren in ihrem Bann. Zur Mitternacht bei Neumond hat sie es mit den dunklen Mächten aller vier Himmelsrichtungen gehalten. Und weil sie sich nicht hat entscheiden können in ihrer Lust, hat es sie gevierteilt. Bis nach Treben hat man ihr verzweifeltes Schreien gehört.

Die Wikarski-Meta sieht im Mühlteich einen Fisch mit einem Menschenkopf daran. Sie erzählt es der Mutter. Die zerbeißt sich die Unterlippe und sagt nichts.

Wikarski-Josef geht nicht mehr zu Thiemann. Die Lene trägt ihm das Bier in der Kanne nach Haus. So müssen die Leute nicht öffentlich ansehen, wie der Bauer dem Trunk verfällt. Wikarskis Felder verkommen. Nessel und Beifuß stehen in Blüte.

Das ist diese neue Fruchtfolge, sagt hämisch der Scholze. Die aus Amerika übers Meer gekommen ist!

Die Jahre vergehen, Metas Sohn bleibt ein Kriewatschl, ein Winzling. Allen fetten Bissen zum Trotz, die ihm die Mutter zusteckt.

Wenn den Männern die Kraft ausgesaugt ist, philosophiert Dausel-Herta, dann hilft hinterdrein nichts und niemand mehr.

Warts ab, sagt Meta.

Klein-Walter wird zum Besprechen gebracht. Wie ein Schraubstock umklammern die Finger der Mutter seinen Unterarm. Auf dem Gang durchs Dorf folgen ihnen viele Blicke. Wissen die Leute, wohin ihr Weg führt?

Die Kunschen wird dich groß und stark machen, hat die Mutter angekündigt. Barfuß stolpert der Junge über die Wiese aus Huflattich und Gänsefingerkraut, an deren Ende das Haus der alten Frau vom Verfall heimgesucht wird. Zwischen den nackten Zehen quillt Gänsedreck hervor. Das kleine Anwesen liegt wie ausgestorben. Doch Klein-Walter traut dem Frieden nicht. Mancherlei wird der Kunschen nachgeredet. Wenn sie ein Büschel Heu ins Grastuch rauft, behaupten die Leute, wirds auf dem Heimweg ein Fuder. Hunde, heißt es, spalten ihr Holz, Katzen misten den Stall. Über wen eine Hexe ihr Haar wirft, der bleibt ihr Gefangener für ewig.

Die Mutter pocht an den Türbalken; der altersschwache Bau bebt bis auf den Grundstein. Verstohlen ein Knarren dringt durch die Ritzen im brüchigen Füllholz. Werden sie heimlich beobachtet? Die Angel stöhnt auf der Haspe. Kreischend flattert ein Huhn durch Klein-Walters nackte Beine. War das der Teufel? Im Türspalt erscheint das runzlige Gesicht einer uralten Frau. Der Junge will davonrennen. Aber Metas Finger umklammern unerbittlich sein dünnes Handgelenk. Im Haus riecht es nach Sauermilch und Moder. Zu sehen gibt es wenig, die Fenster sind verhängt. Meta drückt den Jungen hart auf einen Schemel. Im Flüsterton redet sie auf die Kunschen ein. Unruhig flattern ihre Hände über die Tischkante.

Die Alte legt Glutreste in eine irdene Schüssel und häuft getrocknete Kräuter darauf. Kumm ocke, Tschapperle!

Klein-Walter atmet den würzigen Duft. Die Kunschen brabbelt Unverständliches. Er spürt, wie ein eisernes Band sich löst, das um seine Brust gelegt war. Die Mutter bezahlts mit einem Schinken.

Klein-Walter beginnt zu wachsen. Holt in kurzem den Rückstand auf, der ihn als Kümmerling erscheinen ließ. Dausel-Herta sieht ihr Orakel widerlegt und macht einen Bogen um die Freundin.

Im Winter, die Nacht hat Neuschnee gebracht, sieht Meta eine Fußspur in der weißen Decke. Sie kommt von den Feldern her, führt gradwegs auf die Schmiede zu und endet vor der Tür. Meta nimmt den Schlüssel aus der Lade und geht aufschließen. Aus der Düsternis schlagen ihr Kälte und der Geruch von rostigem Alteisen entgegen. Sie tritt an die Schmiedeesse, wühlt in der kalten Asche, stößt auf warme Glutreste. Da weiß sie Bescheid.

Die Tochter vom Wikarski wird wunderlich, sagen die Leute

im Dorf. Was ist geschehen? Im weißen Kleid läuft sie durch die Straßen und singt: Übers Jahr, wenn die Kornblumen blühen, übers Jahr, mein Schatz, dann bist du mein. – Mit der Schneeschmelze packt sie ihr Bettzeug und zieht zurück ins Schmiedehäusl. Eine Frau gehört zu ihrem Mann, egal was passiert. Sagt sie zu Josef. Lene hebt hilflos die Schultern. Klein-Walter verbleibt bei den Großeltern.

In Aslau, als das Gesindehaus brennt, weckt der Altbauer nicht die Dienstmagd auf, weil sie schwanger ist von ihm. Von nun an, wenn er nachts nach Hause geht, hälts ihn fest an der Stelle, wo die ausgebrannte Ruine steht. Und ein kleines Mädchen im Hemd schaut ihn klagend an. Das ist sein eigen Fleisch und Blut, sagt man in Treben. Und Holzbauer Burkhardt erzählt in Thiemanns Kneipe, daß der Gastwirt in Kretschamberg, der das Maß immer daumenbreit unterm Eichstrich einschenkte, nach seiner Beerdigung als Bieresel wiedergekommen ist. Seither muß er nachts in der Schankstube umgehen und die schalen Neigen austrinken. Vor Schreck läßt Thiemann das Glas, in das er eben zapft, überlaufen.

In Treben weiß man, daß die Zukunft erblickt, wer zwischen den Beinen hindurch auf den eigenen Dachfirst schaut. Die Tochter vom Holzbauern probiert das und sieht auf dem Dach einen Sarg. Im selben Jahr stirbt ihr die Mutter weg, am hitzigen Fieber.

Wikarski-Josef wird immer weniger. Er hat einen Blutsturz gehabt und kommt nicht wieder auf die Beine. Er wird, sagt die Lene, geradezu durchscheinend; eines Tages ist er einfach nicht mehr da. Man muß einen leeren Sarg zum Kirchhof tragen.

Die Lene bewältigt die Arbeit nicht allein; sie muß Ländereien verkaufen. So kommt es nun doch noch zum Zusammenschluß mit Dausels Besitz; freilich anders, als Josef das einst dachte. Der Scholze erscheint nämlich als Käufer bei der Lene. Die bittet ihn auch, etwas für den Enkel zu tun. Der Dausel geht nach Löwenberg. Ein Schwippschwager ist da Wagenschmied. Eine Hand wäscht die andere, wie das so ist. Nach Löwenberg also kommt Klein-Walter schließlich in die Lehre.

Dort wird er in einem deutschen Traum unterrichtet. Adam Opel hat ihn gestiftet, sagt der Löwenberger Wagenschmied, in einem Kuhstall bei Rüsselsheim. Hat dort am Ende der Walz Maschinen zum Nähen gebastelt. Später hat er sich aufs Fahrrad geworfen, mit Freilauf. Die Söhne dann sind aufs Automobil gekommen und haben dem deutschen Namen viel Ehre gemacht, sagt der Wagenschmied. Diesen Traum soll der Lehrbub hinaus ins Leben mitnehmen.

Im Greulicher Bruch, wo anno achtzehndreizehn die französische Kriegskasse versunken sein soll, hat man achtzehneinundsiebzig ein Licht überm Moor gesehen. So hat sich damals der Krieg angekündigt. Jetzt zeigt sich das Licht erneut in den Nächten. Wünsch-Gustav, der nebenher das Amt des Totengräbers versieht, schlurft in Holzpantinen über den Kirchhof. Vom Turm klagt das Käuzchen; es ist heller Mittag. Am Wiesenstück hinter den Erstbelegungen ist ein neues Gräberfeld aufgetan. Drei Gruben sind schon hüfttief ausgehoben. Wer hat hier begonnen? Das Werkzeug im Leichenhäusl, sonst rostig vom seltnen Gebrauch, glänzt silbern. Soll der alte Wünsch nun weitergraben, oder was?

Der Krieg fordere seinen Tribut ein, soll die Kunschen geunkt haben. Gehört hat es keiner. Aber von den elf wehrfähigen Männern, die das Dorf Treben an die Front entsendet, von den Kindern im Gänsemarsch bis zur Boberbrücke geleitet, werden neun nicht zurückkehren. Auch Kantor Behleit nicht, der neu im Dorf war und allen verkündete, man müsse das Unreine aus der Zeit herausbrennen mit Feuer und Schwert. Dem Schäfer Liebs, der seine Tage mit dem Strickstrumpf verbringt, geht bald die Wolle aus – die Herde wird abgeschlachtet zur Notversorgung der Stadt Bunzlau.

Meta geht im weißen Kleid durch das Dorf Treben, trägt einen Kranz aus Männertreu. Übers Jahr, singt sie, wenn die Kornblumen blühen …

Trudel, die Enkelin von Schneider-Wilhelm, will wissen, wie ihr Zukünftiger aussieht. In der längsten Nacht des Jahres deckt sie in ihrer Kammer den Tisch für zwei. Um die Mitternacht tritt ein schmucker Bursche ein, setzt sich zu ihr und beginnt zu essen. Wie er zum Becher greift, bemerkt die Trudel, daß sie das Bier vergessen hat. Sie springt auf, eilt in den Keller. Als sie zurückkehrt, ist der Bursche verschwunden. Da weiß nun die Trudel, daß sie als Jungfer sterben wird.

Der Scholze geht durchs Dorf, den Hut in der Hand; er sammelt Spenden für ein Heldendenkmal. Viel kommt da nicht zusammen in Treben, es reicht kaum für eine hölzerne Tafel. Am Ende ist auf der auch bloß Platz für acht Namen. Der Kantor Behleit mit seinem Loblied auf Feuer und Schwert wird sich seinen Nachruhm woanders suchen müssen.

Bei Kattowitz und Beuthen, hört man, hats Zoff gegeben mit den Pölschen. Aber das ist weit weg. Ausland, konstatiert der Dausel. Uba druba, wu die grußa Pilza wachsa, spottet Thiemann der Wirt. Und Schäfer Liebs singt: dobsche, dobsche trala.

Klein-Walter findet Arbeit in einer Niederlassung der Firma Lanz in Görlitz. Repariert Ableger und Heuwender und träumt von einer eigenen Agentur. Vorerst. Er spart auf ein Fahrrad mit Ballonreifen, Sportlenker und Karbidlampe. Doch dann wird bei Lanz eine Drehbank ausrangiert, noch funktionstüchtig. Dafür legt der Schmied sein Erspartes an. Mit Lenes Spannkuh kutschiert er die Maschine nach Treben. So wirft am Boberufer ein deutscher Traum seine Schatten voraus.

Als Klein-Walter nach Treben zurückkehrt, übergibt ihm die Mutter ein hölzernes Kästchen. Ein vergilbtes Papier, die Schrift inzwischen unleserlich, ist darin aufbewahrt. Ein abgerissener Knopf. Und der Rest eines zerbrochenen Hufeisens. Was es damit auf sich habe, will Klein-Walter wissen. Übers Jahr, singt Meta, wenn die Kornblumen blühen …

Wenn man ein Hexenhaar in die Jauche wirft, fängt sie an zu kochen. Das ist die Hexenprobe. In der Blauen Marie, einem

Wirtshaus im Primkenauer Forst, zechen nachts geheimnisvolle Frauen. Verirrt sich dahin ein Mann, kommt er in höchste Gefahr. Wer sich mit einer von ihnen einläßt, muß sieben Siegel von der geheimen Wissenschaft lösen. Drei Fragen legt ihm die Sonne vor. Kann er sie nicht beantworten, verliert sich seine Seele im Dunkel.

Klein-Walter hat in Liegnitz auf dem Gewerbeamt zu tun. Bei Sonnenschein macht er sich auf den Rückweg. Bis Haynau kommt er gut voran. Im Wald hinter Modlau wird es plötzlich finster. Und nun bricht ein Wetter los, daß sich die Bäume biegen. Mit wütenden Schlägen peitscht ihm der Sturm Regengüsse ins Gesicht. Er weiß einen Heuschober kurz vor dem Bruch. Den erreicht er mit Not. Dort hat schon ein Mädel Zuflucht gesucht; patschnaß wie aus dem Wasser gezogen. Eben wringt es sein Kleid aus, als wärs am Waschtrog. Gebannt sieht Klein-Walter die hellen Wassertropfen auf dunkler Haut. Als ihre Blicke sich treffen, wirft sie ihr langes Haar über ihn und hat ihn in ihrer Gewalt.

Der Prunsch hat von Grünberg her nach Treben eingeheiratet. Damals hieß er noch Pruncz, dann hat er sich eindeutschen lassen. Er will an der Trebener Kirchenwand den Schatten der Krone vom Kaiser Barbarossa gesehen haben. Der Rotbart hat hier nämlich für Ordnung gesorgt, behauptet der Prunsch, indem er die Söhne vom Ladislaus, der hat Zuflucht nehmen müssen beim Konrad von Thüringen, in ihr Erbe hat eingesetzt. Diese deutsche Ordnung, ruft er bei Thiemann, ist in Gefahr. Wir müssen sorgen …

Wenn du schreien willst, fällt ihm der Wirt ins Wort, geh auf den Markt.

Der Schmied hat, auf kleinem Feuer noch, mit der Arbeit begonnen. Nebenher ordnet er die verkommene Werkstatt. Das Häusl teilt er mit der Mutter. Ihr närrischer Gesang begleitet seinen Werktag. Was er tut, gilt dem täglichen Brot. Was er verfolgt, soll sein Leben werden. Aber davon redet er nicht.

An den Abenden erstarrt die Landschaft unter bleiernem Licht, das lange Schatten wirft. Blau verdämmern am Horizont die Berge. Im Dorf nistet sich Stille ein. Eine Fremde geht durch Treben, halb Kind noch, halb Frau, zieht ein Wägelchen hinter sich drein. Läuft gradwegs zum Schmiedehäusl. Meta steht an der Tür. Was willst du?

Ich bin die Linda aus Modlau. Ich krieg ein Kind. Der Schmied ist der Vater.

Übers Jahr, singt Meta, übers Jahr, mein Schatz ... Sie geht ins Häusl, schnürt ihr Bündel und trägts auf die Straße. Dort hockt sie sich nieder; kauert bis zum Abend. Lene holt die Verwirrte ins Elternhaus zurück.

Linda und Klein-Walter heiraten schnell, eh man den dikken Bauch sehen kann.

Schäfer Liebs hat es gesehen, bevor es nach Treben gekommen ist. Ein Dunkles, hat er geraunt. Man kann es spüren. Aber nicht beschreiben. Später ist es auf Lastautos durch die niederschlesische Heide gefahren, hat Lieder gegrölt und den Arm steif in die Luft gestreckt. Einen häßlichen Anzug hat es getragen. Und gekommen ist es wie eine Seuche. Den Pferdeknecht vom Dominium hat es zuerst angesteckt. Der ist Samstagabend zu Thiemann gekommen, angehost wie für eine Operette. Mit den Stiefelabsätzen hat er geknallt.

Das ist es, hat der Liebs gesagt, was ich gemeint hab. Und: so fängt nichts Gutes an. Hat er gesagt.

Die Alten in Treben wissen es noch: es gibt ein sicheres Mittel, seinen Feind unauffällig aus der Welt zu schaffen. Man muß nur seinen Fußabdruck ausgraben und im Rauchfang aufhängen. So wie der Stapfen vertrocknet, so verdorrt auch der Mensch, der ihn hinterlassen hat. Bei Nacht und Nebel stiehlt Meta sich hinters Schmiedehäusl, den Spaten in der Hand. Sie hat die Zukunft gesehen im Angesicht der Frau, von der sie verdrängt ist. Und will das Ärgste für Klein-Walter verhindern. Nun hängt der Abdruck im Rauch, doch Linda nimmt keinen Schaden. Rund wird sie und blüht auf. Statt dessen fühlt Meta sich sterbenselend. Sie hat wohl im Dunkel und in der Eile den eigenen Fußstapfen ausgegraben. Augenblicks nimmt sie den Erdklumpen aus dem Rauchfang, begießt ihn mit Wasser und pflanzt ihn zurück in den Boden. Jetzt gehts ihr wieder besser; doch ganz gesund wird sie nimmer.

Holzbauer Burkhardt hat einen Schirrscheithaken zum Richten gebracht und braucht ihn auf Mittag zurück. Der Schmied verspricht es. Er steht vorm Amboß, den rotglühenden Beschlag in der Zange. Hinter ihm Linda, schiebt die Hand unters verschwitzte Hemd, läßt die Finger über seinen Rücken wandern.

Wie soll ich da arbeiten?

Sag ich, daß dus sollst?

Mittags kommt der Burkhardt. Findet die Schmiede leer, den Stranghaken ausgekühlt und ungerichtet. Aus dem Häusl gellt triumphierend Lindas Liebesgeschrei.

Als der Fluß die ersten Eisstücke führt, springt Meta von der Boberbrücke. Im weißen Kleid. Waldarbeiter finden die Leiche am Baudendorfer Wehr. Wikarski-Lene verkauft ihr vorletztes Stück Land und stiftet die Summe fürs Kirchendach, um Pastor Knobloch zu überzeugen, daß es ein Unfall war. Knobloch ist neu im Dorf und besessen vom Ehrgeiz, dem Gotteshaus ein gutes Ansehn zu verschaffen. Meta erhält ein christliches Begräbnis. Linda in feierlichem Schwarz, das schöne Gesicht weiß wie Schnee, geht an Klein-Walters Arm zum Gottesacker. Als die erste Schaufel Sand auf den Sarg fällt, spürt der Schmied den Arm seiner Frau erzittern. Was ist los?

Wir wollen es besser machen, flüstert Linda.

Beruhigend legt Klein-Walter den Arm um die Frau.

Über Nacht verliert das Geld seinen Wert. Der Lohn, den der Schmied für einen Hufbeschlag erhält, langt, wenn er ihn nach Liegnitz trägt, dort schon nicht mehr, um noch den Hufnagel zu bezahlen.

Böse Zeiten, prophezeit Schäfer Liebs, stehen ins Land. Er

hat ein Klagen gehört, das aus der Luft kam. Nichts Gutes hat es versprochen.

Klein-Walter wird aus sorgenvollem Schlaf wachgerüttelt. Es geht los, sagt Linda. Lauf um die Hebamme. Sie wirft ihm die Joppe zu.

Es ist Winter. Weit in der Nacht. Wütend heult der Wind ums Schmiedehäusl. Klein-Walter macht sich auf den Weg durch den lichtlosen Ort. Stemmt sich gegen den Sturm, verfehlt den Abzweig zur Mühlgasse, läuft in die Irre. Tastet sich durch die Finsternis, geht und kommt nicht vom Fleck. Irgendwann meint er, vorm Haus der Kindelfrau zu stehen, tritt durch die unverschlossene Türöffnung, findet sich in einer Ruine. Träumt er? Über ihm ein helles Rechteck inmitten der Schwärze – das Haus ist dachlos. Er stolpert durch Bauschutt. Zerfetzte Gardinen wehen aus dunklen Höhlen. Ein Geisterhaus, aufgegeben. Wann ist das geschehen? Und was nun? Es hat nur die eine Gebärfrau im Dorf. Ratlos irrt der Schmied zurück durch die Nacht, findet die Tür zum Schmiedehäusl verschlossen, vermeint, dahinter Stimmen zu hören.

Mach auf, ruft er. Pocht mit Fäusten gegen das Holz.

Niemand öffnet. Die Stimmen hinter der Tür sind verstummt. Verstohlene Geräusche dringen heraus, verlieren sich im Geheul des Windes: Wassergepansche, Stühle werden gerückt. Er vermag nicht abzuschätzen, wieviel Zeit verrinnt, während er ausgesperrt wartet. Irgendwann glaubt er, das leise Greinen eines Kindes zu hören.

Endlich wird der Riegel zurückgeschoben. Froststarr taumelt er über die Schwelle. Linda steht vor ihm, lächelt matt.

Der Schmied blickt fragend auf ihre leeren Hände. Wo ist das Kind?

Es hat bloß herausgeschaut, sagt Linda, und ist gleich wieder zurückgekehrt in mich. Es wird seine guten Gründe haben.

Wer war bei dir?

Der Wind.

Ein Kissen, behaupten die Frauen im Dorf, hatte die Linda unterm Ruck gehabt! So hat sie sich den Schmied gekascht.

Die Zeit geht hin, Jahr um Jahr. Endlose Folge von Saat und Ernte. Wo bleiben die Hoffnungen?

Die Klagen, die Schäfer Liebs aus der Luft gehört haben will, scheinen recht zu behalten. Der Bober bringt Hochwasser zu einer Zeit, wo die Schneeschmelze lang vorbei ist. Das hat man in Treben noch nicht erlebt. Keiner weiß eine Erklärung. Die Flut spült jeden Halm von den besten Äckern in der Flußtalung. Der Scholze ist über Nacht ein armer Mann. Wenn er das bißchen Mühlzins nicht hätte und die Badstube, er könnte den Strick nehmen, verkündet er bei Thiemann. Für sein wertlos gewordenes Geld erhält er nirgends noch einen Sack Hafer. Das Dorf kehrt zurück zur Naturalwirtschaft wie in ältesten Zeiten. In den Nächten will man den Geist eines Landsknechts gesehen haben. Von Haus zu Haus soll er gehen und mit dem Spieß an die Wände schlagen.

Klein-Walter erhält kein Zainzeug mehr auf Kredit. Er muß nach Arbeit in die Stadt gehen, um Linda ernähren zu können. In Liegnitz kommt er als Rohrschweißer unter. Die Handgriffe wiederholen sich stumpfsinnig: Rohrmantel richten, Schweißflamme einstellen, zwölf Schritt zum Rohrende laufen, nächstes Rohr anheften, Naht ziehen, Rohr auf Lagerbock führen, wieder Rohrmantel richten, Flamme nachstellen, zwölf Schritt bis zum Rohrende laufen … Das alles an die hundertfünfzigmal je Tag. Zwölf Schritt hin, zwölf Schritt zurück. Noch in den Nächten ist er unterwegs. An den Wochenenden läuft er vorm Schmiedehäusl ruhlos auf und ab.

Prunsch-Wally, die unter ihrer Häßlichkeit leidet, geht zur Kommunion. Nimmt heimlich die Hostie aus dem Mund, löst sie daheim in Milch und bestreicht mit dem Brei ihr Gesicht. Das läßt sich abnehmen wie eine Maske. Darunter wird ihre neue Schönheit sichtbar. Der Meßdiener hat es gesehen, wie sie die Hostie aus dem Mund nahm. Sie war bei der Kunschen, vermutet Pastor Knobloch. Aber beweisen kann er es nicht. Und die Wally schweigt wie das Grab.

In diesen Tagen kommt in Kretschamberg ein Kalb mit zwei

Köpfen zur Welt. Und in Alt-Öls hört man ein Kind im Mutterleib weinen. In Treben weiß man: wenn mehr Jungen als Mädchen geboren werden, gibt es bald Krieg. Der Scholze hat gezählt. Aber er spricht nicht darüber.

Klein-Walter geht um mit einer Idee. Unfertig noch und also nicht spruchreif. Ist jedoch unentwegt mit ihr zugange auf seinem Liegnitzer Weg: zwölf Schritt hin, zwölf Schritt zurück.

Der technische Fortschritt hat das Dorf in der Bobertalung erst vor wenigen Jahren erreicht: in der bescheidnen Gestalt der Petroleumlampe. Freilich noch längst nicht in allen Höfen. Die mehrfach erbgeteilten Kleinbauern mit ihren drei Ackern Wind hinterm Haus stecken abends noch immer den Kienspan auf. Immerhin: beim Aslauer Krämer sind etliche Fässer Petroleum bevorratet. Und an diese Errungenschaft knüpft Klein-Walter seinen Plan. Einen Motor will er bauen, klein und handlich, mit Petroleum betrieben. Doch das soll erst der Anfang sein. Eine Adaption schwebt ihm vor, die es ermöglicht, verschiedene Geräte anzuschließen. Wasser wird man pumpen auf diese Weise, einen elektrischen Generator antreiben. Selbst die Ruderkähne auf dem Fluß könnte man damit bewegen. Man wird sägen und dreschen. Und das Ungeheuer von Lokomobil, das ganze Wagenladungen Klafterholz frißt, wird vom Dominium verschwinden. In Liegnitz leiht er sich Bücher aus über Aufbau und Wirkung von Motoren. Und brütet bis weit in die Nächte hinein über seinem Vorhaben. Es fließt noch viel Wasser den Bober hinunter, bis er an einem Sonntagmorgen in der Trebener Schmiede einen Block in den Schraubstock spannt und bis weit nach Sonnenuntergang sägt und feilt und schmirgelt. Was er da treibt, das weiß niemand. Auch Linda nicht.

Die verwartet einsame Abende im Schmiedehäusel. Einmal tritt der Schatten der Wikarski-Meta zu ihr und fragt hämisch: Wars das, was du gewollt hast?

Vor Schreck kann Linda die Leibesfrucht, die sie seit Jahren bei sich trägt, nicht mehr halten. Es wird eine Sturzgeburt.

Als der Schmied spät in der Nacht aus der Werkstatt kommt, legt ihm die Frau ein straff verschnürtes Bündel in den Arm.

Dein Sohn Benjamin, sagt sie.

Adelheid von Sulzbach, Schutzherrin des Landes, geht durch Treben. Kommt die holprige Dorfstraße herabgeschritten: im langen Gewand und mit flachsblondem Haar. Prunsch-Wally ist das, die jetzt schon schwitzt in der Junisonne und unter der dicken Perücke. Ein überplanter Siedlerwagen mit Ochsen im Joch schaukelt zum Boberufer. Das ist der Burkhardt, der da auf dem Kutschbock sitzt, zurechtgemacht mit angeklebtem Vollbart und in zu weiten Pluderhosen als fränkischer Siedler Till, dem die Ortsgründung nachgesagt wird. Ein bißchen verlegen in seiner Maskerade, aber schon auch ein wenig stolz kutschiert er daher: man gründet nicht jeden Tag ein Dorf. Kinder begleiten johlend seinen Weg.

Lehrer Kleinschmidt hat sich das ausgedacht, der neu ist in Treben, nachdem über Jahre die Schulkinder nach Aslau laufen mußten, weil Kantor Behleit auf dem Feld der Ehre verblieben war. Ein neues Bild hat er angebracht im Schulraum, der Lehrer Kleinschmidt: nicht mehr der alte Kaiser Wilhelm hängt da, den Burkhardts Enkelin für den lieben Gott gehalten hat, sondern ein finsteres Gesicht, zu dem keines der Kinder zu beten versucht ist. Herausgefunden hat er, der Herr Lehrer, daß eben heute das Dorf Treben gegründet wurde. Vor siebenhundert Jahren, sagt er. Was niemand sich recht vorstellen kann. Und man muß ein Bewußtsein wecken für diese alten Zeiten, damit man sich recht verhalten kann in den jetzigen, sagt der Lehrer. Und hat also ein Fest angesetzt für diesen Tag, mit eben diesem Umzug. Pastor Knobloch war anfangs gegen die Wally als Adelheid – die Sache mit der Hostie hat er nicht vergessen. Aber Kleinschmidt hat bestimmt, die Schönste im Dorf sei eben gut genug dafür. Anders würde die edle deutsche Gestalt in den Schmutz gezogen, und das will nun freilich auch der Pastor nicht. Im festlichen Ornat steht er vor dem Kirchentor, wo der Umzug enden soll, den er segnen wird, und dergestalt die siebenhundert Jahre, die das

Dorf Treben auf seinem krummen Buckel hat. Neben ihm wartet Thiemann der Wirt, der nachher ein Faß Freibier anstechen soll. Kleinschmidt hat es bezahlt: aus einem vaterländischen Fonds, den es in Liegnitz gibt.

Es sind auch Gäste gekommen. Drei Männer aus der Hauptstadt des Regierungsbezirkes, in einem richtigen Automobil. Kleinschmidt muß höflich ersuchen, es beiseit zu fahren, weil es mehr Aufmerksamkeit findet als der ganze Festzug. Und dann sind auch noch Leute da aus den Weilern und Walddörfern rundum, für die es lohnend erschien, um des versprochenen Gratisbieres sich auf den sandigen Fußweg zu machen.

Olbrichsky-Blasius, dessen zittrige Hände schon längst nicht mehr das Rasiermesser führen können, ist auserwählt, mit seinem gelben Ziegenbart den Herzog Heinrich vorzustellen, der den Zug anführen soll. Einen Purpurmantel, hat Lehrer Kleinschmidt versprochen, wird er tragen. Den sollte die Prunsch-Wally mit Ochsenblut einfärben. Es war aber bloß Hühnerblut zur Hand. Und nun steht der Blasius da, im dikken Winternachthemd mit aufgesetztem Karnickelkragen. Die Pappkrone verrutscht auf dem kahlen Schädel. Und das Hemd ist mehr grau als rot. Aber, sagt der Lehrer Kleinschmidt, ein bißchen Phantasie müssen die Leute schon mitbringen.

Und nun soll es also richtig losgehen. Auf ein Zeichen des Lehrers saust der Ziegenjunge dorfauf zur Kirche, wo Pastor Knobloch wartet, dem Kirchbitter zu winken, der dann mit dem Läuten beginnen wird. Unterdes redet der Kleinschmidt noch einmal auf den Olbrichsky ein: Nicht umschauen! mahnt er. Und: Würdevoll ausschreiten! Die ganze Last schlesischer Geschichte läge jetzt auf seinen Schultern. Auch von den anderen im Festzug verlangt er: Ernste Gesichter! Nur die Adelheid soll lächeln. Und jetzt läuten die Kirchglocken los. Womm-womm-womm! dröhnt es durch die frühsommerliche Bobertalung. Bim-bim-bim! mengt sich die kleine Feuerglocke drein. Kleinschmidt hebt die Hand. Und jetzt müßte sich also der Zug in Bewegung setzen; Olbrichsky-Blasius vorweg, würdevoll ausschreitend. Aber das tut er nicht. Steht statt dessen wie angewurzelt, ein Zittern läuft durch seinen mageren Körper. Es scheint, als wolle er etwas sagen. Doch auch das geschieht nicht.

Los doch! schreit der Kleinschmidt nervös. Und da fällt der Olbrichsky-Blasius einfach um. Liegt starr am Boberufer und ist richtig tot. Die ganze Last schlesischer Geschichte war wohl zuviel für den alten Mann.

Aufstehen! kommandiert Lehrer Kleinschmidt. Sofort aufstehen!

Aber das hilft ja nun nichts. Der schöne Festzug kommt aus der Ordnung, alle stehen um den Blasius herum. Der Kleinschmidt hat ein tomatenrotes Gesicht vor lauter Wut; mehr fällt ihm nicht ein. Und jetzt mischt sich Schäfer Liebs in das Unternehmen, den der Lehrer nicht ausstehen kann und der darum im Festzug keine Rolle erhielt. Packt mal an, sagt der Liebs. Und vier Männer heben den Olbrichsky zuerst auf ein Wagenbrett, dann auf ihre Schultern und tragen ihn gemessenen Schrittes der Kirche zu. Der Küster läutet aus Leibeskräften. Und dann schließt sich der ganze Festzug an.

Solch ein Leichbegängnis hat in Treben noch keiner gehabt. Die Glocken läuten den ganzen Weg durch das Dorf hinauf. Plötzlich ist da wirklich ein Grund, würdevoll zu schreiten. Nur die Adelheid vermag nicht zu lächeln. Pastor Knobloch segnet den Toten. Thiemann der Wirt haut den Spund ins Faß. Die Männer aus Liegnitz klopfen dem Kleinschmidt auf die Schulter und sagen, der Kamerad solle mal so weitermachen. Vor allem die Idee mit dem toten Herzog sei geradezu genial! Steigen in ihr Automobil, sitzen da eine Weile, nichts geschieht. Der eine steigt wieder aus, schaut unter die Motorhaube, flucht und schreit, da habe ihm einer die Kerze geklaut.

Eilfertig rennt der jüngere Burkhardt-Sohn los und kehrt nach kurzem mit einem Stearinslicht zurück. Die Gesichter der drei Männer erstarren zu Fastnachtsmasken. Kleinschmidt verlangt, die Bauern möchten Vernunft annehmen und das entwendete Teil wieder herausgeben, er persönlich bürge für Straffreiheit. Doch das führt auch nicht weiter. Am Ende spannt der Holzbauer seine Gäule vor das Automobil, und zweispännig fahren die drei Männer aus dem Dorf.

An diesem Abend paßt Klein-Walter ein Teil in seinen Motor, das bislang noch fehlte und das er nicht selbst fertigen kann. Schüttet einen Rest Petroleum aus der Lampe und zieht zum erstenmal an der Reißleine. Der Höllenlärm, der jetzt durchs Dorf dröhnt, bringt Lenes trächtige Sau vorzeitig zum Abferkeln.

Rübezahl grollt, sagt Linda zu dem erschrocken losgreinenden Kind. Dann rennt sie in die Werkstatt und findet den Schmied: schwarz, als wär er durch den Rauchfang gekrochen.

Es hat funktioniert, stammelt Klein-Walter überglücklich. Für einen Augenblick hat es richtig funktioniert!

Post-Okrob ist das neunte Kind vom Hegemeister in Strags, der erste Junge nach acht Mädchen. Der Pastor hat ihn anfangs zum Missionsdienst überreden wollen. Aber der Vater beharrte darauf, den Beamtenstand familiär zu befestigen. Und so wird, als das Dorf Treben eine Poststelle erhält, der Hegemeistersohn ihr als Offiziant vorgestellt. Dreimal täglich ist Okrob gerüstet, eingehende Post zu sortieren und auszutragen, was vorerst freilich nur theoretisch geschieht – wer schreibt schon Briefe in ein Heidedorf hinterm Mond? Und es gibt einen Apparat für ganz eilige Botschaften, Telegraph geheißen.

Lehrer Kleinschmidt betritt die Poststelle, die aus zwei Regalfächern in Okrobs Vertiko besteht. Und aus dem Tisch, darauf der Telegraphenapparat seinen Platz hat, vor dem während der Dienststunden Post-Okrob mit geschlossenem Kragenknopf zu sitzen hat.

Heil, ruft Kleinschmidt. Mal von gebildet zu gebildet: Das Gemehre in dieser Kabbrusche von Dorf stinkt zum Himmel! Polackenwirtschaft! Zucht muß hier rein! Ordnung und deutscher Geist!

Guten Tag, Herr Kanter! sagt Post-Okrob höflich und erhebt sich zu einer korrekten Verbeugung.

Okrob, sagt Kleinschmidt, Sie sitzen hier quasi an der Quelle – haben Sie doch mal ein Auge auf alles, was die Leute sich in diesen Zeiten so mitteilen. Sie verstehen!

Okrob versteht. Überm Tisch an der weißen Wand hängt ein Kruzifix, helles Lindenholz; der Beamte Okrob ist schlesischer Protestant. Und als er jetzt fragend die Augen aufschlägt zu dem Gekreuzigten, da sieht er, wie kaum merklich der Querbalken sich biegt. Und es ist ein leises Knarren vernehmbar. Das kommt aus dem gequälten Holz. Langsam senkt der Offiziant den Blick auf die gescheuerte Tischplatte vor sich. Mein Herr, sagt er, ich bin Beamter. Wissen Sie, was das bedeutet? Ich mache mich nicht gemein mit irgendwelchem Denunziantengesindel!

Kleinschmidt geht. Diesmal vergißt er den Gruß. Am Abend hat Post-Okrob einen Brief abzustempeln. Adressiert an ein Parteibüro in Liegnitz. Absender Kleinschmidt. Der Offiziant verbringt eine unruhige Nacht, abwägend zwischen zwei Gütern. Unbefragt: das Postgeheimnis ist heilig. Aber: ich werd doch nicht eine Denunziation befördern, noch dazu, wenn sie mich betrifft!

Gegen Morgen verläßt Post-Okrob das Bett, unausgeschlafen, jedoch fest entschlossen. Zieht ein frisches Hemd über und die Uniformjacke – Amtshandlungen sind im gebührenden Anzuge durchzuführen. Mit zitternder Hand erbricht er Kleinschmidts Brief, liest mühsam, die Buchstaben tanzen vor seinen Augen, wie der Lehrer ihn anschwärzt und seine Ablösung verlangt. Ein Streichholz flammt auf. An der Wand der Gekreuzigte zwinkert einverständig mit dem Augenlid. Kleinschmidt wird lange auf eine Antwort warten können.

Ein Ungetüm knattert durchs Dorf. Verschreckt schwirrt der Sperlingsschwarm hinter Schneiders Misthaufen ab. Pastor Knoblochs weiße Leghornhenne, zweite Gebietssiegerin auf der Sprottauer Leistungsschau, steht erstarrt auf einem Bein, das linke Auge auf das Vehikel gerichtet, das über die Straße holpert, das rechte stiert ins Leere. Sie läßt ein Ei fallen, mitten im Hof. Teufelszeug, entscheidet Pastor Knobloch. Und schlägt rasch ein Kreuz.

Klein-Walter, durchgeschüttelt auf dem ungefederten Gefährt, schaukelt hinaus in die Brache. Senkt einen Ausleger ab, rodet Buschwerk und Krauticht und pflügt es im gleichen Arbeitsgang unter. Am Wegrand versammeln sich Zuschauer. Der jüngere Wünsch geht auf die Knie und prüft andächtig die Schälfurche. Der Schmied hält am Feldrand an. Die Bauern klatschen Beifall. Der Dausel will die Maschine auf der Stelle kaufen. Das, ruft Lehrer Kleinschmidt, als sie nachher bei Thiemann sitzen, das ist urdeutscher Siedlergeist! So werden wir die weite Ukraine fruchtbar machen!

In der Nacht rollt eine große steinerne Kanonenkugel die Dorfstraße hinab. Es zischt und stinkt nach Schwefel.

Inmitten der Getreidemahd geht über der Flur ein Blutregen nieder. Bauern, die bei der Ernte waren, kommen mit rotverschmierten Gesichtern und Händen heim.

Der Anfang des Krieges wird in Treben von anderen Ereignissen überdeckt. Der Prunsch-Wally wächst ein dicker Bauch. Die Leute munkeln, der Lehrer Kleinschmidt habe ihn verursacht. Von der Wally selbst ist nichts zu erfahren. Als sie niederkommt, gellt durch die Nacht ein Schrei. Nicht die Wally hat ihn ausgestoßen, sondern die Hebamme. Es kommt nämlich ein Kind zur Welt mit einem Wolfskopf. Und wie die Amme es waschen und abreiben will, entreißt es sich ihren Händen, läuft aus der Tür und rennt in den Heidewald. Da hört man es nun bei Vollmond heulen. Danach wird die Wally wunderlich. Der Kleinschmidt läßt sie nach Liegnitz bringen, in die geschlossene Anstalt.

Der Prunsch, von dem es heißt, er habe ein Huhn, das ihm goldene Eier legt, hackt heimlich Blei. Er lauert dem Lehrer auf und trifft ihn so, daß er kein Mädchen mehr schwängern wird. Dann legt er Feuer auf seinem Hof und erhängt sich im Stall. Wünsch-Gustav, der die Trebener Feuerspritze kommandiert, läßt das Strahlrohr auf das Hühnerhaus halten, damit wenigstens das Geldhühndl gerettet wird. Es findet sich aber kein Gold, sondern nur Hühnerdreck.

Im Warthegau werden Polen von ihren Höfen vertrieben. Deutsche aus Wolhynien kommen da rein. Heim ins Reich, heißt diese Aktion. Ein Hausierer aus Ostrow, der bei Thiemann nächtigt, hat mit den Umgesiedelten gesprochen. Unglicklich sein se, erzählt er. Flennen tun se um die aale Heemat.

In Baudendorf die Czaja versteht sich auf das siderische Pendel. So erforscht sie für die Frauen im Bobertal die Wahrheit hinter den Frontnachrichten und Feldpostbriefen. Das geht ganz einfach: sie bindet den Ehering der Besucherin an einen Faden, handspannenlang, und läßt ihn über dem Lichtbild oder dem Brief des Soldaten kreisen. Es ist da ein Stoff, sagt die Czaja, odische Lohe geheißen, der jedem Menschen zugehört. Und der strahlt so stark, sagt sie, daß noch das Bild oder die Schrift eine Nachricht übermitteln vom Befinden des Betreffenden. Dieser Stoff ist eigentlich unsichtbar. Aber sie, die Czaja, sieht mehr. Und also auch die odische Lohe. Sie kann beschreiben, daß sie tiefblau ist. An den Rändern fasert sie aus und verläuft in rötlichem Widerschein. Und kalt ist sie, also kein Feuer. Daraus liest nun die Czaja: Deinem Helden gehts gut, er war im FP Mot.

Wo ist er gewesen?

Im motorisierten Frontpuff.

Jemmerschnee! Doaß ar sich bluuß nischte ni hoat gehult!

Solchen siderischen Nachrichten traut man in Treben mehr als den Meldungen des Reichsrundfunks, die der Lehrer Kleinschmidt vermittels eines Apparates empfängt, den er ins Fenster stellt, wenn Sondermeldungen kommen. Und den er so laut einstellt, daß die halbe Dorfstraße mithören muß. Wogegen die Enkelin vom Burkhardt anplärrt: Kein schöner Land in dieser Zeit …

Im Klitschdorfer Forst ist die Unruhe eingekehrt. Eine riesige Waldfläche wird gerodet. Dort baut die Wehrmacht. Der Forst ist abgesperrt. Die Blaubeeren reifen und niemand darf sie ernten. Die Leute munkeln, es ginge um eine Munitionsfabrik. Die Bauleute lassen ihre defekten Maschinen bei Klein-Walter reparieren. Der hat die Arbeit in der Stadt aufgeben können und macht jetzt daheim gutes Geld. Vom Kriegsdienst ist er freigestellt; unabkömmlich sei er, ist ihm bescheinigt. Er arbeitet für den Endsieg. Und er trägt, geklemmt hinters rechte Ohr, stets einen Kopierstift bei sich, um die einträglichen Aufträge zu notieren. An der Schmiede hängt ein Schild: Mechanische Werkstätten Treben. Der Petroleum-Motor liegt unbeachtet im Eck.

Du hattest mal eine Idee, erinnert Linda.

Der Schmied wehrt ab. Später. Der Schornstein muß rauchen. Und jetzt gibt es Kohle.

Zwei Fremde stehn in der Schmiede. Es ist schon nach Mitternacht. Klein-Walter ist müde und will ins Bett. Doch die beiden lassen sich nicht abweisen. Wer sie sind, will er wissen. Und sie sagen: Deine Ahnen.

Der Schmied ist zu müde, um jetzt über schlechte Witze zu streiten. Schlecht seht ihr aus, knurrt er sarkastisch. Müßt wohl im Ungesunden leben!

Die beiden Besucher seufzen. – Höre, mein Sohn, sagt der eine. Wir sorgen uns …

Ach, fällt Klein-Walter ihm ins Wort, du bist also der Schlemihl, der meine Mutter hat sitzenlassen! Und mich dazu!

Sie ist zuerst gegangen!

Aber du hast …

Hört auf! ruft beschwörend der andere, ältere Besucher, dem ein Arm fehlt. Dafür ist jetzt nicht Zeit.

Was wollt ihr?

Wir haben dir eine Schmiede hinterlassen, keine Kriegsfabrik!

Ich repariere Baumaschinen.

Für den Krieg!

Der Schmied betrachtet die beiden Wiedergänger, ausgiebig und im Wechsel. Ihr habts grad nötig, sagt er grimmig, mir Vorhaltungen zu machen. Wenn ich bedenke, was über euch erzählt wird …

So? Was denn? Verlegen schaut Kowal-Koarle zu Robert. Der sagt: Ich kann mirs schon denken. Und ich will das gar nicht hören. Du kannst mir glauben: wir hatten alle eine Sehnsucht; und wenn da nichts draus geworden ist, dann hilft es nicht, einem von uns die Schuld in die Schuhe zu schieben.

Was also wollt ihr von mir?

Lies das! – Der Besucher, der sich als sein Vater ausgibt, überreicht Klein-Walter ein zerfledertes Buch. Der Schmied entziffert die altertümlichen Schriftzeichen. Aurora, steht da. Die Morgenröte im Aufgang. Ein Buch, verfertigt von Jakob Böhme.

Wie Klein-Walter aufblickt, sind die Ahnen verschwunden.

In Aslau, vielleicht auch in Modlau, aber nicht in Wiesau, da soll es einst einen Schmied gehabt haben, der täglich Schlag fünf den Hammer fallen ließ. Um diese Stunde nämlich trat ein Engel des Herrn zu ihm. Was sie zu reden hatten, weiß keiner genau. Womöglich ging es um die güldene Zeit, auf die Schlesien so lange schon wartet. Bei diesem Böhme, wenn Klein-Walter es richtig versteht, geht es auch um die. Er liest jetzt täglich, wenn er die Wagenrungen gerichtet und die Pflugschare geschweißt hat, in der Aurora. Die Arbeit für den Endsieg bleibt liegen.

Linda trägt, die Laterne in der Hand, den Sohn zum Sommersingen.

> … gabt mer ni zu wenig,
> Ich bin a kleener Keenig.
> Gabt mer ni zuviel,
> Ich bin a kleener Basenstiel!

So, denkt Klein-Walter, muß die heidnische Jungfrau gewesen sein. Die herrschte vor Zeiten von Glatz her übers Land. Glückliche Jahre waren das für die schlesische Landschaft. Mit ihrem Bogen konnte sie alle Grenzen des Landes erreichen. So blieben die Feinde fern. Sie lebte mit vielen Männern, aber keiner konnte sie bändigen. Ein Hufeisen vermochte sie mit ihren bloßen Händen zu zerreißen. Ihr gelbes Haar beschützt Schlesien vor dem Untergang.

Ich kumm zum Summer, singt Linda. Und der Benjamin kräht wie ein Hähnchen. Der Schmied lehnt am Birnbaum im Garten, in der Hand die Morgenröte des Jakob Böhme. Die heidnische Jungfrau, erinnert er sich, ist nicht zu besiegen, solang ihre bloßen Füße den Boden berühren. Aus der

Erde nämlich kommt ihre Kraft. Verstoßene Liebhaber wurden ihre Feinde. Die haben sie eingemauert in ihrem Schloß, als ihre Füße nicht den Erdboden berührten. Seitdem gehts nicht gut in Schlesien.

Zwei Uniformierte warten vor der Schmiede. Schon seit Stunden. Klein-Walter soll eine Spurstange richten. Doch der lehnt, ein Narr in Christo, am Birnbaum und liest in dem Böhme. Vom Turm wird Tenebrae geläutet, die Rumpelmette. Wie lange, schnauzt einer der Uniformierten, sollen wir hier noch rumstehen?

Höre, du blinder Mensch, sagt Klein-Walter, du bist in Gott. Und, so du heilig lebst, ist er in dir …

Abends kommt ein Auto aus der Kreisstadt Bunzlau, hält vor der Schmiede. Einen Kamm und ein Handtuch darf Klein-Walter mitnehmen. Linda umarmt ihn und schiebt ihm ein Zweiglein Hartheu in die Tasche, das hier auch Herrgottsblut oder Gottesgnadenkraut genannt wird. Schäfer Liebs aber heißt es Jödüfel, weil es wie der Teufel alle Unholde verjagen soll. Man wird sehen.

Wir wollten es eigentlich besser machen, erinnert Linda, das Kind auf dem Arm. Klein-Walter hört die Wehmut in ihren Worten.

Tenebrae factae sunt in universam terram, sagt der Schmied zum Abschied. Es ist eine Finsternis …

Am Fluß steht ein altes Gemäuer. Totenhäusl wird es genannt. Niemand aus dem Dorf geht da gern hin; es soll dort nicht geheuer sein. Um Mitternacht tritt Robert der Einarmige aus dem Schatten des Gebäudes, gesellt sich zu Kowal-Koarle. Der wartet, mit dem Rücken an die alte Kastanie gelehnt, die Hände verkrallt in die rissige Rinde.

Tut mir leid, sagt Robert. Das hab ich nicht gewollt.

Ich auch nicht, entgegnet Koarle.

Er wird nicht zurückkommen. Wieder einmal ist alles vertan.

Ja. Koarle starrt mit blicklosen Augen in die Finsternis.

Irgendwann flüstert er: Wir werden zusammenrücken müssen. Bald wird hier noch ein Platz benötigt.

Das Trebener Schulhaus liegt schon im Dorf, aber doch auch gesondert und ein wenig erhöht. Man geht dahin nicht wie in den Stall oder ins Backhaus. Es verlangt, so haben es wohl die Alten gedacht, als sie es bauten, mit Würde betrachtet zu werden, trotz seiner Kleinheit. Ganz besonders besehen die Trebener ihr Schulhaus am Morgen, nachdem Klein-Walter weggeholt wurde. Eine Schrift ist da zu lesen, die gestern noch nicht war. Der sie angebracht hat, muß eine Leiter zuhilf genommen haben. WER VERFOLGT, DER SOLL VERFOLGET WERDEN! So steht es da, in hellen Großbuchstaben. Und der Lehrer Kleinschmidt hat einen Tisch vor die Tür getragen, einen Stuhl daraufgestellt und versucht nun, mit scharfer Lauge und Wurzelbürste das Geschriebene zu entfernen.

Warum er sich denn so abmühe, fragt im Vorüberkommen der Schäfer Liebs. Dies sei doch ein schöner Spruch und überdies von dem schlesischen Dichter Kuhlmann, wenn er nicht irre! Er jedenfalls, zu seiner Schulzeit, habe noch vom Kühlpsalter gehört!

So? sagt Kleinschmidt. Diese Kenntnis will ich mir merken, wenns darum geht, den Schmierfinken auszufinden! Er bürstet verbissen weiter. Mit zweifelhaftem Erfolg: denn je mehr die Schrift verblaßt, desto deutlicher verrät die aufgehellte Hauswand, daß hier Unliebsames getilgt werden sollte. Und das weckt am Ende mehr Neugier als alles öffentlich Gemachte.

Linda kommt vom Kienapernsammeln aus dem Heidwald, huckt die volle Kraxe durch die Flur. Vor seinem Acker steht der tote Olbrichsky-Blasius, trägt noch immer das dicke Winternachthemd, schlecht eingefärbt, mit aufgesetztem Karnikkelkragen. Du schinne Arde, murmelt er vor sich hin und starrt auf die schwarzen Erdschollen aus Boberschwemmboden. Nur immerfort: du schinne Arde.

Linda faßt sich ein Herz. Ob er denn schon so zeitig mit der Aussaat beginnen wolle, fragt sie den Alten.

Der Olbrichsky schüttelt den Kopf. Hier sei nichts mehr zu bestellen. Hier werde keiner mehr ernten. Hier ginge jetzt alles zu Ende, sagt er. Und dann wird der Geist immer durchsichtiger, bis er sich völlig aufgelöst hat. Direkt vor Lindas Augen.

Der Lehrer Kleinschmidt stellt jetzt nicht mehr den Apparat ins offene Fenster, wenn der Frontbericht angekündigt wird. So bleiben die Trebener angewiesen auf die Windstimmen, die der Schäfer Liebs draußen hört. Und die reden in dunklen Worten.

Der Thiemann-Junge kommt auf Fronturlaub und hat einen Traum: er sieht sich auf dem Kirchhof vor dem eigenen Grab stehen. Am Morgen sagt er: Ich will nicht sterben, ohne gelebt zu haben. Bevor er zurück nach Rußland fährt, läßt er sich schnell noch kriegstrauen. Mit der Else aus Baudendorf. Das ergibt sich grad so. Er hätte auch jede andere genommen an diesem Tag. Auf der Fahrt an die Front gerät der Zug in einen Tieffliegerangriff. Der Thiemann kriegt seinen Jungen querschnittsgelähmt zurück. Und die jungvermählte Else hat nun einen Krüppel zu pflegen.

Fürst Bismarck ist der Stolz des Dorfes. Nirgends im Bobertal zeigt ein Zugochse so viel Kraft und Gelassenheit. Das Dominium hält sich was zugut auf den Fürsten und die Ehrenschleifen, die ihn schmücken. Mitten auf der Dorfstraße, vorm leeren Ackerwagen, geht Fürst Bismarck plötzlich durch. Ohne ersichtlichen Anlaß. Der alte Burkhardt kommt unter die Räder, ist auf der Stelle tot. Der Fürst durchbricht den Zaun zu Dausels Hühnerauslauf, fährt den Wagen in Klump, schlitzt sich die Wamme auf, rast blutend weiter, bis sich der Deichselbock am Torpfeiler verklemmt. Mit heraushängendem Gedärm verblutet Fürst Bismarck. Solch ein Gebrüll hat noch niemand gehört.

An einem frostklirrenden Januartage sehen die Trebener Bauern die Heerleiche übers Greulicher Bruch nach dem Dorf hinziehen. Das ist ein Trauerzug hoch in den Lüften. Voran schwebt ein schwarzer Sarg, von sechs Männern geleitet. Dann folgen Priester und klingendes Spiel. In Trautenau 1883 hat man so etwas zuletzt gesehen. Auf diesen Zug, das kennt man in Schlesien, folgt immer ein großes Sterben.

Von jetzt ab, sagt beim nächtlichen Umgehen am Totenhäusl der Robert zum Koarle, von jetzt ab sind unsere Tage in Treben gezählt.

Der Kowal sieht ihn verständnislos an.

Bald werden hier alle verschwinden müssen, orakelt der Einarmige. Und wie soll uns je Gerechtigkeit widerfahren, wenn hier keiner mehr ist, der noch von uns weiß?

2. Buch

Sieben Nächte

I

Drei Ewigkeiten später in einer mittleren thüringischen Stadt: in einem kleinen Café mit großgeblümter Tapete hocken, wie jede Nacht um diese Zeit, drei blaßgesichtige Frauen um einen Marmortisch mit gußeisernem Mittelfuß. Es ist kurz nach Mitternacht: Geisterstunde. Das Café ist geschlossen, die Lampen sind schon seit einer reichlichen Stunde gelöscht. Nur eine altmodische Wandleuchte mit tropfenförmiger Glühbirne ist noch eingeschaltet. Sie beleuchtet ein verblaßtes Hochzeitsbild in poliertem Nußbaumrahmen: Braut und Bräutigam sind getrennt abgelichtet und später zusammengeklebt. Die Frauen am Tisch, es sind Wanda, Meta und Linda, sitzen vornübergebeugt und starren gebannt auf den abgegriffenen Umschlag eines mit Kopierstift eng beschriebenen Schulheftes. Im Hintergrund räumt Thiemann-Else, die Wirtin, Blumenvasen von den Tischen.

Und das lag einfach so da, mitten in der Landschaft? will Meta wissen.

Einfach so, bestätigt Linda. Und der Wind hat darin geblättert.

Das hast du nun davon, knurrt Wanda. Was mußt du auch immer wieder da rumgeistern, wo du nichts mehr zu suchen hast!

Entschuldige, widerspricht Linda, aber ich hab da gelebt. Viele Jahre. Und glücklicher, vermutlich, als du es je gewesen bist!

Suchst du Streit?

Das tust du!

Irgendwas stimmt hier nicht. Meta massiert mit zwei Fingern ihre Schläfe. Hört endlich auf mit dem Getücksche. Denkt doch mal nach: das ist zuviel Zufall! Und, jetzt ausschließlich an Linda gewandt: Es treibt dich um in deiner Vergangenheit, also an diesem Kohlberg. Und ausgerechnet da liegt dieses

Heft, das nur für uns bestimmt sein kann. Das kommt doch nicht von ungefähr!

Trotzdem muß es Zufall sein, beharrt Linda. Niemand konnte wissen, daß ich da sein werde.

Ich habs! ruft Wanda. Das hölzerne Kästchen ist schuld. Ich hab darin bloß Erinnerung sammeln wollen. Aber es hat alles Unglück weitergetragen! Bis heute! Wo ist es überhaupt abgeblieben?

Der Benjamin hat es. Ich habs ihm gegeben. Linda sieht Wanda an und fährt fort, eine Spur Streitlust schwingt noch immer in ihrer Stimme: Damit es weiter Unglück stiften kann!

Warum bist du so grillig? Wanda, deren Gesichtshaut müde die kräftigen Backenknochen überspannt, schaut verwundert auf Linda. Die Angesprochene schweigt. Dafür hebt die Meta den Blick zur Decke, als gäbe es da ein Bemerkenswertes zu sehen. Und sagt nebenhin: Sie wartet auf ihre Tage.

Linda sitzt einen Augenblick ganz still, greift dann nach dem Kaffeelöffel am Rand der Untertasse, hebt die Hand bis annähernd in Kopfhöhe und läßt den Löffel auf die Marmorplatte fallen. Klirrend springt er vom Stein auf das geöffnete Heft und hinterläßt einen blassen Kaffeefleck zwischen den Zeilen. Sie lehnt sich zurück, verschränkt die Arme im Nakken und betrachtet nachdenklich die Laufmasche in ihrem Strumpf, die auf der Vorderseite des Oberschenkels, etwa in dessen Mitte, dem Knie entgegenwandert. Obwohl sie sitzt, ist ihre Beinmuskulatur angespannt, als ließe sich so der Ausbreitung des Defektes Einhalt gebieten. Und als sie sich jetzt zu sprechen entschließt, bleiben ihre Augen auf den Schaden geheftet, als wäre der durch feste Beobachtung zu bannen.

Else, sagt sie mit Blick auf die Laufmasche, das ist jetzt das dritte Mal in einer Woche. Du wirst dich höher versichern oder neu einrichten müssen!

Keine Antwort. Nun erst schaut sich Linda um und muß feststellen, daß die Angesprochene gar nicht anwesend ist. Während Wanda noch immer auf den blassen Kaffeefleck starrt, sortiert die Meta das Strickzeug in ihrem Schoß. Zwischen ihren orthopädischen Halbschuhen liegt ein melierter Wollknäuel.

Wie bist du vorhin auf das Kästchen gekommen? will Linda von Wanda erfahren. Woran soll es schuld haben? Was kann diese Holzschachtel dafür, daß wir nicht wissen, wohin wir mit unseren Erinnerungen sollen! Es ist wie mit den unbeholfenen ersten Liebesbriefen, die wir nie abgeschickt haben. Die wir noch immer tief unten im Wäschefach verstecken, weil sie uns peinlich sind, so sprachlos, wie sie uns heute begegnen. Von denen wir uns aber nicht trennen können, weil wir Angst haben, sie könnten noch das Beste sein, was uns je erreichbar schien!

Wir sollten das Heft einfach wegtun, schlägt Meta vor. Ganz gleich, was da drin steht, es wird nur Unfrieden stiften. Seit langem haben wir uns geeinigt, daß aller Streit um die Gründe uns das Verlorene nicht wiederbringt. Wir sollten das Heft gar nicht aufschlagen.

Nun ist es aber da, giftet Linda. Und selbst dann, wenn du es vernichtet hast, wird dich ewig die Frage quälen, was über dich da drin gestanden haben mag!

Ein langgezogener Schrei gellt aus dem Obergeschoß. Die Frauen lauschen beklommen.

Dieses Gejammer geht einem mächtig auf die Nerven, sagt Meta und hebt den Blick von ihrem Strickzeug. Die Nadeln sinken zurück in ihren Schoß, auf das angefangene Fersenteil einer gewaltigen Männersocke.

So geht das seit Tagen. Seit er fort ist. Rein zum Verrücktwerden! – Thiemann-Else, die Wirtin, ist auf der Schwelle zur Küche erschienen, und als erneut das klagende Geschrei durchs Haus schrillt, sucht sie mit beiden Händen am Türpfosten Halt.

Nein, widerspricht Linda, während sie noch immer die Laufmasche im Strumpf betrachtet, wir werden nicht verrückt. Wir sind es schon längst! Und deine Enkelin …

Sie plärrt aus Sehnsucht nach Liebe, sagt Else.

Eben. Sie macht es bloß etwas lauter als wir!

Halt die Klappe, Linda! Wanda preßt die Lippen fest aufeinander, die slawischen Backenknochen treten kräftig hervor. Sie schlägt mit der flachen Hand auf den Marmor. Und du, Meta …

Erschrocken läßt die Frau mit dem Strickzeug die Nadeln

von ihrem Schoß gleiten. Als sie sich untern Tisch beugt, rollt der melierte Wollknäuel davon, landet nahe der Küchentür vor Elses Füßen. Die hebt ihn auf, und während sie den abgespulten Faden aufwickelt, gerät sie immer näher an den runden Marmortisch.

Wollt ihr noch einen Kaffee?

Wir haben noch längst nicht ausgetrunken, sagt Linda. Unschlüssig tritt Else von einem Fuß auf den andern und geht dann zu dem Kanarienvogel, dessen Käfig neben der Küchentür hängt.

Fordernd tippt ein Finger auf das geöffnete Schreibheft. Wollen wir nicht endlich nachsehen?

Ich kanns nicht, Wanda. Mach dus! Dankbar greift Meta nach dem Wollknäuel, den Else ihr reicht. Und läßt ihn gleich wieder fallen, weil erneut ein Schrei aus dem Obergeschoß gellt.

Entschlossen nimmt Wanda das Heft, schlägt wahllos eine Seite auf, beleckt mit der Zungenspitze die trockenen Lippen und liest:

Eines Abends, liest sie, mit Mühe die ungelenken Buchstaben aneinanderreihend: eines Abends klopfte jemand an die Schmiedetür. Ich legte das Werkzeug beiseit und ging öffnen. Auf der Schwelle stand die Einsamkeit. Sie trat herein und blieb bei mir. So gab es schließlich für mich keinen anderen Weg. Um sie loszuwerden, mußte ich gehen.

Wer schreibt das? erkundigt sich Meta.

Robert, sagt Wanda.

Erneut fällt der Kaffeelöffel annähernd aus Kopfhöhe auf die Marmorplatte, bleibt da aber nicht liegen, sondern springt in Metas Schoß, wo bereits das Strickzeug liegt.

Ich hatte euch gewarnt, sagt Meta.

Hör auf, verlangt Linda. Männergeschichten!

Meta legt den Löffel behutsam an seinen Platz zurück. Da erlebst dus nun auch mal, sagt sie. So führt sich meine Schwiegertochter gegen mich auf!

Sie hat Recht, sagt Wanda. Bloß, es hilft uns nicht weiter. – Das Schlimmste, sagt Wanda, ist nämlich das Schweigen!

Wir wollten es eigentlich besser machen, erinnert Linda.

Sie ist erst fünfzehn, sagt Else, die eben aus der Küche kommt. Das kann doch nicht normal sein!

Von wem redest du? erkundigt sich Wanda erstaunt.

Von der Enkelin, die schon wieder schreit.

Jetzt erst nehmen die drei Frauen die Klagerufe wahr, die erneut aus dem Obergeschoß hallen. Wanda hegt für einen kurzen Augenblick den Verdacht, sie kämen aus ihr, und beugt sich beflissen über das Schreibheft.

Männergeschichten. Meta stochert nach der letzten Masche.

Also, sagt Linda. Er war einsam. Uns hast du das früher anders erzählt!

Wanda beißt sich auf die Unterlippe. Leises Rascheln entbindet sie von der Not zu antworten. Die Frauen heben die Köpfe: eine Gestalt im weißen Nachthemd steht in der Tür. Die Augen glimmen dunkel in finsterer Tiefe. Wirr hängt das Haar um das bleiche Gesicht.

Das ist sie!

Wer?

Die Enkelin! flüstert Else.

Das Mädchen quert das Café bis zur Kuchenvitrine, schaufelt Torte und Sahne auf einen Teller, sinkt auf den nächsten Stuhl und schlingt alles wahllos in sich hinein.

Na, gehts dir nun wieder besser?

Die Enkelin sieht nicht auf. Aber sie redet: Still, ihr! sagt sie. Was wißt ihr vom Leben!

Gekränkt starren Wanda, Meta und Linda auf die Marmorplatte zwischen sich. Über die Fliesen patschend, verlassen zwei nackte Füße den Raum. Die Tür fällt ins Schloß. Zurück bleibt ein langes Schweigen.

Sie ist erst fünfzehn, raunt Else. Es soll wohl eine Entschuldigung sein. Aber niemand geht darauf ein.

Meta nimmt ihr Strickzeug wieder auf. Ich hatte euch gewarnt!

Die Dinge, an die ich mich erinnere, gesteht Wanda nach angestrengtem Nachdenken, werden immer unwahrscheinlicher. Inzwischen denke ich, daß sie niemals so waren, wie sie in meinem Kopf aufbewahrt sind.

Die Stricknadeln klappern. Sag ich doch. Sagt Meta. Laß die alten Geschichten ruhen. Jedesmal, wenn wir sie erzählen, entfernen wir uns ein Stück weiter von der Wahrheit.

Wanda schüttelt den Kopf. Im Gegenteil! sagt sie. Es gibt überhaupt keine Wahrheit, wenn wir sie nicht jeden Tag neu erfinden!

Na, dann mach mal! Wir sind sehr gespannt! Linda verschränkt die Arme über der Brust und lehnt sich erwartungsvoll zurück. Ich kann mich nämlich ziemlich genau erinnern, sagt sie, wie du neulich alle Schuld an eurem Scheitern auf ihn geschoben hast … Da war nichts von Unsicherheit. So und so wars, das hast du steif und fest behauptet!

Was soll das? Wanda rutscht auf ihrem Stuhl hin und her. Warum willst du mich festnageln? Das heißt doch nicht, daß ich das für die Wahrheit halte. Es ging da bloß um mich, also wie ich das gesehn hab an diesem Abend! Oder wie ich es sehen wollte, weil es mir geholfen hat! Und es wird Gründe gehabt haben in diesem Augenblick, daß ich so geurteilt hab. Und morgen wird es andere geben.

Das Geschirr auf dem Marmortisch vibriert; vorm Fenster rollt eine Lastwagenkolonne vorüber. Der plötzliche Lärm durchtrennt Wandas Erzählfaden.

Ich muß mal. Der viele Kaffee! Sie retiriert zur Toilette. Meta wickelt ein Stück Faden auf den melierten Wollknäuel. Else trägt demonstrativ ein Staubtuch durchs Café. Noch drei Kännchen, bestellt Linda. Und als Wanda zurück ist, greift sie erneut nach dem mit Kopierstift eng beschriebenen Heft, schiebt es ihr unter die Nase. Es gibt also keine Wahrheit, beharrt Linda. Nur Geschichten, gut oder schlecht erzählt!

Gut hat er ausgesehn, erzählt Else, während sie den Kaffee serviert. Immer frisch gebügelt, nie ohne Schlips und Kragen! Aber das Mädel ist doch erst fünfzehn. Und nun hört euch das Gejammer an!

Die Frauen am Tisch lauschen. Ich hör nichts, gesteht Linda und rührt zwei Löffel Zucker in ihren Kaffee.

Else behauptet: Es wird gleich wieder losgehn!

Wie läuft dein Geschäft, erkundigt sich Wanda, um nicht weiterlesen zu müssen.

Else winkt ab. Miserabel. Es reicht nicht mal für die Ladenmiete. Ich hatte gehofft, daß er mir unter die Arme greift. Aber nun ... Ach, was red ich! – Vom Rhein ist er gekommen, erzählt sie und schenkt vier Danziger Goldwasser ein. Und hat Sachen mitgebracht, wie wir sie bis dahin nicht gekannt haben. Was lest ihr da eigentlich?

Männergeschichten, antwortet Meta.

Else seufzt. Die schönen Sachen! Nichts davon hat sie angesehn. Immer nur ihn. Und wie er weg war, hat sie die Sachen aus dem Fenster geschmissen. Das Goldwasser geht übrigens auf meine Rechnung.

Prost! Linda hebt das Glas. Und schönen Dank auch! Else seufzt noch einmal und trinkt dann auch.

Am Rhein, singt Meta leise, am Rhein, am deutschen Rhein ... Vorm Fenster schaukelt kreischend eine Blechlaterne im Nachtwind. Irgendwo in der Nachbarschaft greint ein Säugling. Linda legt beide Hände auf ihren Leib und beugt sich vornüber, als hätte sie Krämpfe. Nur Wanda rührt ihr Glas nicht an.

Auf dem Greulicher Kreuzweg, sagt sie, sieht man das Imgiehding. Das ist eine arme Seele, die gehört der Gnadenberger Dienstmagd, die den Namen ihres Verleumders ruft. Bei Neumond zeigt sie sich. Gnadenberg ist eine Herrenhuter Gründung. Doch mit den Zeichen ist es wie mit den Worten: sie helfen nicht weiter.

Und am Ende, flüstert Linda, als würde soeben von ihr gesprochen, am Ende steht zwischen uns nichts als Schweigen.

Und es wird immer schwieriger, noch einen Satz zu sagen, fährt Wanda fort, der nicht falsch verstanden werden könnte. Weil der, für den er gemeint ist, keine Mitteilung erwartet, sondern eine Ausrede. Und also fragt er sich insgeheim danach, warum etwas jetzt und so gesagt wird. Was die Worte verbergen sollen und was sie herausfordern wollen. Und weil man das weiß, sagt Wanda, wird es schließlich unmöglich, diesen Satz auszusprechen. Dabei weiß man, daß es den anderen mißtrauisch macht, wenn dieser Satz, der jetzt gesagt werden müßte, unausgesprochen bleibt.

Meta räuspert sich. Wanda, erschrocken über sich selbst, verstummt.

Ratlos starrt Else die drei Frauen am Tisch der Reihe nach an. Wovon, um Himmels willen, redet ihr denn?

Wenn man das wüßte!

Das einzige, was ich weiß, flüstert Wanda, ist, daß er gegangen ist!

Ohne Abschied, bestätigt Else. Und ohne ein Wort der Erklärung.

Ich war übrigens schwanger, sagt Wanda. Prost! Jetzt leert auch sie ihr Glas.

Wieso du? Else ist nun vollends verstört. Ich rede von meiner Enkelin!

Vermutlich reden wir beide über die Liebe.

Was habt ihr da eigentlich für ein Geschreibsel vor euch? Else greift nach dem Schreibheft. So ein Gekrakel!

Ist auch nicht wichtig, tröstet Linda.

Also, was ist das?

Unsere Geschichten, erklärt Meta. Dargestellt und ausgeschmückt von unseren Männern.

Ach.

Ich frag mich, sagt Linda, was sie sich dabei gedacht haben mögen. Wollten sie uns eine Nase drehen?

Es riecht nach kalter Asche, behauptet Wanda. Und nach Schweiß.

Else schnüffelt an dem Papier. Ich rieche nichts!

Gib mal noch ein Danziger, verlangt Wanda. Sie trinkt es in einem Zug aus und stellt es erneut fordernd vor Else auf. Alles hört auf, wenn einer weggeht, sagt Wanda. Sobald du allein bist, kannst du bloß noch warten. Du willst das natürlich den andern nicht zeigen und strengst dich an, lustig zu sein. Aber dein Lachen gerät jedesmal ein bißchen zu laut. Immerfort machst du etwas, weil du verbergen willst, daß es für dich nichts mehr zu tun gibt. Du redest ohne Punkt und Komma, weil du nichts zu sagen hast. Irgendwann tun dir alle Knochen weh von all der Mühe, gelöst zu erscheinen. Du sagst dir: das kann doch nicht alles gewesen sein! Und wartest weiter. Bis heute. Wer so was schreibt, Wanda deutet auf das Schulheft, hat von alldem keine Ahnung!

Meta legt das Strickzeug beiseit und langt nach dem Heft, schlägt es auf, schaut aber nicht hinein. Womöglich, flüstert sie, sind sie genau so ratlos wie wir.

Sie schlägt das Heft wieder zu und starrt finster auf das Blattgold am Grund ihres geleerten Glases. Wanda, auffallend blaß, erhebt sich und geht zur Toilette.

Was reden wir hier eigentlich? fragt Linda. Jeder spinnt seinen eigenen Fadem. Ein Gespräch ist das nicht. Wozu sitzen wir überhaupt beieinander?

Du hast übrigens eine Laufmasche im Strumpf, sagt Else zu Linda.

Die hebt nun zum dritten Mal den Kaffeelöffel bis annähernd in Kopfhöhe. Bevor sie ihn fallen läßt, ist Else in die Küche geflohen. Vom benachbarten Kirchturm schlägt die Uhr.

Unsre Stunde! ruft Meta erschrocken.

Linda rennt zur Klotür, um Wanda zu rufen. Doch die ist schon verschwunden.

Als Else gähnend den verlassenen Marmortisch beräumt, fällt ihr Blick auf das liegengebliebene Schreibheft. Neugierig wendet sie etliche Seiten um. Doch die Schriftzeichen haben nichts mit ihrer Geschichte zu tun. Sie geht die Ladentür abschließen. Draußen in der Finsternis stöhnt ein Liebespaar.

II

Else trägt Trauer. Die Enkelin hat sich umgebracht. Mit Schlaftabletten. Die Träger hatten ihre liebe Not, den Sarg über die enge Treppe aus dem Haus zu bringen, hat Else erzählt.

Wanda bestellt Schokoladentorte und schwarzen Kaffee. Ein Fremder sitzt im Kaffeehaus. Else hockt bei ihm. Sie flüstern. So sehr Wanda sich anstrengt, sie versteht nichts. Jetzt kommen auch Meta und Linda, starren neugierig auf den unbekannten Mann. Wanda teilt ihnen leise die Neuigkeit mit.

Doaß doas ni nich tutt aufheern! Meta seufzt.

Endlich erhebt sich der Fremde. Else steckt verstohlen ein Papier weg.

War er das? will Wanda wissen.

Wer?

Der Liebste. Stattlich sieht er aus.

Sein Anwalt. Ich hab gedacht, als es passiert ist, werd ich ihm gleich telegraphieren. Was schickt er mir ins Haus? Den da! Was soll ich machen? Else schaut hilflos zur Tür, durch die der Anwalt eilig gegangen ist.

Was hat er gewollt?

Ich hab mich zum Schweigen verpflichtet.

Macht man das jetzt so?

Am Rhein, singt Else. Am deutschen Rhein!

Sie war doch erst fünfzehn.

Linda kauert unter dem Marmortisch und klebt Heftpflaster auf die Schraubenköpfe. Wegen der Strümpfe!

Du solltest längere Röcke tragen!

Meta räuspert sich. Wir haben hier neulich was liegengelassen.

Eure Geschichten. Ich weiß. Else schlurft zur Registrierkasse, bringt das weggeschlossene Schreibheft. Habt ihr noch nicht genug von dem vorgestrigen Kram? Wollt ihr den nicht endlich in Ruhe lassen?

Wir würden schon, sagt Wanda. Aber das Vergangene ruht nicht. Darum finden wir keinen Frieden.

Jeder quält sich, so gut er kann.

Zeitvertreib, sagt Linda. Man darf es nicht an sich ranlassen.

Else steht unschlüssig. Rundum, wagt sie endlich zu sagen, geht alles in die Brüche. Aber ihr seht nur euch und eure uralten Geschichten.

Es gibt keine neuen, erwidert Wanda.

Und was hier passiert ist?

Die älteste Geschichte von allen.

Es war übrigens kein Zufall, wirft Linda ein. Und schon gar

nicht ein glücklicher. So was läßt man nicht liegen. Der Zufall war geplant. Und ich tummes Tippel bin reingetrapscht.

Wir trapschen immer rein. Auch wenn wir die Kacke sehen. Else seufzt.

Wanda schüttelt den Kopf. Ich hab nichts gesehen! Die Schmiede ging gut. Das Kind war unterwegs. Es hat mich getroffen wie ein Spatzendreck unter der Traufe.

Bei euch, sagt Else, ist alles irgendwie verhext.

Was soll denn das nun wieder heißen?

Ich weiß es selbst nicht. Nichts.

Ich war schwanger, wiederholt Wanda.

Das waren wir alle. Irgendwann.

Verdammt, ruft Linda. Nun ist es doch wieder passiert! Verzweifelt starrt sie auf ihr Bein. Am Oberschenkel klebt ein zusammengerolltes Heftpflaster. Daneben wandert eine Laufmasche dem Knie entgegen.

Else stellt die leeren Kaffeekännchen auf das Tablett. Wartest du immer noch auf deine Tage?

Sie spinnt! faucht Linda und wirft einen wütenden Seitenblick auf Meta. Das ist für uns doch lange vorbei!

Gebt Ruhe, verlangt Wanda. Wir machen uns lächerlich.

Warum ist er denn nun wirklich gegangen?

Darüber zerbreche ich mir seit zweihundert Jahren den Kopf, gesteht Wanda. Und ich werde es wohl nie herausfinden. Es gab keinen erkennbaren Anlaß.

Grad wie bei der Enkelin! mengt Else sich ins Gespräch.

Wanda reagiert nicht darauf. In jedem von uns müssen sich Dinge abgespielt haben, über die wir nicht reden konnten. Jedenfalls nicht miteinander. Für die es vielleicht gar keine Worte gibt. Die Verletzungen kamen nicht aus dem, was der andere getan hat, sondern aus eigenen Erwartungen. Die niemals Wirklichkeit wurden.

Ich hol frischen Kaffee, sagt Else. Und als niemand antwortet, geht sie tatsächlich in die Küche.

Ihr habt euch nie wiedergesehn?

Vermutlich.

Was heißt das?

Wer kann da schon ganz sicher sein? Auf Lichtmeß ist das Kind gekommen. Wie die Kindelfrau es badet, entdeckt sie …

Das wissen wir.

Im Sommer, das Getreide war eben eingebracht, kam ein Mann in unser Dorf, der mich an ihn erinnerte. Freilich: er hatte zwei Arme. Ich hab nicht gewagt, nach seiner Herkunft zu fragen. Das Kind hat er lange betrachtet. Er ist eine Nacht geblieben. Ich hab ihn gefragt, ob er wiederkäme. Er hat nein gesagt. Als er ging, hab ich gesehn: an seiner Jacke fehlt ein Knopf. Bald danach bin ich mit dem Kind aus dem Dorf weg. Für immer.

Ich hab mich verzählt, seufzt Meta und trennt das Gestrickte wieder auf. Das Schlimmste, sagt sie, ist die Einsamkeit. Sie ist immer da. Von Anfang an. Du wirst älter und siehst: niemand ist, der dich daraus erlösen wird. Schließlich würdest du jeden nehmen, aber keiner kommt in Frage.

Es sind die Worte, vermutet Wanda, die nicht zu den Dingen passen. Und darum kann man auch nicht reden.

Warum sitzen wir dann überhaupt hier? fragt Linda.

Und dann ist plötzlich einer da, fährt Meta fort. Und mit ihm kommt wieder alle Hoffnung zurück. Und daraus wird natürlich ein großer Scherbenhaufen, wenn du erneut allein zurückbleibst.

Frischer Kaffee, ruft Else.

Gegen das Fortlaufen, sagt Wanda, bist du ganz hilflos. Weil jeder Versuch, den andern daran zu hindern, ihn bloß bestärkt in seiner Absicht. Das Fortlaufen nämlich, sagt sie, ist ja bloß ein Zeichen, daß einer sich verletzt fühlt. Und wenn du gegen das Zeichen redest, glaubst du ihm die Verletzung nicht. Aber wenn du nichts dagegen sagst, nimmt er an, es sei dir ganz recht. Und also hat er keinen Grund zum Bleiben. Du kannst nur hoffen, daß er rechtzeitig zur Besinnung kommt. Aber zu welcher?

Der Zucker ist alle. Linda kratzt mit dem Löffel in der Porzellandose herum.

Du nimmst immer am meisten von allen! Wenn alle damit so rumurschen wollten …

Geizkragen.

Die Welt hört plötzlich auf, wenn du allein bist, sagt Meta. Draußen ist nichts mehr. Alles passiert in dir. Kein Leben mehr. Nur noch eine Vorstellung davon.

So ähnlich, sagt Else, muß es wohl in der Enkelin ausgesehen haben. Jedenfalls denk ich mir das so.

Wanda schiebt den Stuhl zurück, streckt die Beine lang aus und betrachtet interessiert ihre Schuhspitzen. Es gibt Momente, sagt sie, in denen du merkst, daß du dich abgefunden hast. Und ich weiß nicht, ob man vor denen erschrecken muß. Weil nun vielleicht alles vorbei ist. Es kann aber auch ganz anders sein: wenn man sich keinen falschen Vorstellungen mehr hingibt, kann man wenigstens was vom Augenblick haben. Aber heißt das nun: wir leben bloß in dem Moment, in dem wir begreifen, daß es das Leben nicht geben wird, auf das wir gewartet haben? Kinder, mir wird schwindlig, wenn ich darüber nachdenke!

Linda schaut demonstrativ zur Uhr. Unsere Stunde!

Ach, ihr mit eurer ewigen Umgeherei, spottet die Wirtin.

Meinen Kaffee, erklärt Wanda, will ich schon noch in aller Seelenruhe austrinken! Sie hebt die Tasse an den Mund und stürzt das heiße Getränk hastig hinunter.

Laßt nicht wieder euer Geschreibsel liegen, mahnt Else. Das abgegriffene Schreibbheft liegt auf der Marmorplatte wie eine giftige Schlange; jedenfalls behandeln es die Frauen so.

Erst wenn du gar nichts mehr erwartest, sagt Meta, kannst du auf die Welt gucken, ohne daß es gleich weh tut. Und dann ist es manchmal sogar schön.

Wanda und Linda wenden sich zum Gehen. Hastig stopft Meta das Heft in den Beutel mit ihrem Strickzeug. Die drei Frauen verschwinden. Gleich darauf schlägt die Turmuhr. Else deckt das Tuch über den Vogelkäfig. Zum Abschied krächzt der Kanare in reinstem Schlesisch: Nischte asunste is schwar wies Labn.

III

Eine unbekannte Frau, in Loden gekleidet, sitzt in Elses Café. Es ist Abend. Ich muß jetzt schließen, hat Else gesagt; und die Frau hat gebeten, ob sie noch ein Weilchen bleiben dürfe. Sie sei von auswärts und habe sich hier verabredet.

Na gut, hat Else entschieden. Wenn es Sie nicht stört, daß nachher ein paar Freundinnen kommen?

Nein, nein, hat die Fremde beteuert. Seitdem sitzt sie im Eck und rührt in ihrer leeren Kaffeetasse.

Linda hat sich in der Zeit vertan und kommt heut vor Mitternacht. Sie wechselt ein paar Worte mit der Fremden. Erst übers Wetter. Dann über das Woher und Wohin. Und schließlich über die großen Dinge des Lebens. Als Wanda und Meta eintreffen, rückt Linda an ihren Tisch.

Was du gestern über das Warten gesagt hast, sagt Linda zu Wanda, das will mir so vorkommen, als hätte ich es gesagt. Ich kann mich bloß nicht erinnern, wo das war und warum ich es gesagt habe. Es ist wie an einem fremden Ort, wo mir Straßen und Häuser vertraut erscheinen, obwohl ich noch nie dort gewesen bin.

Erneut nehmen sie sich das Schreibheft vor. Die Handschrift hat gewechselt. Das betrifft dich, erklärt Wanda. Und schiebt das Heft zu Meta hinüber. Die rückt die Brille zurück.

Hat Else heut länger geöffnet?

Eine Ausnahme, erklärt Linda.

Nun hört euch das an! ruft Meta. Und liest jetzt vor: Jede Feindschaft im Dorf hätte ich aushalten können. Aber nicht den Verrat durch die eigene Frau.

Das tut weh, was? fragt Wanda.

Meta lächelt matt. Ja.

Wo bleibt denn, wenn ich mal fragen darf, heute der Kaffee?

Else dreht in der Küche die Kuchenreste vom Tag durch den Fleischwolf. Mit einem Schuß Rum-Verschnitt verknetet und überzogen mit Cuvertüre entstehen daraus Schokoladenberge. Ihr könnt euch langsam nach einem anderen Treffpunkt umsehen, ruft sie durch die Tür.

Warum das?

Sie haben mir wieder die Ladenmiete erhöht. Ich zahl sowieso schon seit Monaten drauf. Jetzt ist endgültig Schluß.

Endlich wird mein Laden richtig auf die Beine kommen – wer hat das wohl verkündet, als sie uns im Sommer vereinigt haben in der Gier nach diesem teuren Geld? Während Meta das fragt, blickt sie niemanden an. Auch nicht die Else, die nun am Türrahmen lehnt und die speckigen Finger an der Schürze abwischt.

Immer, wenn etwas anfängt, hoffen die Leute: jetzt wird alles besser. So war es auch schon, als Schlesien zu Preußen kam. Und jedesmal, sagt Wanda, jedesmal müssen sie feststellen, daß diese Hoffnung trügerisch war. Es ist wirklich verrückt: erst malen sie sich eine goldene Zukunft aus. Und wenn die begonnen hat und wenn sie merken, daß sich das Erhoffte nicht einstellt, dann schauen sie zurück und sagen: früher war alles viel besser. Aber vielleicht brauchen sie einfach diese Hoffnung, um nicht dauernd daran denken zu müssen, daß das Leben zu allen Zeiten ziemlich gleich und vor allem ganz hoffnungslos verläuft. Die Normalität ist das Scheitern.

Linda reibt mit der einen Hand die Knöchel der anderen. Und sie denkt so intensiv, daß die anderen es zu hören vermeinen: Nischte asunste is schwar wies Labn.

Da kann ich ja wirklich von Glück sagen, Else holt die Flasche mit dem Danziger Goldwasser, daß ich so eine gute Ehe hatte. Auch wenn uns bloß ein paar Jahre vergönnt waren.

Meta seufzt. Sie legt die Stricknadeln beiseit.

Linda richtet sich auf und umfaßt mit beiden Händen die Kante der Marmorplatte. So, sagt sie, jetzt werde ich euch mal eine Geschichte erzählen. Von einer jungen Frau, frisch verheiratet, die auf dem Treck ihren Mann verloren haben will. Und die ich mit diesen meinen Augen ganz außer Rand und Band gesehen habe: zugange mit einem Bauern, in dessen Scheune, es war irgendwo zwischen Kohlfurt und Görlitz, unser Treckzug damals nächtigte. Ich hatte nämlich am Morgen beim Aufbruch vergessen, Benjamins Wäsche abzunehmen, die am Küchenherd zum Trocknen hing, und ich bin noch mal umgekehrt, mit dem Fahrrad vom Dausel-Sohn. Was ich da hab ansehen müssen, das werd ich mein Lebtag nicht vergessen.

Das Danziger Goldwasser schwappt über die Marmorplatte. Else ist kreidebleich.

Meta, plötzlich hellwach, rührt mit dem Finger in der goldschimmernden Lache auf dem Tisch. Wer hat hier den ersten Stein geworfen?

Es kommt noch besser, fährt Linda gnadenlos fort. Der betrogene Ehemann, also Thiemann, hat es gewußt. Er hat in der Nacht gehört, wie sie sich verabredet haben. Und als dann die Frau am Morgen sagt, daß sie noch Milch für das Kindel besorgen will und daß sie dann dem Treck nachkommt, da weiß er, was gespielt wird. Aber er hat es sich nicht anmerken lassen. Er hat alles schweigend ertragen. Und wie sie am Abend nicht kam und auch später nicht, da hat er geheult wie ein Schloßhund. Sie hat ja nicht nur ihn verlassen, sondern auch das Kind! Aber nicht über den Verlust hat er geflennt, wie alle dachten, sondern über ihren hinterhältigen Verrat, sagt Linda und betrachtet verächtlich das Hochzeitsfoto im polierten Nußbaumrahmen.

Ach, so ist das also gewesen!

Viele Jahre später hat die Frau, die immer so tat, als wären ihre Hände und ihr Gewissen rein, ein fremdes Kind zu sich genommen. Und hat es für ihre Enkelin ausgegeben. Vielleicht hat sie damit ihre Schuld abtragen wollen. Oder ihre Einsamkeit vergessen! Denn der Bauer bei Kohlfurt hat sie später davongejagt. Aber auch mit dem Kind ist es nicht gut gegangen. Denn sie hat dieses Mädchen einem Mann ins Bett gelegt, den sie für einen Prinzen aus dem Schlaraffenland hielt. Doch es war bloß ein Geschäftemacher. Und nun ist das Mädchen tot.

Das Strickzeug rutscht von Metas Schoß. Der Wollknäuel rollt quer durch das Café. Niemand beachtet ihn.

Der betrogene Thiemann, erzählt Linda weiter, ist nun unlängst verstorben, und sein letzter Wunsch war, in Schlesien beerdigt zu werden. Die Tochter hat ihm den Wunsch erfüllen wollen. Der Schwiegersohn hat sich bei einem Bestattungsunternehmen erkundigt, was so eine Überführung kosten mag. Das war ihm zu teuer. Und er hat gesagt, das macht er lieber selbst. Er hat also den toten Thiemann in die Gepäckbox gesteckt auf dem Auto, hat die Skier danebengeschnallt, daß es aussehen sollte, als wolle er Urlaub machen im Riesengebirge, und ist nach Polen gefahren. Und in Görlitz hat er gedacht, er wird noch mal schnell was essen auf deutschem Boden, hat das Auto abgestellt und ist in die Raststätte gegangen. Wie er wieder rauskommt, ist das Auto weg. Geklaut. Wahrscheinlich von den Polen. Und seitdem ist der Tote verschwunden. Keiner weiß, wo er abgeblieben ist. Und gewiß findet er im Tod keine Ruhe. Und wird umgehen und die ungetreue Frau heimsuchen bis in alle Ewigkeit. Amen.

Nein! schreit Else und starrt jetzt gleichfalls auf das montierte Hochzeitsbild, nußbaumgerahmt, an der Wand. Alles Lügen! Woher willst du das überhaupt wissen?

Deine Tochter hat es mir erzählt.

Alles Unsinn!

Da ist sie. Linda weist auf die fremde Frau, die ganz still im Eck sitzt. Die nun aufsteht, zu Else kommt. Fassungslos starren die beiden Frauen sich an.

Raus! schreit Else.

Mama, sagt die Frau. Und dann sinken sie sich in die Arme.

In Liegnitz, sagt Meta, erzählten die Leute, daß sich das Richtschwert im Schrank des Scharfrichters rührte, wenn eine Kindsmörderin am Haus vorbeiging.

Ich bin keine Mörderin!

Die Dinge sind, wie sie sind, entscheidet Wanda.

Ihr werdet jetzt aufbrechen, weil ich nämlich schließe.

Es ist doch noch gar nicht die Stunde!

Das entscheide immer noch ich!

Umständlich kramt Meta ihr Strickzeug zusammen. Wanda sucht vergeblich nach einem Grund zum Verweilen. Linda ist schon wütend zur Tür hinaus.

Was sind denn das für komische Gestalten? fragt die Tochter nach dem Abgang der drei Frauen.

Imgiehdinger, sagt Else. Sind lang schon tot, aber können

nicht sterben. Besser weiß ich es auch nicht. Die eine von denen kenn ich noch aus Schläsing. Mit heftiger Geste schließt sie die Gardine – wie einen Vorhang, der sich vor die Geschehnisse des Abends legt.

IV

Worauf ich gewartet habe, ich kann es nicht einmal genau sagen. Ich weiß nur, ich habe immer gewartet. Meta atmet tief durch. Es war nämlich alles ganz anders, als es erzählt wird. Und ich muß das jetzt endlich mal loswerden. Denn nach dem Mann bin ich auch noch den Jungen losgeworden. Und, wenn ich ehrlich sein soll – ich warte noch immer. Und alles andre ist dummes Gerede.

In Schlesien, sagt Wanda, haben die Mädchen schon immer herhalten müssen. Karl IV. von Böhmen verlobt im Dezember 1350 seinen einjährigen Sohn Wenzel mit der elfjährigen Anna von Schweidnitz-Jauer. Wenzel stirbt nach wenigen Monaten. Acht Wochen später folgt ihm seine Mutter ins Grab. Da heiratet Karl IV. die Braut des verstorbenen Windelpaketes. So kommt Schweidnitz-Jauer an Böhmen. Wer hat dabei nach der Anna gefragt?

Wie kommst du auf so was?

Hab ich heute gelesen!

Ich hab auch was gelesen, sagt Meta. In diesem Heft. Hör mal ...

Linda kommt verspätet angehetzt. Eine blöde Stunde, schimpft sie, in der wir umgehen müssen. Jetzt laufen im Fernsehen die besten Filme!

Hast du Angst, du versäumst was?

Jetzt weiß ich nicht, ob sie sich kriegen!

Natürlich weißt du es. Aus eigner Erfahrung. Und du weißt auch, daß ihnen vieles erspart bleibt, wenn sie sich nicht kriegen.

Das eben weiß ich nicht genau!

Wer hat jemals nach einer von uns gefragt? ruft Meta. Ich hab übrigens gleich an diesem Sommertag im Eichberger Forst erfahren müssen, daß es nicht reicht, andern einen Strich durch die Rechnung machen zu wollen. Nicht für eine glückliche Stunde reicht das aus. Und schon gar nicht für ein Leben.

Wovon spricht sie? will Linda wissen.

Von uns allen.

Die Einsamkeit, sagt Meta, die zurückbleibt, wenn einer geht. Sie ist das Schlimmste. Die Welt hört auf. Kein Leben. Nur noch der Schmerz. Ganz innen drin. Mal so, daß du denkst, du kannst es aushalten. Und manchmal so, daß es dir den Hals zuschnürt, und du kannst nicht mal schreien vor lauter Weh!

Sowas Ähnliches hast du schon öfter gesagt.

Drei Goldwasser, ruft Linda.

Irgendwann, sagt Meta, gibt es keinen Schmerz mehr, der dir sagt, daß du verletzt bist. Du hast nichts mehr mit dir zu schaffen. Wie eine Hülle, in die sich Zufälle hineintun lassen. Du bist abgestorben, lange vor dem Tod.

Else kommt mit der Flasche und erkundigt sich, was ihnen so arg auf den Magen geschlagen sei.

Unsre Geschichten, sagt Wanda.

Aber die erzählt ihr euch doch seit Jahr und Tag in jeder Nacht.

Aber immer neu. Und manchmal ist es zum Erschrecken.

Linda schluchzt.

Komm, trink! Meta reicht ihr das Glas.

Es gab Zeiten, da hab ich dich gehaßt, gesteht Linda. Wie du damals auf der Dorfstraße gehockt hast, um allen zu zeigen, ich hätte dich vertrieben! Ich hätte dir den Hals umdrehen mögen. Kannst du mir das verzeihen?

Prost, sagt Meta. Und heult nun auch.

Aber eigentlich, gesteht Linda, ging die Wut nicht gegen dich. Sondern gegen die Hilflosigkeit, die ich an mir gemerkt hab. Denn wie ich zu euch kam und hab dich gesehen, da wußte ich gleich: das bin ich. Nicht wie ich war. Aber wie ich bald sein würde. Nicht am Gesicht hab ich dir das angesehn. Aber an deinen Augen. Ich ahnte auch: jetzt müßte ich umkehren. Aber ich hatte nicht die Kraft. Und woanders wär mirs nicht besser ergangen. Und ich hab gesehn, sagt Linda, das alles hast du gewußt. Und darum bist du beiseit getreten und hast mich nicht fortgeschickt, sondern Platz gemacht. Und ich hab den Platz eingenommen. Und so konnte das Schicksal seinen Lauf nehmen.

Ich hab noch zu tun, murmelt Else. Die Flasche laß ich euch hier. Eilig zieht sie sich in die Küche zurück. Wanda blättert im Schreibheft hin und her. Als das Schluchzduett der beiden anderen allmählich leiser wird, legt sie es behutsam vor Meta auf den Tisch.

Meta wischt sich die Augen. Das alles willst du gedacht haben? fragt sie skeptisch. Du hast gar nichts gedacht. Ins Häusl bist du, zum Jungen, ins Nest seid ihr gekrochen! Die ganze Nacht hab ich nichts als dein Gejaule zu hören gekriegt!

Die ganze Nacht, sagt Linda zu Wanda, ist sie auf der Straße gekauert und hat vor sich hin geheult. Das war bloß ein einziger langer Ton, immer auf derselben Höhe. Das geht einem durch und durch. Wie eine Wölfin, hab ich denken müssen. Sie jammert, behauptet der Schmied, weil ich ihr den Jungen fortgenommen hätte. Ich wußte es besser, sagt Linda zu Wanda. Ich wußte, sie heult um mich. Sie hatte gesehen, daß sich das Scheitern nicht verhindern läßt.

Else wärmt in der Küche den Kaffee vom Nachmittag auf. Plötzlich spürt sie: jemand schaut ihr über die Schulter.

So machst du das? wundert sich die Tochter, die aus Bayern gekommen ist. Das würde sich bei uns kein Gastwirt wagen!

Nun komm du mir noch mit deinen dummen Sprüchen! Sieh dir doch die Leute an, die von euch drüben kommen: verführen Kinder und vernichten mir die Existenz! Daran störst du dich nicht!

Mama, sagt leise die Tochter, wer selbst im Glashaus sitzt …

Nein, Else serviert heut keinen gewärmten Kaffee. Der landet im Ausguß. Aber Wanda, Meta und Linda sind derart mit ihren Schicksalen befaßt, daß sie die ungewohnte Qualität ihres Mitternachtskaffees gar nicht bemerken.

Hat hier jemand vom Scheitern gesprochen? Mit mir hat das nichts zu tun, sagt Meta. Ich bin schließlich nicht aus Mitleid beim Kowal gewesen, sagt Meta. Freilich, es war auch was gegen den Vater. Am Anfang glaubte ich, er hätte das Häusl angesteckt. Später war ich dann nicht mehr so sicher – was hätte es ihm in seiner Lage bringen können? Am Ende mußte er froh sein, wenn der Schmied mich nahm. Er hätte mich anders nicht mehr losschlagen können. Damals habe ich begriffen, daß es kein Entkommen gibt aus diesem Kreis: ob wir für fremde oder für eigene Pläne bezahlen – der Preis sind immer wir selbst. Und ich hatte schon eine Weile nichts mehr gesagt, als ich merkte, daß es inzwischen ganz unmöglich war, noch zu reden. Ich spürte den Abstand zwischen den Dingen, die mich betrafen, und den Meinungen, die es dazu gab. Ich wußte nicht, woher dieser Abstand kam. Entweder waren die Dinge verkehrt, oder die Ansichten stimmten nicht. Jedenfalls ließen sie sich nicht mehr zusammenbringen. Es machte mir Angst, daß offenbar niemand außer mir daran Anstoß nahm. Oder niemand, außer mir, hatte es bemerkt. Oder aber: es gab diesen Abstand nicht. Und er lebte nur in meiner Einbildung. Aber selbst das hätte nichts daran geändert, daß sich für mich die Meinungen und die Dinge immer weiter voneinander entfernten. Ich hatte, sagt Meta, schon lange nicht mehr gelacht, als ich bemerkte, daß es mir unmöglich geworden war, noch zu lachen.

Hat er das mitbekommen?

Du wolltest etwas vorlesen! erinnert Wanda. Gehorsam greift Meta nach dem Schreibheft. Sie hat eine Stelle vorgemerkt, mit einem künstlich eingeknickten Eselsohr. Dahin legt sie jetzt den Finger:

Bei Thiemann in der Kneipe wollte ich meinen Kummer vergessen. Und da mußte ich nun hören, wie die Männer von einem biehmschen Haderlumpen erzählen, der ins Dorf kam, um Zaubertropfen zu verkaufen. Und dem, als er tief ins Glas geguckt hatte, eine Dorfschöne mit Namen Wikarski-Meta bis auf die Tenne nachgerannt sei in ihrem gierigen Verlangen. Und so mancher brave Mann, wurde gesagt, der sonntags in die Messe geht, ahnt nicht, was für ein liederliches Leben das Mensch an seiner Seite …

Hör auf, sagt Wanda.

Nichts von allem ist wahr! Meta reckt die Schwurhand steil aufwärts gegen die Stubendecke.

Herrgottnochmal. Linda seufzt tief. Warum habt ihr denn nicht miteinander gesprochen?

Worüber? Er hat nichts gefragt, ich hatte nichts mitzuteilen. Worüber sollten wir denn reden?

Und wie gings weiter?

In meine Dachkammer hab ich mich verkrochen, die mir zuwider war, weil zwischen den schrägen Dachsparren noch die Erinnerung hing an alle früheren Erwartungen, mit denen ich hier meine Zeit vertan hatte. Ich weiß nicht, warum ich zurückgegangen bin in diese Kammer. Vielleicht um zu zeigen, daß ich handeln konnte. Wie er weg war, da dachte ich, jetzt muß ich auch etwas machen. Aber eigentlich war es eine Flucht, ein Zurückkriechen in den Bauch der Mutter. Gewonnen hab ich damit nichts und verhindert natürlich auch nichts. Es war bloß eine Scheinbewegung; in Wahrheit gab es für mich keinen Weg. Jeder andere Versuch wäre nicht besser geendet. So ist es um jede Frau bestellt, die verlassen wird. Wer sich anderes ausdenkt, einen Neuanfang oder jedenfalls gründliche Veränderungen, der versteht nichts vom Leben.

Linda ist aufgestanden. Sie geht zwei, drei Schritte in den Raum hinein, kehrt wieder um, tritt hinter ihren Stuhl, umklammert die Lehne, steht jetzt wie hinter einem Rednerpult. Das ist der springende Punkt, sagt sie. Das Leben nämlich …

Ja, was denn?

Verwirrt merkt Linda, daß sie den Faden verloren hat. Kleinlaut setzt sie sich wieder hin.

Von meiner Dachgaupe aus, knüpft Meta ihre unterbrochene Geschichte noch einmal an, hab ich zugesehen, wie der Schmied fortging. Ich wußte, es ist für immer. – Geh hin, hat die Mutter verlangt. Halt ihm dein Kind unter die Nase. Ich hab Rotz und Blasen geheult. Aber ich habs nicht gemacht. Es ging einfach nicht. Ich wußte, es wär nur der Anschein gewesen von etwas, das es nicht gab. Vielleicht wär ich zu ihm gegangen, wär nicht die Mutter gewesen. Es sind immer die anderen, die uns einreden, daß etwas eine Katastrophe sei. Als könnten sie damit aus der Welt lügen, daß der nächste Augenblick auch sie in eine Lage bringen kann, in der sie unfähig sind, sich zu rühren. Das Dorf hat mich danach als Opfer bedauert. Es ist mir nicht gelungen, diese Rolle anzunehmen. Wer geht, wird schuldig. Hinter diesem Urteil steckt die Angst der Zurückbleibenden, sie könnten verantwortlich gemacht werden für das Scheitern. Es schien mir, als fürchteten alle Frauen im Dorf, schon bald zu den Verlassenen zu gehören. Und alle Männer beeilten sich, Karls Weggehen zu verurteilen. Ich spürte, daß es der Anschein ist, der eine Gemeinschaft aufrecht erhält. Alle tun so, als ginge das mühelos, wenn es nur hinlängliche Übereinkünfte gibt. Aber ohne diesen Anschein würde vielleicht alles zerfallen. Das Dorf wollte sich vor meinem Schicksal retten. Seither lebe ich mit dieser Ahnung, ohne daß sie mir etwas genützt hätte.

Die Erinnerung, sagt Wanda, ist ein einziger Betrug. Sie gaukelt uns vor, es hätte mal ein Maß gegeben, nach dem sich alles zu richten hat. Aber wahrscheinlich gab es das nie. Und woran wir uns erinnern, das ist bloß unsere Sehnsucht, daß es so was geben möchte. Und es war das Jahr 1315, da hat man in Schweidnitz eine Hexe, die zufällig auch Wanda hieß, gemeinsam mit ihrem Kind verbrannt. Und mehr hab ich dazu überhaupt nicht zu sagen.

Leise ein Laut. Die Frauen heben die Köpfe: eine bleiche Gestalt im weißen Nachthemd steht in der Tür. Hohlwangig. Die Augen glimmen dunkel in finsterer Tiefe. Wirr hängt das Haar um das bleiche Gesicht.

Der Geist der Enkelin, flüstert Meta.

Die dritte Nacht, fügt Wanda hinzu und nickt wissend. In der hats auch bei uns angefangen!

Das Spukwesen quert das Café bis zur Kuchenvitrine, schaufelt Torte und Sahne auf einen Teller, sinkt auf den nächsten Stuhl und schlingt alles wahllos in sich hinein.

Gehts dir wieder besser? möchte Meta fragen. Sie beißt sich auf die Lippen.

Sie kommt auch im Tod nicht zur Ruhe, flüstert Linda.

In Treben an der Kirchenwand …

Pst!

Was glotzt ihr so? Herausfordernd wendet sich die Enkelin den Frauen zu. Habt ihr noch niemanden fressen gesehn?

Wir kennen das, erwidert Wanda. Wir haben das so ähnlich auch schon hinter uns.

Lautlos über die Fliesen gleitend, verlassen zwei nackte Füße den Raum. Geheimnisvoll knarrt die Tür.

Von der Küche her schaut Elses Tochter zu, nestelt am Mieder ihres Dirndlkleides. Du solltest auf deinen Umgang achten.

Else winkt ab. Darauf kommts nun auch nicht mehr an, wo hier bald alles den Bach runtergeht!

Mama, flüstert die Tochter, ich hab da einen Plan …

V

Meine Tochter, erzählt Else, hat einen Plan. Sie rückt zwei zusätzliche Stühle an den kleinen Marmortisch. Wanda stochert andächtig in ihrem Bananensplit. Linda verspürt ein dringendes Verlangen, die Toilette aufzusuchen. Aber sie will den Plan nicht verpassen und bleibt also sitzen.

Mamas Geschäfte gehn schlecht, sagt die Tochter. Und obwohl es in ihrer Vergangenheit dunkle Punkte gibt, die ich ihr bis heute nicht vergeben kann …

Komm mir nicht so, nicht durchs Hintertürdel! Else ist hellwach. Wir wollen die Dinge hübsch auseinanderhalten: entweder wir reden über uns oder wir reden über deinen Plan!

Obwohl es also diese dunklen Punkte gibt, redet die Tochter aus Bayern weiter, bin ich bereit, ihr zu helfen.

Es war dein Vorschlag. Niemand hat dich darum gebeten!

Bitte, wie du willst. Ich werde dich nicht zu deinem Glück zwingen! Gekränkt rauscht die Tochter ab zur Toilette. Linda erinnert sich an ihr dringendes Bedürfnis, aber nun ist ja besetzt.

Sie will irgendwelche Fördergelder eintreiben für das Café,

sagt Else. Aber dafür ist es nötig, daß ich das Geschäft auf sie überschreibe. Und dann will sie hier groß einsteigen. Ihr Mann hat sich das ausgerechnet.

Überleg dir das gut, rät Wanda. In Treben der Aschnowitz, der die Wirtschaft zu früh an den Sohn übergeben hat, ist von Haus und Hof vertrieben worden. Durch sein eigen Fleisch und Blut!

Sie sagt, Investoren werden vom Staat gefördert.

Meta zählt die Maschen an ihrem Strickstrumpf. Linda ist bemüht, ihr Wasser zu halten und kneift die Beine zusammen.

Fehlt dir was? erkundigt sich Wanda besorgt.

Nein, nein. Es geht.

Sie sagt, mein Café braucht ein Imitsch. Und mein Kuchen wird zu billig verkauft und zu teuer hergestellt. Ihr Mann hat eine Fabrik an der Hand, die das günstiger macht.

Wanda puhlt an einem ausgedrückten Pickel auf ihrem Nasenflügel. Ich will bei dir Streuselkuchen essen und kein Imitsch; was immer das am Ende sein mag!

Sträselkucha vom Fließband! ruft Linda empört. Ich versuch mir das vorzustellen!

Schläsischer Kucha, Sträselkucha, singt Meta, leise beginnend, aber mit Inbrunst:

Doas is a Kucha, sapperlot!

Wanda und Linda fallen jetzt ein:

Wie's uff Herrgotts gruußer Arde
Nernt nich su woas Gudes hoot!

Ißt man dieses Imitsch eigentlich mit Sahne? fragt Wanda.

Else bricht in schallendes Gelächter aus. Linda lacht auch. Und kann darüber ihr Wasser nicht mehr halten. Ihr Gesicht versteint. Jetzt biegen sich Wanda und Meta vor Lachen. Else geht um einen Lappen, dabei singt sie aus vollem Hals und übervollem Herzen:

Ieber schläscha Sträselkucha
Tutt halt eemol nischt nich giehn.

Durch die angelehnte Klotür rauscht, ein lautstarker Protest, die Toilettenspülung. Die Tochter meint nämlich, da würde über sie gelacht.

Als sie zurückkehrt, hat sie sich was zurechtgelegt. Ich wollte natürlich niemanden kränken, sagt sie. Unsereiner denkt halt nicht dauernd dran, was die Kommunisten euch zugemutet haben. Und daß keiner durch solche Zeiten geht, ohne irgendwie Schaden zu nehmen!

Else verschlägt es die Sprache. Wanda legt ihr besänftigend die Hand auf den Arm.

Kommunismus, Meta tut die Stricknadeln beiseit und faltet die Hände, Kommunismus war für uns so etwas wie die Preußen in Schlesien. Ardapern und Minzetee. Aber schon damals waren die Puschweibeln und die Stimmen auf dem Kreuzweg nicht zu verwalten. Denn eigentlich leben die Leute wie immer. Man muß das nicht zu schwer nehmen. Die Verordnungen werden nebenher erledigt. Sie sind lästig, aber sie lohnen das Aufbegehren nicht. Und irgendwann sind sie sowieso hinfällig, weil sie nicht mit dem Leben zusammenstimmen. Ziemlich spurlos verschwinden sie. Wie alles Ausgedachte.

Wir sollten jetzt weiterlesen. Da, wo wir gestern aufgehört haben!

Der Plan, erinnert Else.

Ich kann mich nicht an den Gedanken gewöhnen, daß schlesischer Streuselkuchen aus einer Fabrik kommen soll! Linda verzieht das Gesicht.

Man muß ja nicht alles essen, was gebacken wird, tröstet Wanda.

In den Nächten, sagt Meta, hab ich Geräusche in der Schmiede gehört. Ein schwacher Lichtschein kam durch die spinnwebverhängten Fenster. Ich hab ein Brot hinüber zur Werkstatt getragen, habs auf die Schwelle gelegt. Am Morgen war es verschwunden. Als in einer Nacht Schnee gefallen war, sah ich in der Frühe einsam eine Fußspur in der weißen Decke: von den Feldern her bis an die Schmiedetür. Ich war in der Werkstatt. Alles schien unberührt, seit langem. Doch unter der Schmiedeesse die Asche war warm. Ich hab hineingegriffen. Glutreste waren darunter. Die Mutter hat mich beiseit genommen: im Dorf würde erzählt, ich wär wunderlich geworden. – Ich hab nichts zu erwidern gewußt.

Hast du schon mal den thüringischen Rahmkuchen aus dem Großmarkt gekostet? Da bekommmst du einen Vorgeschmack auf das, was dich erwartet! Klunsch und Pampe! Ich jedenfalls möchte …

Soll ich jetzt weiterlesen?

Bitte.

Ich hab das pappige Zeugs nicht runtergekriegt, gesteht Linda. Und selbst die Katze, der ichs hingelegt hab, macht darum einen großen Bogen.

Nach seinem Fortgehen, erzählt Meta, hat alle Welt mir erklären wollen, warum es so gekommen sei und wohin er sich vermutlich gewandt habe. Damals begriff ich, daß Worte nicht helfen. Daß sie alles noch fremder machen. Und daß sie nichts mit uns zu tun haben. Heute denk ich, daß unser Schweigen der Versuch war, alles nicht noch schlimmer werden zu lassen. Seit er fort und für mich verloren war, ist er mir vertrauter geworden.

Und seitdem strickst du für ihn Socken! Du mußt doch schon mehrere Truhen voll haben.

Gekränkt drückt Meta das Strickzeug an die Brust, als müsse sie es gegen Lindas Vorwurf verteidigen.

Und was ist nun wirklich aus ihm geworden?

Manchmal glauben wir, etwas zu wissen. Meta knotet den abgerissenen Wollfaden an. Doch der nächste Augenblick wischt es aus. Irgendwann fragt man nicht mehr danach. Hat die Else noch nach dem Thiemann gefragt?

Da hast dus! Die Tochter aus Bayern nickt Meta dankbar zu. Müssen dir fremde Leute erst beibringen …

Und außerdem, spricht Meta ungerührt weiter, mußte ich zusehn, wie ich mein Kind durchbringen kann.

Die Eingangstür knarrt. Der Geist der Enkelin tritt barfüßig über die Schwelle, eilt zur Kuchenvitrine – die ist leer. Gebannt starren die Frauen auf die Erscheinung. Die tastet gierig mit beiden Händen die beräumten Fächer ab, stöhnt vor Enttäuschung und löst sich in Luft auf.

Ich vermute, sagt die Tochter aus Bayern, du hast meinen Plan nicht ganz korrekt dargestellt.

Übrigens, die Geschichte mit dieser Hand, die aus dem Schnee ragt, sagt Linda, die ist mir nun doch zu weit hergeholt. Man soll sich wohl etwas dabei denken. Aber nichts Genaues weiß man nicht. Und jeder kann da hineinlesen, was er gerade braucht.

Else rückt nervös ihren Stuhl hin und her. Es gibt schon solche Dinge, sagt sie. Im Dorf der Pastor hat am Tag, eh wir rausmußten, die heilige Hedwig hinterm Altar gesehen. Im weißen Kleid. Und sie hat geweint. Bittere Tränen. Vom Kloster Trebnitz, wo sie beerdigt liegt, ist sie herübergekommen, um ein Zeichen zu setzen. Wie er nähergeht, der Knobloch, löst sie sich auf. Aber hinterm Altar, wo selten gewischt wird, bleibt im Staub der Abdruck ihres Fußes zurück.

Finsterstes Mittelalter! Empört springt die Tochter aus Bayern, die zugehört hat, von ihrem Stuhl auf. Wo lebt ihr denn eigentlich? Die Menschheit fliegt zum Mond, und ihr erzählt nichts als Aberglauben. Komm, Mutter, ich hol dich hier raus. Du kommst erst mal mit zu uns! Da können wir alles in Ruhe bereden.

Laß mal, wehrt Else ab. Das mit dem Mond ist auch nicht so neu. Wir hatten einen im Dorf, Kalanka-Heinrich, ein Wende vom Queis, der ist regelmäßig bei Mondwechsel zum Weißen Flins geflogen, weil die Wenden dort ihren Hauptgott haben. Und einmal hat er sich in der Richtung vertan und ist auf dem Mond gelandet. Blut und Wasser hat er geschwitzt, bis er wieder zurückgefunden hat. Trostlos muß es da oben aussehn!

Aber Mama!

Es ist ein Irrtum, sagt Wanda, wenn wir glauben, wir könnten richtiger denken als die vor uns. Wir denken vielleicht anders. Aber unsere Nöte bleiben die gleichen, auch wenn wir sie anders erklären. Übrigens brauch ich noch einen Bananensplit, sagt sie. Vorausgesetzt, der kommt noch nicht aus der Fabrik.

Es reicht, schreit die Tochter.

Mir auch, schreit Else. Überhaupt: wer sagt mir denn, daß

du wirklich mein Kind bist? Schließlich kann jede daherkommen und das behaupten!

Nein, Else wird nicht nach Bayern geholt. Am andern Morgen reist die Tochter ab, hochmodisch in Loden gekleidet und schäumend vor Zorn.

Du kannst ja mal schreiben, sagt Else zum Abschied. Aber sonst haben wir uns wohl doch ziemlich auseinandergelebt.

Zum Schreiben hab ich keine Zeit, entgegnet die Tochter. Bei uns wird nämlich noch immer richtig gearbeitet. Doch du kennst ja jetzt meine Telefonnummer. Damit geht sie auf und davon.

Eine ganze Weile später ruft Else ihr hinterdrein: Bevor ich mit jemandem rede, den ich dabei nicht sehen kann, da werde ich lieber ganz und gar stumm!

VI

Was du da neulich gesagt hast, was hast du damit gemeint? Der Geist der Enkelin steht an der Entreetür, hat auf die drei Frauen gewartet. Die Frage geht an Wanda.

Die sagt: Liebe hab ich gemeint. Die Sehnsucht nach ihr. Die so groß ist, daß man daran stirbt. Aber auch dann läßt sie uns keine Ruhe.

Ihr also auch!

Magst du Kuchen?

Ich hab schon. Es hilft nicht.

Das Gespenst wird durchsichtig, löst sich auf.

In ihrer Kammer, erzählt Else, wo sie sich umgebracht hat, läuft frisches Harz aus dem alten Holz. Wie Tränen.

Linda trägt Absatzschuhe, eine feine Seidenbluse. Und sie ist frisch frisiert.

Denk an deine Strümpfe! Hast du ein Stelldichein?

Vielleicht? Linda lächelt vielsagend. Sie legt die Hand auf das Schreibheft. Die Finger trommeln erwartungsvoll auf dem abgegriffenen Papier.

Der Thiemann, sagt Else, wie er gestorben ist, hat mir alles nachgesehen.

Sagt das die Tochter?

Ich habs ihr geglaubt. Mit so was treibt man kein Schindluder.

Wir suchen alle unsern Frieden, sagt Wanda.

Darf ich heut mal lesen? Else kramt aus der Schürze die Lesebrille und räuspert sich aufgeregt.

Hier, sagt Linda. Und deutet auf eine Stelle in dem Heft.

Als Linda ins Dorf kam, liest Else, hat es die Mutter nicht ertragen vor Eifersucht. Und schließlich ist sie wirr geworden im Kopf.

Warum bloß, sinniert Meta, machen sichs alle so einfach mit den Erklärungen? Ich war voll von Sorge, wie das gehen soll mit euch. Und freilich hab ich Angst gehabt, daß sich das alles wiederholt, was ich hinter mir hatte.

Schade, sagt Linda, daß man den Leuten nicht ansehen kann, was sie wirklich denken. Alles wär einfacher.

Glaub das nicht. Ich denke, es wäre entsetzlich, sagt Wanda.

Die Leute reden viel, wenn der Tag lang ist. Der Junge kam grad aus der Lehre, von Löwenberg. Wie sollte der eine Familie ernähren? Und ich mußte zurück in meine Dachkammer. Wahr ist, ich hab sie nicht haben wollen. Aber es war nicht zu ändern.

Versöhnlich legt Linda die Hand auf Metas Schulter. Ich hab in dein Gesicht gesehen, als ich damals auf dem Hof stand. Und mir war, als würde ich mich sehen, wie ich in etlichen Jahren sein würde. Da wußte ich, daß ich nicht doppelt am gleichen Ort sein könnte. Eine von uns war zuviel. Mir war klar, daß der Krieg zwischen uns dauert, bis eine verschwindet. Und ich war zum Bleiben entschlossen.

Meta schüttelt die Hand ab wie ein lästiges Insekt. Es ist ganz und gar sinnlos, daß wir miteinander reden. Wir wissen zuviel voneinander. Und jeder verteidigt nur seine fertige Meinung!

Das Telefon läutet. Else eilt in die Küche. Wanda erhebt sich und läuft durchs Café. Alles ist falsch, verkündet sie vom anderen Ende des Raumes her. Wir tun so, als hätten wir damals die Dinge entschieden. Aber das stimmt nicht. Alle wußten, daß der Krieg heraufzieht. Und der war Männersache. Während wir uns um Kinder und Dachkammern zankten, haben wir an der kommenden Katastrophe vorbeigesehen.

Ich hab nichts gewußt, behauptet Linda. Ich hatte anderes zu tun. Ich hatte ein Kind auf die Welt zu bringen. Und ich war selbst fast noch ein Kind.

Die Kühe vom Scholzen haben damals schwarze Milch gegeben. Und die hat nach Pech und Schwefel gestunken!

Ich krieg Angst vor dem, was wir hier machen, gesteht Linda. Wir schauen auf die Vergangenheit von ihrem Ende her. Aber was, frag ich euch, hat das mit dem wirklichen Leben zu tun? Wenn einer so zu leben versuchte, er würde ersticken, weil er weiß: was immer er tun wird, es endet im Mißlingen. Und er könnte sich also keinen Fußbreit bewegen.

Bitte sehr! Hören wir also auf mit dem Erinnern. Dann frag ich mich aber, warum es uns jede Nacht umtreibt!

Du mußt doch nicht gleich das Kind mit dem Bad ausschütten! Das hilft ja nun auch nicht. Aber wir sollten nicht so besserwisserisch und selbstgerecht sein.

Ich rede bloß von Dingen, die wirklich passiert sind. Wanda setzt ihre Wanderung durch das Café fort.

Dies sollte mein Abend sein, sagt Linda enttäuscht. Ich wollte euch sagen, daß ich stolz bin auf den Mann. Auch wenn ich nicht verstanden hab, was er da wollte. Überhaupt: er hätte ja mit mir reden können. Über das Buch, in dem er herumstudierte. Und wie er auf all das gekommen ist. Davon hab ich nämlich gar nichts mitgekriegt. Und so wars für mich schwer, als ich allein dasaß mit dem Kind, ihn zu begreifen. Aber trotzdem; ich wollte euch sagen …

Else kehrt zurück an den Tisch. Sie ist kreidebleich. Aus und vorbei. Sie machen die Zwangsvollstreckung.

Und was heißt das?

Der Gerichtsvollzieher kommt.

Die Eingangstür öffnet sich knarrend. Auf der Schwelle steht der Geist der Enkelin, tritt aber nicht ein, sondern weint drei bittere Tränen und geht wieder.

Wanda hat die Erscheinung nicht wahrgenommen. Und auch Elses Mitteilung nicht. Sie sucht weiter nach Anzeichen.

In der Nacht auf Sankt Johanni wirft das Schicksal die Würfel über das folgende Jahr. Niemand hat es wahrhaben wollen. Sind wir blind? Sind wir taub?

Halt die Luft an! ruft Meta. Du nimmst doch auch nichts wahr! Neben dir fällt ein Leben zu Scherben, und du achtest nicht drauf und eiferst über den Schnee von gestern!

Wovon redet ihr eigentlich?

Durch zweihundert Jahre haben sich die Thiemanns als Wirte behauptet. Und als die Heimat verloren war, haben wir es an anderem Ort auch wieder geschafft. Vierzig Jahre Sozialismus hat mein Café überdauert. Aber jetzt, wo das Paradies angesagt ist, geht für mich alles zu Ende! Else wischt sich die Augen.

Wanda schweigt. Und jetzt legt Meta das Strickzeug beiseite, steht auf von ihrem Stuhl und hält eine richtige Rede: Solang ich zurückdenken kann, wird von der güldenen Zeit geredet. Wie die aussehen soll, davon gibt es keine genaue Vorstellung. Vielleicht wird es da gelingen, daß die Leute nicht wortlos voneinander rennen. Und daß nicht alles aufhört, kaum daß es begonnen hat. Aber leider hat sich durch all die Jahrhunderte niemand gefunden, der keinen Eigennutz kennt. Und auf das Paradies warten wir also noch immer vergeblich.

Komisch, sagt Wanda, wie wir über alles so daherreden! Wir sind nicht mehr so, wie wir mal waren. Ein Unglück passiert, wir wollen einen Schmerz spüren, eine Erschütterung. Nichts. Wir empfinden bloß den Mangel. Und gießen ein Danziger Goldwasser drauf!

Linda betrachtet ihre Fingernägel. Es ist nicht mehr die Zeit für Tragödien, sagt sie. Wir spielen keine Rolle mehr; wir nehmen bloß noch Posen ein. In Schnurren, die wir uns erzählen, obgleich sie allen bekannt sind.

VII

Der Gerichtsvollzieher war da. Müde sitzt Else am Tisch, als Wanda, Meta und Linda eintreffen.

Du wirst dir den Strumpf nicht mehr zerreißen, sagt Else zu Linda. Auf dem Schraubenkopf klebt jetzt der Kuckuck. Sie stellt die Flasche mit dem Danziger Goldwasser auf den Tisch und füllt die polierten Gläser.

Daß es mal so weit kommen würde!

Wenn die Leute arbeitslos sind, fehlts ihnen an Geld. Wenn die Leute kein Geld haben, gehen sie nicht ins Café. So einfach ist das zu erklären.

Nehmen wir also Abschied, schlägt Wanda vor.

Noch nicht, verlangt Linda. Wir sind noch nicht am Ende mit meiner Geschichte. Was euch recht war, muß mir billig sein dürfen. Ich habe mir eure Sachen auch angehört.

Wanda blättert in dem Schreibheft. Es sind bloß noch ein paar Seiten!

Die meine ich nicht, sagt Linda. Aber es stimmt nicht, daß alles aufhören muß, wenn einer fort ist. Man kann mehrere Leben haben. Man muß bloß fertig sein mit dem vorigen.

Und warum treibt es dich da noch um?

Lenk nicht ab, verlangt Linda. Ich wollt von was anderem reden.

Da pack ich mein Strickzeug doch noch aus, entscheidet Meta.

Else entzündet die Kerze auf dem kleinen Marmortisch. Zur Feier des Abschieds! Fang also an.

Linda schlägt ein Bein übers andere und zupft verlegen an dem kurzen Rock herum. Eigentlich, gesteht sie, bin ich schon fertig. Jedenfalls für jetzt. Aber das wenigstens wollte ich gesagt haben.

Die Frauen sitzen nun schweigend beieinander. Vorm Café auf der nächtlichen Straße lärmt es. Jemand brüllt dort: Deutschland den Deutschen!

Das kenn ich. Das war schon einmal der Anfang vom Ende. Meta wickelt sorgsam den abgespulten Faden auf den graumelierten Wollknäuel. Betont beiläufig fragt sie, an Else gewandt: Wo wirst du jetzt hingehn?

Else hebt ratlos die Schultern, läßt sie wieder fallen und verteilt das restliche Goldwasser auf die vier Gläser. Prost! Auf die Ungewißheit!

Gemeinsam trinken sie die Neigen aus. Ein paar Flitter Blattgold bleiben in den Gläsern zurück. Wanda singt. Blaue Berge, tiefe Täler ... Das Schlesierlied.

Das hilft jetzt auch nicht, knurrt Linda bitter. Übrigens: wo werden wir uns nächste Mitternacht treffen?

Nirgends. Metas Stimme klingt bitter. So was wie bei Else finden wir nirgendwo wieder!

Riesengebirge, singt Wanda voll Wehmut, deutsches Gebirge, du meine liebe Heimat ...

So ein Quatsch, ruft Linda. Wir sind und bleiben heimatlos!

Ich muß an die heidnische Jungfrau denken, sagt Wanda. An ihre nackten Füße, die den Boden nicht mehr spüren. Obwohl sie nicht aus dem Land ist.

Linda zupft erneut an dem Rock herum, als wolle sie den verlängern. Verstoßene Liebhaber, sagt sie, wurden ihre ärgsten Feinde.

Was soll das heißen?

Nichts. Gar nichts.

Was ich euch gesagt hab, sagt Wanda, das müßt ihr natürlich so nicht glauben. Wie ich übrigens auch nicht beim Wort nehme, was ihr jede Nacht hier auftischt. Bei Linda beispielsweise hab ich immer das Gefühl, sie probiert eine Version aus wie eine Bluse, die man sich vorm Spiegel anhält! Wenn eine von euch redet, dann ist es immer nur der Versuch, etwas zu sagen, ohne sich preiszugeben. Es ist bloß eine neue Darstellung. So wie das hier! Sie stopft das Schreibheft mit energischer Geste in ihre Tasche. Gute Geschichten, schlechte Geschichten – um nichts anderes geht es.

Meta holt tief Luft, um Widerspruch anzumelden. Aber sie ist zu müde, um jetzt noch zu streiten. Während ihr Handballen auf der Marmorplatte verbleibt, hebt sie kaum merklich die Finger und winkt verächtlich ab.

Else hat das letzte Geschirr gespült, die Gläser poliert und das Wasser abgestellt. Ihre Reisetasche steht gepackt neben der Eingangstür. Noch einmal öffnet sie die Fenster, um das Café zu lüften. Draußen ist es still geworden. Mild streicht die Nachtluft über die Sohlbank. Die Blechlaterne gibt keinen Laut, ihr trübes Licht sinkt, ein kreisrunder Nebel, auf das Kopfsteinpflaster. Irgendwo stöckelt durch die Finsternis, weithin hallend, ein Paar hochhackiger Schuhe.

Als Else sich vom Fenster abwendet, fällt ihr Blick auf den Vogelkäfig. Müde schlurft sie zu dem Drahtgehäuse, steckt den Finger durchs Gitter und spricht zu dem Tier. Dich kann ich leider nicht mitnehmen ins Ungewisse. Du mußt dir nun selbst dein Glück suchen. Sie öffnet die Käfigtür und tritt zurück. Unsicher äugt der Kanare in die Freiheit.

Na, flieg doch!

Scheu drängt das Tier sich in die hinterste Ecke des Käfigs. Else wird ungeduldig. Sie klatscht in die Hände. Verschreckt stürzt der Vogel sich aus dem Gefängnis, fliegt aufgeregt eine Runde im Raum, vorbei an der offenen Fensterfront, will zurück in den Käfig, doch Else hat eilig die Tür verschlossen. Der Kanare setzt an zu einer zweiten Runde, fällt zu Boden, bleibt mit gebreiteten Flügeln auf den Fliesen liegen. Else kniet bei ihm nieder, hebt ihn vorsichtig auf die flache Hand. Der kleine Körper ist warm. Doch das Herz steht still. Tot, sagt Else. Aus und vorbei.

Die Entreetür wird aufgerissen; herein stürmt, ganz und gar aufgelöst, die Tochter aus Bayern. Mama!

Um Himmels willen, was ist denn passiert? Else hält noch immer den toten Vogel in der Hand. Hast du etwa einen Unfall gehabt?

Schlimmer, Mama! Ich komme nach Hause, und er liegt mit einer anderen im Bett!

Wer?

Wer! Wer! Er, mein Mann! Und draußen ist der helle Mittag!

Die Liebe, sagt Meta, ungefragt und darum sehr laut: die Liebe hat nur einen Feind – das ist die Dauer. Je länger wir beieinander sind, desto fremder wird uns der Fremde, mit dem wir vertraut tun. Bis es nicht mehr auszuhalten ist. Dann stürzt man sich in die Arme einer anderen Fremdheit.

Von zwei Seiten knuffen spitze Ellenbogen gegen Meta. Die verstummt.

Und weiter? will Else von der Tochter wissen.

Ich hab auf der Stelle kehrtgemacht. Jetzt bin ich hier. Und hier bleib ich. Du nimmst mich doch auf?

Wovon wollen wir leben? Hier ist endgültig Feierabend.

Da mach dir mal keine Sorgen, Mama. Andere haben es auch geschafft!

Aber frag nicht: wie! flüstert Meta.

Wenn das mal gutgeht. Verwirrt will Else den Vogel in den Käfig setzen; der tote Körper plumpst in den Sand. Dennoch schließt sie sorgfältig die Käfigtür. Und teilt jetzt ihre Zweifel noch ein zweites Mal mit: Wenn das mal gutgeht!

Linda nimmt das Heft aus Wandas Tasche, dreht und wendet es in der Hand. Es muß einen Grund gegeben haben, sagt sie. Einen Grund für sie, das aufzuschreiben. Sowas macht man nicht von ungefähr.

Meta steht auf, packt ihr Strickzeug zusammen. Ich würde jetzt auch was aufschreiben, gesteht sie. Sowas macht man, wenn etwas zu Ende geht. Endgültig.

3. Buch

Die fliegende Zeit, die stockende

I

In den letzten Januartagen des Jahres 1945 wird es in Schlesien bitterkalt; bis auf sechzehn Grad in die Tiefe sinkt das Thermometer. Im Dominium erfriert ein Kalb in der Kuh. Auf dem Bober das Eis sirrt und knistert, bis es donnernd zerbirst. Die Schollen türmen sich so hoch, daß Schäfer Liebs eine Eiszeit ankündigt. Seit Monatsmitte kursieren Gerüchte von einer russischen Offensive aus Richtung Kielce und Baranow. Lehrer Kleinschmidt, dessen Unterricht neuerdings nur noch aus Leibesertüchtigung besteht, kommt aus Liegnitz von einer Schulung: kein Grund zur Unruhe, die Front steht sicher! Aber aus dem Generalgouvernement rollen jetzt Treckzüge durch Niederschlesien. Mit Hausrat hoch beladene Pferdefuhrwerke und Ochsengespanne mühen sich über spiegelglatt vereiste Straßen westwärts. Unter den Einheimischen wagt niemand den Gedanken auszusprechen, daß auch sie bald gehen müssen. Man hält sich an unsichere Nachrichten: von der Westfront her seien zur Verstärkung Kampfverbände im Anmarsch.

Einsam steht ein Schatten, schmal und scharf vorm eisigen Januarlicht, auf der Wölbung der Sanddüne. Schäfer Liebs lauscht noch einmal den Windstimmen. Lang steht er so. Liebs hört nichts Gutes. Da geht er ins Dorf und schmiert mit Kienruß das Radlager der Schubkarre, die am Bober Radwer genannt wird.

Am 1. Februar wird in Treben der Befehl zur Evakuierung gegeben. Post-Okrob rennt mit dem Papier in der Hand von Hof zu Hof. Mitzunehmen sind eine Decke je Person und Proviant für drei Tage. Dann, heißt es in dem Befehl, seien die Reservetruppen aus dem Westen da, und die Leute könnten wieder zurück in ihre Häuser. Aber daran mag schon niemand mehr glauben. Auf dem Platz vor der Dorfwaage, wo der Treckzug zusammengestellt wird, sammeln sich überladene Ackerwagen. Bettzeug, Hausrat und Hafersäcke türmen sich zu abenteuerlichen Aufbauten. Dazwischen steht, in Holzpantinen, Schäfer Liebs, der seine Habseligkeiten in der Radwer verstaut hat. Der alte Thiemann hat seinen gelähmten Sohn auf dicke Strohlagen gebettet. In einigem Abstand wartet Lehrer Kleinschmidt, ein geliehenes Damenfahrrad neben sich.

Knatternd quält sich ein requirierter DKW Meisterklasse die holprige Straße vom Flußufer aufwärts. Mit vorgehaltner Pistole sucht ein Hauptmann wehrhafte Männer auf den Kutschböcken und unter den Planen. Die Angst malt hysterische Flecken auf sein fahles Gesicht. Ein letztes Aufgebot von elf hinfälligen Männern wird zum Volkssturm erklärt und erhält Marschbefehl nach Bunzlau. Bis zum Mittag haben sich die Leute in der Truppführerschule zu melden. Auch Kleinschmidt gehört zu ihnen.

Seit Neujahr steht im Schmiedehäusl ein Handwagen, bepackt mit Decken, warmer Kleidung und Lebensmitteln. Als Post-Okrob mit dem Räumungsbefehl kommt, schnürt Linda dieser Fuhre Benjamins Federbett obenauf. Der Junge wird in zwei Jacken verpackt, Linda zieht ihr gutes Kleid an, darüber Rock, Pullover und Mantel. So reihen sie sich in den Trebener Treckzug. Pastor Knobloch läßt noch einmal die Glokken läuten. Als endlich die Gespanne über die Boberbrücke rollen, hat ein Panzerkeil der 1. Ukrainischen Front bereits die Häuser von Baudendorf erreicht.

Hinter Bunzlau sind die Straßen überfüllt. Defekte Militärfahrzeuge, zerbrochene Planwagen liegen im Graben. Immer wieder stürzen Spanntiere auf dem Glatteis. Ein fremdes Fuhrwerk steht am Wegrand, der Kutscher ist auf dem Bock erfroren. Linda zieht verbissen den kleinen Leiterwagen westwärts. Sie kommen nur schrittweis voran, immer wieder stockt der Zug. Benjamin wirft mit Schneebällen, die Mutter verbietet es ihm. An einem Mühlgraben bricht der Junge durchs Eis. Triefend naß zieht die Mutter ihn aus dem Wasser. Auf Thiemanns Planwagen wird er umgezogen und neben dem Gelähmten ins Stroh gepackt.

Sie nächtigen in der Scheune eines ansehnlichen Gehöftes bei Kohlfurt. Die Frauen sind schon fort mit dem Vieh, bis über die Neiße; nur der Bauer will bis zum letzten Augenblick bleiben. Thiemann-Else darf mit dem Kind im Haus schlafen. Linda kann Benjamins nasses Zeug am Herd trocknen. Am Morgen, als der Treck aufbricht, behauptet Thiemann-Else, es gäbe noch Milch auf einem Nachbarhof. Da wolle sie hin, sie käme dann gleich nach. Während sie sich, eine Kanne in der Hand, auf den Weg macht, holpern knarrend die Treckwagen vom Hof. Kaum sind sie außer Sichtweite, taucht Else hinter den Scheunen auf und rennt, hungrig nach Leben, in die Arme des Bauern.

Kurz nach dem Aufbruch schlägt sich Linda mit der flachen Hand an die Stirn: in der Küche des Bauernhofes hängen Benjamins Sachen zum Trocknen; die hat sie vergessen. Linda hastet zurück. Niemand reagiert auf ihr Klopfen. Vorsichtig öffnet sie die Haustür, rafft die Kleidung des Jungen, will wieder gehen. Aus der Stube hört sie jemanden stöhnen. Sie lugt durch den Türspalt. Thiemann-Else ist da wild zugange mit dem fremden Bauern. Ein Wust von Empfindungen durchflutet Linda – Abscheu gewiß, aber auch Neid auf die Else. Keuchend rennt sie den Trebener Gespannen hinterdrein. Im Stroh neben Benjamin liegt der lahme Thiemann, fragt nach seiner Frau. Linda bringt kein Wort über die Lippen.

Auf der Reichsstraße 115 quält sich der Treck bis nach Görlitz. An Häusern und Straßenbäumen hängen frische Anschläge: Flüchtlinge dürfen hier nicht bleiben. Sie müssen weiterfahren nach Brandenburg. Die Stadt- und Kreisverwaltung.

Schäfer Liebs setzt die Radwer ab und stopft sich die Pfeife. Der alte Thiemann kraucht vom Kutschbock. Pastor Knobloch gesellt sich ihnen zu. In Berlin, sagt Liebs, ist der Russe eher als wir. Wir müssen uns auf Dresden halten.

Aber, wendet der Thiemann ein, es hieß doch: bloß für drei Tage!

Magst du das glauben?

Thiemann schüttelt den Kopf. Pastor Knobloch entfaltet die Karte. Und dann scheren die Trebener Gespanne aus dem großen Zug aus, der sich gegen Cottbus wendet. Und fahren weiter auf der Reichsstraße 6 Richtung Löbau.

Es wird Nacht, und Thiemann-Else ist nicht gekommen. Das Kind weint. Da erhebt sich der gelähmte Mann aus dem Stroh und geht, nach seiner jungen Frau suchend, zwischen den Treckwagen umher. Der neue Schmerz, behauptet Schäfer Liebs, hat den alten besiegt.

Vor der Bunzlauer Truppführerschule hält der Kreisleiter der Partei eine schneidige Rede. Der Volkssturm werde, gemeinsam mit zurückflutenden Truppenteilen, die Stadt vierundzwanzig Stunden lang halten. Bis dahin sei Verstärkung vom Westen eingetroffen. Auch sei in wenigen Tagen mit dem massiven Einsatz der Wunderwaffe zu rechnen, die den Krieg innerhalb weniger Stunden beenden werde. Und zwar siegreich. Dann fährt er davon.

Ein Feldwebel gibt Waffen an den Volkssturm aus. Es handelt sich um italienische Gewehre, für die keine passende Munition vorhanden ist. Außerdem Handgranaten und Panzerfäuste. Kinder und Greise sollen die Stadt gegen das 3. Garde-Panzerkorps der Roten Armee verteidigen. Schnapsflaschen werden herumgereicht. Dennoch wird die Truppe rasch kleiner, die alten Männer setzen sich ab. Zurück bleiben abenteuerlich bewaffnete Kinder; die Szene erinnert an ein Räuber-und-Gendarm-Spiel. Als auch Lehrer Kleinschmidt sich aus dem Staub machen will, stellt ein Vierzehnjähriger den Kantor. Schulkinder führen den Fahnenflüchtigen zur Stadtmauer, erschießen ihn standrechtlich, wie sie das nennen.

Das Dorf Treben ist geräumt. Nur Post-Okrob ist geblieben. Ein deutscher Beamter behauptet seinen Platz auch unter wechselnden Verhältnissen. Russische Panzer dröhnen durch die Straße, rollen nach kurzem Halt weiter gegen Bunzlau. Rote Fahnen wehen auf den stählernen Kolossen. Das sind also die Sieger, stellt Post-Okrob hinterm Amtsfenster fest: pathetisch, aber korrekt. Die Plünderer kommen erst am Abend. Frauen sind gesucht, Schnaps und Uhren. Ein junger Soldat mit tartarischem Gesichtsschnitt stürmt in die Post, sieht Okrob pflichtbewußt am Telegraphenapparat, hält den für eine Kriegsmaschine. In dieser Nacht wird in Treben eine einzige Salve aus einer Kalaschnikow abgefeuert. Post-Okrob ist ihr Opfer. Knarrend biegt sich der Querbalken am Kruzifix über dem Tisch.

Nun ist auch für die Wiedergänger am Totenhäusl kein Grund zum Bleiben mehr. Wer soll hier noch ihr verflossenes Leben rechtfertigen? Mitzunehmen haben sie nichts. So gehen sie einfach los, immer westwärts. Sie halten sich abseits der verstopften Straßen, gegen Mittag überqueren sie bei Görlitz die Neiße. Auf einen Mauerrest an der Liegnitzer Straße schreibt Koarle mit Kreide: Robert und Kowal-Koarle aus Treben suchen Klein-Walter. Sie finden Unterschlupf in einem ausgebombten Werksgebäude. Glück über Glück, ruft Koarle, das war wohl eine Brauerei. Und das Landskronenbier hat einen guten Namen in Schlesien! – Sie entdecken den Zugang zum Keller. Die Enttäuschung kommt beim Verkosten: es war eine Essigfabrik.

Klein-Walters Geist folgt ihnen im Sommer. Monatelang ist er zur Mitternacht durch das verlassene Dorf geirrt. Inzwischen ist es gewiß, daß es kein deutsches Schlesien mehr geben wird. Die Polen schaffen vollendete Tatsachen schon vor der Friedenskonferenz. Wer noch nicht gegangen ist, wird ausgewiesen. Zurückbehalten werden wenige Unentbehrliche, Spezialisten genannt. Wiedergänger zählen nicht dazu.

Die Neiße-Brücke in Görlitz ist von der fliehenden Wehrmacht gesprengt. Doch es sind bloß die Mittelpfeiler geköpft; die Brücke ist abgesunken, aber noch zu begehen. In der Mitte patrouilliert ein russischer Posten. Der hört ein Geräusch neben sich, fährt herum: niemand ist da. Wie er ausspuckt in Richtung des unsichtbaren Spuks, wird ihm eine schallende Backpfeife verabreicht. Ljubtwojematj! entfährt es dem Soldaten. Mit der einen Hand kühlt er die brennende Gesichtshälfte, mit der anderen schlägt er drei Kreuze. Danach hat er Ruhe.

Nach vollzogener Ablösung erstattet der Posten pflichtgemäß Meldung beim Vorgesetzten. Der erbittet ideologischen Rat im Parteibüro des Truppenteils. Der Politkommissar blättert irritiert in der GESCHICHTE DER KPDSU (B). KURZER LEHRGANG, findet dort keine passende Erklärung des vermeldeten Rätsels und läßt den Posten vorsichthalber erschießen: wegen Feigheit vor dem Feind. Das nun hat der unsichtbar umgehende Klein-Walter nicht gewollt, als er sich fürs Anspucken revanchierte. Er hat nur eine Hoffnung: womöglich spukt das Opfer der Hilflosigkeit mitternachts im Parteibüro.

II

Benjamin fiebert. Das kommt von dem Bad im Mühlgraben. Linda muß den Treck ziehen lassen. Bei einer Witfrau in der Lausitz finden sie notdürftige Unterkunft. Brustwickel und Lindenblütentee schlagen nicht an, die Temperatur steigt weiter. Der Junge phantasiert. Er sieht den toten Vater an seinem Bett, spürt dessen kühle Hand auf seiner Stirn. Geh nicht fort, bittet Benjamin. Doch es hilft nicht: der Vater verschwindet lautlos, wie er gekommen ist.

Linda entdeckt in Benjamins Taschen das Spielzeug, das er heimlich auf den Treck mitgenommen hat, eine Sammlung hölzerner Zwirnröllchen. Sie trägt sie zum Bett, in dem der Sohn fiebert. Benjamin nimmt eines der Röllchen, preßt es fest an sich und flüstert: Gut, daß du wieder da bist, Vater!

In der Kammer, die die Witfrau ihnen eingeräumt hat, hört Linda den Lärm einer nahen Panzerschlacht. Anderntags überrollt sie die Front. Gekämpft wird jetzt nicht mehr. Aber zwei Russen kommen ins Haus, suchen nach Frauen. Der eine macht sich über die Witfrau her. Der andere kommt in die Kammer, wo Linda an Benjamins Bett wacht. Dawai, Frau! Dawai!

Entsetzt reißt Linda das Kind aus dem Bett, hält es schützend vor sich. Benjamin starrt auf den Fremden, erinnert sich an das einzige fremde Wort, das er von der polnischen Schnitterkolonne kennt, sagt: Peronnje!

Irritiert hält der Russe inne. Du nix daitsch?

Mir sein vun Schläsing! ruft Benjamin.

Der Russe überlegt. Ah, ponimaju! sagt er. Slawisch! Beschwichtigend hebt er die Hände, geht rückwärts zur Tür, behutsam auf Stiefelspitzen. Vermutlich hält er die beiden für Lausitzer Sorben. Erschöpft überläßt sich Linda den Tränen ihrer Verzweiflung.

Nun muß also die Witfrau auch noch einen zweiten Russen über sich ergehen lassen. Als die Soldaten aus dem Haus sind, steht Linda ihr bei, mit Handtuch und kaltem Wasser.

Nach diesen Erlebnissen sinkt Benjamins Fieber. Linda sucht vergeblich nach einer Erklärung für die plötzliche Heilung. Doch der Junge hütet das Geheimnis, mit dem er die Krankheit besiegte. Er hat ein Zauberwort entdeckt, mit dem er künftig sorgsam haushalten will: Peronnje!

Die Witfrau berichtet, Flüchtlinge könnten jetzt in ihre Heimat zurück. Linda lädt Benjamin auf den Leiterwagen und macht sich auf den Weg nach Osten. Sie kommen bis Görlitz. Dort ist die Neißebrücke gesperrt. Sie schlafen in einer Turnhalle, die als Massenquartier dient. Jeden Morgen gehen sie zum Flußufer, doch der Posten auf der Brücke steht immer noch da.

Eines Abends übergibt Linda den Sohn der Obhut fremder Leute. Sie will heimlich noch einmal nach Treben zurück. In der Nacht träumt Benjamin von fremden Soldaten, die der Mutter zurufen: Dawai, dawai! Schweißnaß erwacht er. Unauffällig, daß es niemand bemerkt, zieht er sich die Decke über den Kopf und flüstert inbrünstig: Peronnje! In der nächsten Nacht ist die Mutter zurück. Sie hat ein abgegriffenes Buch mitgebracht und ein hölzernes Kästchen.

Wann sie endlich wieder nach Hause könnten, will der Junge wissen. Linda schüttelt den Kopf. Schlesien, sagt sie, sei für immer verloren. Anderntags schnüren sie ihre Habseligkeiten auf das Wägelchen und folgen der Spur des Trebener Treckzuges. Unterwegs erkrankt eines der hölzernen Zwirnröllchen. Benjamin packt es in ein Büschel Stroh auf dem Leiterwagen und legt ihm die kühle Hand auf die fiebernde Stirn.

In der zerbombten Stadt Dresden verlieren sie die Spur der Trebener Gespanne. Ziellos gehen sie weiter, einfach nach Westen. Bei fremden Leuten betteln sie um Essen, oftmals vergebens. Linda ist abgemagert, das Gehen fällt ihr schwer. Wenn es bergauf geht, muß sie häufig anhalten. Schon längst sitzt Benjamin nicht mehr auf dem Wagen. So gut ers vermag, zieht er mit an der Deichsel.

Linda sucht eine Bleibe, aber in allen Dörfern, durch die sie kommen, sitzen schon Scharen von Flüchtlingen. So ziehen sie weiter, geraten in die Berge. Auf der Paßstraße bricht am Leiterwagen die Achse. Verzweifelt hockt Linda am Straßenrand. Benjamin spricht seinen Zwirnröllchen Mut zu. So findet sie der Kohlhofbauer.

Schellenberger hat dem Krieg den Rücken gekehrt, als der in den letzten Zügen lag. Der Vater ist alt, und die Arbeit auf dem Berghof ist schwer. Vom Rheinland her hat Schellenberger sich nachts und auf Schleichwegen durchgeschlagen bis zum Kohlhof. Anfangs hat er sich in den Asbacher Bergen versteckt gehalten. Dort kennt er einen Stölln mit verschüttetem Mundloch. Darin hat er gehaust. Die Mutter hat ihm Essen in der hohlen Eiche hingestellt. Derart hat Schellenberger unbeschadet das Kriegsende erreicht. Inzwischen ist der Hof auf ihn überschrieben, die Eltern sitzen auf dem Altenteil. Jetzt gilt es, die Wirtschaft wieder hochzubringen, viel Arbeit mußte liegenbleiben in der Zeit seiner Abwesenheit. Der junge Bauer gönnt sich keine Ruhe. Und da hockt nun also diese Frau an seinem Weg, dünn wie eine Bohnenstange. Und ein Kind, das nicht viel besser aussieht. Der Bauer spürt ein menschliches Rühren. Er fragt nicht, was draus werden mag, lädt die beiden samt dem zerbrochenen Gefährt auf seinen Mistwagen und nimmt sie mit auf den Kohlhof. Der alte Schellenberger staunt nicht schlecht und fängt an zu rechnen. Zwei hungrige Mäuler, hält er dem Sohn vor, was meinst du, was die …

Du bist still! Der Bauer schneidet ihm das Wort mitten im Satz ab. Der Hof gehört jetzt mir.

Abends sitzen sie zu dritt am Tisch. Der Bauer schneidet vor. Und Linda und Benjamin essen, daß dem Hausherrn die Augen übergehn. Schellenberger überläßt ihnen die Gesindekammer. Erstmals seit Monaten schlafen sie wieder in einem richtigen Bett.

Wie lang sie hier bleiben, will Benjamin vor dem Einschlafen wissen.

Bis unser Wägelchen repariert ist, erwidert Linda.

Am nächsten Tag, Benjamin sieht es mit Mißtrauen, kümmert sich niemand um die zerbrochene Achse. Linda geht dem Bauern zur Hand. Der Junge teilt seine Sorgen den Zwirnröllchen mit. Die ziehen bedenkliche Gesichter. In der nächsten Nacht erwacht Benjamin. Das Bett neben ihm ist leer, die Mutter verschwunden. Sie wird nun nicht mehr neben ihm schlafen. Am Frühstückstisch verkündet sie: wir haben jetzt ein neues Zuhause.

Empört rutscht Benjamin von seinem Stuhl, kriecht unter den Tisch. Er fühlt sich betrogen. Sein neues Zuhause ist umstellt von vier hölzernen Säulen und verhängt gegen die Welt mit einem blaukarierten Tischtuch, das bis zur Dielung reicht. Seine Zwirnröllchen teilen mit ihm die Enge und das schützende Dunkel. Niemand schert sich um ihn. Die Mutter und der Bauer verwandeln sich in ein Tier mit vier Beinen und vier Armen, das keucht und stöhnt, sobald es sich allein wähnt.

Wenn das Tier aus dem Haus ist, flieht Benjamin aus dem selbstgewählten Gefängnis, streift durch den angrenzenden Wald, klettert in die Berge. Er entdeckt das Mundloch des Stölln, in dem Schellenberger gehaust hat. Hier finden auch die Zwirnröllchen ein Unterkommen. Im Geröll vorm dem Mundloch liegen Schneekopfkugeln. Benjamin schlägt sie auf, blickt in märchenhaft schimmernde Kristallwelten.

Ein Trupp fremder Männer zieht durch die Asbacher Berge. Sie tragen Uniformen, die Benjamin kennt: der Fremde in der Kammer der Witfrau sah so aus. Dawai, dawai, rufen sie.

Geheimnisvolle Instrumente tragen sie bei sich. Sie sind auf der Suche. Wonach? Mein Stölln, argwöhnt Benjamin. Mit zwei gekreuten Farnwedeln sichert er das Mundloch und flüstert: Peronnje! – Die Männer finden den Eingang nicht.

Abends am Küchentisch sagt der Bauer: Die Russen suchen Uran. Benjamin weiß es besser.

Klein-Walter hat an der Görlitzer Suchzentrale einen handgeschriebenen Anschlag gelesen. Nun steht er im Domizil der Ahnen, im Keller der einstigen Essigfabrik. Mißtrauisch blickt er sich um. Sie hätten hier auf ihn gewartet, klärt Koarle ihn auf. Dies sei nur die Zwischenstation auf der Suche nach einer neuen Heimat. Beruhigt nimmt Klein-Walter auf dem schmierigen Rand eines Essigfasses Platz. Vom Konzentrationslager Groß-Rosen berichtet er, wohin sie ihn nach dem Verhör brachten. Und von seiner Erschießung. Er öffnet das Hemd und zeigt seine Wunden. Robert zählt die Einschüsse, vergleicht das Ergebnis mit der Stärke des Hinrichtungskommandos und frohlockt: einer hat danebengezielt.

Davon wird die Welt auch nicht besser, knurrt Koarle.

Aber sie ist auch nicht verloren, solange noch einer danebenzielt!

Worauf warten wir noch? will Klein-Walter wissen, den es in dem feuchten Gemäuer fröstelt.

Auf gehts, entscheidet Koarle. Draußen in der Sonne kneifen sie geblendet die Augen zusammen. Robert findet in einem Trauergeschäft drei Chapeaux claques. Die feierlichen Hüte auf den Köpfen, demonstrativ, also für jeden sichtbar, erscheinen die Wiedergänger auf dem Görlitzer Friedhof. Neugierig starrt ihnen eine harkende Frau hinterdrein. Suchend gehen sie durch die Gräberreihen, verhalten vor einem grob behauenen Granitblock. Jacob Boehme/geboren 1575/gestorben 1624. Die Grabplatte zeigt einen Kreis, in dessen Mitte zwei kleinere Halbkreise sich berühren. So mag das Kreuz aussehen, wenn man es durch die Schusterkugel betrachtet. Robert zieht den Hut und verneigt sich tief. Koarle und Klein-Walter folgen seinem Beispiel. Der Frau, die ihnen ein Stück gefolgt ist, fällt vor Staunen die Harke aus der Hand.

Damit nehmen sie endgültig Abschied von Schlesien. In der gleichen Stunde machen sie sich auf den Weg nach Westen.

III

Die Habichtsburg ist ein Raubritterstein im Thüringischen. Aufgeführt aus Muschelkalk, ragt nur noch der Bergfried über die Gipfel des Mischwalds hinaus. Robert, Koarle und Klein-Walter inspizieren das alte Gemäuer. Der Verfall nimmt der Anlage das Bedrohliche, macht ihr ein beinahe gemütliches Aussehen. An der Südwestecke des Palas ist ein Erker erhalten. Dort ist auch das Dach noch nicht abgesunken wie über dem restlichen Bau. Vorsichtig sitzen die Wiedergänger im Erker zur Probe. Weit geht der Blick über die liebliche Talung. Robert als Ältester redet zuerst, spricht aus, was alle empfinden: hier ist gut bleiben.

Viel Arbeit haben sie nicht. Ein paar trockene Kothaufen sind aus dem Verlies zu entfernen, wo sie die Tage verschlafen wollen. Und die Tür ist zu sichern, daß niemand ihre Ruhe störe. Zur Mitternacht treffen sie sich in der Erkerrunde, sinnen dem Vergangenen nach und warten auf ihre Erlösung.

Sie besitzen ein Zauberglas, das nichts anderes ist als ein stark gewölbter Flaschenboden. Darin sieht Klein-Walter das neue Glück seiner Frau.

Tuts weh? fragt Koarle.

Ja, gesteht Klein-Walter. Aber es geht um den Jungen. Und die Linda muß mit dem zurechtkommen, was der Krieg angerichtet hat!

Wenn einer Glück hat im Leben, dann gibt es für ihn den Moment, wo er glaubt, es wär noch nicht alles verspielt und vertan. Er denkt dann, das Mißratene ist ausgestrichen. Und er kann noch einmal von vorn anfangen, ohne daß ihm die Bruchstücke seines Scheiterns im Weg liegen. Wenn einer großes

Glück hat, dann wiederholt sich das ein paar Mal. So kommen mehrere Leben zustande in einem. Nur: das Versäumte läßt sich nicht einholen. Und die Verluste kommen mit immer größerer Geschwindigkeit.

Derart beschreibt Robert sein Bild von der Welt, als Klein-Walter die Hoffnung äußert, die Leute möchten nun klüger sein nach dem Krieg und allen diesen Katastrophen. Ein Magnet zeucht den anderen, ein Licht erklärt das andere, eine Liebe rühret …

Warten wirs ab, entscheidet Robert.

Die neue Zeit beginnt in den Asbacher Bergen sehr lautstark. An jedem Straßeneck ist ein Lautsprecher angebracht, selbst am Lichtmast auf dem Kohlberghof hängt solch ein Blechungetüm. Dorffunk heißt diese Neuerung. Scheppernd dröhnt Blasmusik durch die Waldeinsamkeit. Ein Chor singt die sinnvollen Verse: Bau auf, bau auf, freie deutsche Jugend, bau auf … Das Echo bringt den Beschwörvers vervielfacht von den Berghängen zurück. Und dann tönt die Stimme von Bürgermeister Barthelmes: Dank unseren Befreiern! Sie haben uns eine friedliche Zukunft beschert! Nie wieder ein Gewehr in die Hand!

Benjamins friedliche Zukunft endet mit seiner Einschulung. Nach Unterrichtsschluß erwarten ihn die Jungen aus dem Dorf vor dem Schulhaus, fallen über ihn her, prügeln ihn durch. Polackensau, schreien sie. – Mir sein vun Schläsing, beteuert Benjamin. Es hilft nicht. Sie prügeln weiter.

Warum das, fragt er, nachdem die anderen weg sind und er sich aus dem Straßendreck aufrappelt. Auf den Stufen sitzt Freia, die Jüngste vom Sägemüller Rußwurm, kaut an ihren blonden Zöpfen und klärt ihn auf: Du bis hall ä Frömdärr!

Mutter, wann ziehen wir endlich weiter?

Wir bleiben! Keuchend wälzt sich das Tier mit vier Armen und vier Beinen im Haberstroh. Und der Lautsprecher am Lichtmast dröhnt: Bau auf, bau auf, freie deutsche Jugend …

Im Stölln spielen die Zwirnröllchen Räuber und Gendarm. Nachdenklich schaut Benjamin ihnen zu.

Da sind die Bösen! schallt es durch den Felsgang.

Wo? – Auf sie mit Gebrüll! Vernichtet sie!

Halt, stehenbleiben oder ich schieße!

Peronnje, ruft Benjamin. Verblüfft halten die Spielgefährten inne. Was hast du?

Diese Einteilung, sagt Benjamin, in Böse und Gute ... irgendwas, sagt er, stimmt da nicht!

Geduldig lassen sich die hölzernen Kameraden zum Chor formieren, Benjamin stimmt an, und jetzt klingt friedlicher Gesang durch den Berg: Kein schöner Land in dieser Zeit ...

Benjamin will kein Fremder sein. Schlesien besteht für ihn bloß noch aus den Geschichten, die Linda ihm abends am Bett erzählt. Von den Walen und dem Großen Leuchter. Vom Vogelhannes und der Heu-Else, vom Grohrock, den Lutjen und diesem Uhaml, das sich in die Geschäfte der Menschen einmischt. Er mag nicht mit Erinnerungen leben, die ihn von den Kindern im Dorf unterscheiden. Allein die Sage von der Kynast-Burg läßt der Junge gelten – schließlich war es ein Ritter aus Thüringen, der die Bedingung der hochnäsigen Kunigunde erfüllt hat und mit seinem Roß auf der schmalen Mauerkrone die steile Felsenburg umkreiste!

Im Land um die Asbacher Berge gehen Geister um, die Benjamin aus dem Schlesischen nicht kennt. Am Abend tritt im Nebelkleid die Elbin auf die Bergwiese. Sie verführt Männer und zwingt stillende Mütter, ihr schwaches Elbenkind zu nähren. Sie raubt Säuglinge aus den Dörfern und legt ein Wechselbalg in die Wiege. Die Elbin ist betörend schön. Wer sich weigert, der Ihrige zu werden, erhält einen Stoß aufs Herz, der ihn binnen drei Tagen in den Sarg wirft. Wenn einer bei der Elbin weilt, so meint er, es sei nur für kurze Zeit. In Wahrheit sind es viele Jahre. – Rußwurms Freia erzählt das, und ihr Gesicht ist gerötet vom Eifer. Sie sitzen auf der Lichtung im Hochwald, es ist Abend, und Nebel zieht durch die Baumwipfel. Als Benjamin heimkommt, erwartet ihn die Mutter im Hoftor.

Wir sorgen uns. Wo warst du so lange?

Ich war doch kaum einen Augenblick fort.

So? Es ist weit in der Nacht!

Benjamin spürt einen Stoß gegen die Brust, auf der linken Seite, wo das Herz schlägt.

Zur Schule geht Benjamin über den Helmershof in die Struth. Ein Fußweg, der lang wird bei schlechtem Wetter. Heut kündigt sich ein heiterer Tag an. Die Sonne steht schon überm Berg, der Frühdunst steigt fetzenweis aus der Talung. Aus dem Fichtensaum tritt die Elbin, mit Nebel bekleidet. Ihr Gesicht ist gerötet, Tautropfen schimmern auf den blonden Zöpfen. Sie nimmt ihn bei der Hand. So gehen sie in die Struth. Von jetzt an rühren ihn die Dorfjungen nicht mehr an.

Ein Besucher sitzt am Küchentisch. Es ist Thiemann, der nach seiner jungen Frau sucht. Er lebt jetzt in Bayern, besitzt wieder eine Wirtschaft, hat sie SCHLESIERBAUDE genannt. Es fehlt bloß die Wirtin. Und nun erzählt Linda. Schweigend hört der Thiemann zu.

Da werd ich wohl nicht länger warten, sagt er am Ende. Und zum Abschied fragt er: Wollt ihr nicht kommen? Es sind etliche in der Gegend von uns Trebenern. Gleich neben mir wohnt Schäfer Liebs.

Unsicher blickt Linda auf Benjamin. Der denkt an die Elbin im Nebelkleid, an die Tautropfen in ihren blonden Zöpfen. Und verkündet: Wir bleiben!

Das Jahr wird nicht gut für die Bauern. Das Korn ist verhagelt, die Ernte schwimmt im Dauerregen. Durchs Dorf fährt ein Lastwagen mit Arbeitern aus der Kreisstadt. Eine rote Fahne trieft vor Nässe. Ohne Gott und Sonnenschein, brüllen die Männer, bringen wir die Ernte ein! Die nassen Garben, schon stockig, verstopfen die Dreschmaschine. Der Lautsprecher am Lichtmast dröhnt lauthals Erfolgsmeldungen in die Asbacher Berge.

Die haben keine Achtung, klagt Schellenberger. Vor nichts. So fängt kein Gutes an.

Letzten Winter haben die Stürme im Wald viel Windbruch verursacht. Jetzt frißt sich der Borkenkäfer in die Baumleichen, vermehrt sich da und geht dann ans lebende Holz. Wieder kommen Lastwagen mit roten Fahnen aus der Stadt. Schellenberger muß Langholz fahren, kommt kaum zur Herbstfurche. Die Zeit gerät aus dem Rhythmus; eine Kampagne jagt die andere.

Der Bauer setzt zwei Bullen auf Mast. Den einen für die vorgeschriebene Abgabe an den Staat, den anderen für sich. Eines der Tiere hat Koliken. Bevor der Tierarzt aus der Kreisstadt eintrifft, ist es verendet. Der Bauer mag sich nicht mit dem Gedanken anfreunden, wegen einer bürokratischen Vorschrift auf den Sonntagsbraten zu verzichten. Als der Viehtransporter angesagt wird, muß Linda das Schlafzimmer beräumen. Dort, hinter verhängten Gardinen, verbirgt Schellenberger den Mastbullen Heinrich, tüdert ihn an die Türklinke. Der Stall ist entmistet, gestreut nur für die Spannkuh. Jetzt sollen sie kommen.

Der Viehwagen rollt auf den Hof. Zwei Fremde steigen aus. Und Barthelmes, der Bürgermeister.

Bei mir, behauptet Schellenberger, ist nichts mehr zu holen. Und weist das tierärztliche Papier vor.

Was aber ist das? Der Bürgermeister deutet grinsend aufs Schlafzimmerfenster. Hinter den Scheiben frißt Heinrich soeben den Rest von Lindas Tüllgardine. An seinem Hals baumelt der Strick mit der abgerissenen Türklinke.

Benjamin trinkt Blutsbrüderschaft. Die Elbin im Nebelkleid kratzt sich einen Grind vom Arm, darunter ist es ein bißchen blutig. Aufgeregt stippt der Junge seine Lippen auf den Fleck. Dann sticht er mit einem Schlehdorn in seinem Finger herum, bis ein Blutstropfen quillt. Gierig saugt Rußwurms Freia an der Fingerkuppe. Jetzt kann uns nichts auf der Welt mehr trennen!

Die Zwirnröllchen fühlen sich vernachlässigt, beschweren sich maulend. Doch Benjamin kann seine Gefühle nicht teilen. Er rafft die hölzernen Gefährten zusammen, trägt sie zum

Asbach, der hier noch ein Rinnsal ist, und übergibt sie der Strömung. Beklommen schaut er ihnen nach, wie sie über Feldsteinkatarakte zu Tal schwimmen, der Werra entgegen. Die wird sie dann mit zur Weser nehmen. Und endlich gelangen sie in ferne Meere.

Der zerstochene Finger entzündet sich, vereitert. Die Kuppe schwillt blaurot an. Blutvergiftung, sagt Linda. Sie preßt frischen Weißdornsaft. Benjamin stellt sich vor, an dieser Vergiftung zu sterben. Und er wird, aus Treue zur Blutsschwester, nicht verraten, woher sie rührt. Ganz wohl ist ihm dabei.

Mancher Augenblick scheint kein Ende zu nehmen, und manches Jahr ist kurz wie ein Tag. Für Sonne und Regen gilt keine Regel. Aber wer sich mit Räudigen einläßt, wird selber grätzig. – So ungefähr antwortet der Schellenberger, als der Bürgermeister bei ihm sitzt, um ihn für eine Genossenschaft zu werben.

Der Barthelmes ist ans Fenster getreten, läßt seinen Blick schweifen über Schellenbergers Äcker, die wie bunte Handtücher sich an den Hangfuß des Kohlberges schmiegen. Du könntest es leichter haben!

Vor der Arbeit hab ich keine Angst, solang sie für mich und die Meinigen getan wird. Aber wenn ich für Tagediebe und Schuldenmacher die Kastanien aus dem Feuer holen soll …

Wie du willst, sagt der rote Oskar aus Hasental, der sich jetzt als Parteifunktionär aufspielt und den der Barthelmes zur Verstärkung mitgebracht hat. Wir können auch anders!

Diese Drohung schwebt nun über dem Kohlberghof. Die Männer sind mit finsteren Gesichtern gegangen; seitdem will die bange Ungewißheit nicht weichen, was die anderen tun werden.

Aberglaube. Die Neulehrerin Rosner schreibt das mit Kreide an die Wandtafel und unterstreicht es bedeutungsvoll. Was ist das? fragt sie die Kinder.

Die Elbin im Nebelkleid hebt die Hand, schnipst mit den Fingern. Aufmunternd nickt ihr die Neulehrerin zu. Freia holt tief Luft und brüllt: Ohne Gott und Sonnenschein holen wir die Ernte ein.

Die Rosner nagt an der Unterlippe. Ist dies nun kindlicher Unverstand oder eine dörfische Provokation? Sie entschließt sich fürs erste. Und fährt fort: Ich meine, glaubt jemand von euch an Geister oder Hexen? – Niemand meldet sich. Zufrieden schließt die Rosner: Es gibt also keine.

Da steht der Sohn von Mittelbauer Wirsching auf. Man muß doch nicht an sie glauben, sagt er. Sie sind einfach da. Die Notzken ist eine. Die Kühn-Alma hat den bösen Blick, und die Scheffeln bespricht Warzen und harte Euter.

Und auch die Elbin im Nebelkleid meldet sich noch einmal zu Wort. Wenn einer auf den richtigen Besen steigt, behauptet sie, kann er um den Kohlberg fliegen.

Nein, mit der Aufklärung kommt es nicht voran in den Asbacher Bergen. Resigniert wischt die Rosner das Stichwort von der Tafel und entscheidet: Wir schlagen jetzt die Rechenbücher auf.

Der Lautsprecher am Lichtmast dröhnt einen Marsch: Dem Morgenrot entgegen, ihr Kampfgenossen all ...! Dann knackt es ein paarmal im Apparat. Und schließlich verkündet die Stimme von Bürgermeister Barthelmes, daß der bestellte Kunstdünger nicht geliefert werden kann. Erneutes Knacken, dann wieder der Marsch, noch lauter jetzt: ... wir sind die junge Garde des Proletariats.

Schellenbergers Spannkuh erschreckt sich beim Einschirren derart vor dem blechernen Getöse, daß sie durchgeht. Wütend schleudert der Bauer die Mistforke nach dem Blechungetüm. Seither klingt auf dem Kohlberg der Dorffunk so, als habe der Bürgermeister eine Kröte im Hals.

Am Hoftor des Neubauern Bird hängt ein Schild: LPG Lichte Zukunft. Die Alteingesessenen spotten: in der lichten Zukunft werden die Kühe erst mittags gemolken. Warum? Da kommt Schnaps aus dem Euter!

Der Schellenberger sieht Anlaß zum Handeln. Straßenseitig rammt er Gatterpfähle in den Boden, spannt dazwischen einen dichten Zaun aus Weidedraht vor den Weiler. Westwall, nennt das sein alter Vater. Der Riegel am Hoftor wird verstärkt. Wenn der Bauer mit dem Gespann ausrückt, muß Linda hinter ihm abschließen. Kehrt er heim, macht er sich durch vereinbarte Klopfzeichen kenntlich.

Festung Kohlberg, sagt der Alte.

Übertreibst dus nicht? fragt Linda den Bauern.

Der Schellenberger runzelt die Stirn. Die sind zu allem fähig, behauptet er. Bestehlen lasse ich mich nicht. Ich werd um mein Eigentum kämpfen.

Nie wieder ein Gewehr in die Hand, ruft Benjamin.

Ach! Das Gesicht des Bauern läuft rot an. Hältst dus mit denen? Nähre ich eine Schlange an meinem Tisch?

Hör auf, bittet Linda. Er meint das, was hinter ihm liegt.

Benjamin empfindet den verriegelten Hof als Gefängnis. So oft es geht, kehrt er ihm den Rücken. In Rußwurms Scheune lernt er mit Freia fliegen. Die Elbin trägt jetzt kein Nebelkleid. Gemeinsam springen sie vom Dachbalken tief hinunter ins Heugeviert, landen im Hühnernest. Freias Beine sind dottergelb.

Leck mal ab! verlangt sie.

Benjamin gehorcht. Und spürt den Mädchenkörper erzittern.

In der Habichtsburg steht Benjamins toter Vater am Erkerfenster, starrt hinaus in die Nacht. Der Wind hat ihnen eine Zeitung zugetragen, die vermeldet, daß es im Land Unruhen gibt. Einen Aufstand. Robert hat es vorgelesen. – Es wird keinen Frieden geben, nirgends und nimmer, seufzt Koarle. Im gleichen Moment beginnt draußen auf dem Gang lautes Lärmen und Scheppern. Erschrocken fahren die Wiedergänger zusammen. Robert wagt sich bis zur Türöffnung, entdeckt in all der Dunkelheit den Geist des letzten Raubritters, der am Jahrestag seines scheußlichsten Verbrechens durch die Ruine spuken muß: in rostiger Rüstung und aus vielen Wunden blutend.

IV

Freias Mutter weiß es von der Ahne, die kennts von der ihrigen und immer so weiter: es hat, lange nach der biblischen Sintflut, auch eine solche im Thüringischen gehabt. Wer Augen hat zu sehen, der kann noch Spuren davon finden. Gewaltige Wassergüsse sind niedergegangen, kein Halm blieb auf den Äckern, die Menschen sind massenhaft ertrunken. Von allen Seiten kamen die Wetter. Zehn, zwölf Ellen stieg die Flut über die Flußbetten hinaus. Das ging von der Saale bis zum Harz, von der Werra bis zur Elster. Und es geschah am 29. Mai 1613, sagt die Freia. Und es kam, fährt sie fort, weil sie sich vergangen haben gegen die Elbin und haben Albruna verbrannt, ihre Verkünderin, auf einem Scheiterhaufen.

Und wie ist es geendet? will Benjamin wissen.

Ein unschuldiger Knabe hat das Land gerettet. Mit nichts als einem Sträußel roten Dost in den Händen ist er zur Elbin gegangen. Die hat ihn geküßt. Da ist er ein Held geworden. Und die Wasser haben sich verlaufen. – Erwartungsvoll sieht Freia Benjamin an. Der wirft einen Stein über die abendliche Waldlichtung, auf der sie lagern. Und murmelt verlegen, er wolle sowieso kein Held sein. Und überdies müsse er jetzt heim.

Die Freia wendet sich ab und rennt davon.

Jeder Mensch kann Fehler machen, folglich auch jede Regierung. Die Regierung hat Fehler gemacht, das Volk hat Einspruch erhoben. Und nun wird die Regierung ihre Fehler zurücknehmen. Guten Morgen! So beginnt die Neulehrerin Rosner an diesem Tag im Juni ihren Unterricht. Anlaß sind die vagen Nachrichten, die bis in die Asbacher Berge gedrungen sind: in den großen Städten hätten sich die Menschen beschwert über die schlechte Versorgung und über zu gering bezahlte Arbeit. Unruhe, sagen die Asbacher Bauern, schadet bloß der Wirtschaft. Über so etwas denkt man besser gar nicht erst nach. Auch die Schulklasse nimmt die Bemerkung der Lehrerin wie die Nachricht von einem anderen Stern. So wendet sich die Rosner der Vermehrung von Lumbricidae zu, den gemeinen Regenwürmern.

Anderntags erscheint zum Unterricht nicht die Neulehrerin Rosner, sondern der Schulleiter, in Begleitung eines Unbekannten. Die Lüge, sagt der Direktor, hat oft ein freundliches Gesicht. Man darf sich davon nicht täuschen lassen. Was ich sagen will: die Regierung hat keine Fehler gemacht. Und nicht das Volk ist auf die Straße gegangen, sondern das waren …

Provokateure! fällt ihm der Unbekannte ins Wort. Bezahltes Werkzeug des Klassenfeindes!

Ihr bekommt, teilt der Schulleiter mit, eine neue Klassenlehrerin. Heute fällt der Unterricht aus.

Hurra! brüllt es aus siebzehn Kinderkehlen.

Die Elbin im Nebelkleid hebt zaghaft die Hand. Wo ist das Fräulein Rosner?

Dort, wo sie über sich nachdenken kann, antwortet der Unbekannte. Die beiden Männer verlassen das Klassenzimmer ernsten Gesichts, so vorzeigend, daß sie nichts gemein haben mit dem freundlichen Antlitz der Lüge.

Seit dem Abend auf der Waldlichtung erlebt Benjamin die Blutsschwester merkwürdig verwandelt. Sie geht ihm aus dem Weg, auf seine Fragen antwortet sie unbestimmt und ausweichend. Seine Streifzüge durch die Bergwälder unternimmt der Junge nun allein.

Oben am Kammweg hebt sich der Donnershauk auffallend hervor unter den umliegenden Berggipfeln. In heidnischer Zeit soll da ein Kultort gewesen sein. Den Opferstein kann man noch sehen. Eines Abends trifft Benjamin am Donnershauk die Elbin im Nebelkleid, in zärtlicher Umarmung mit einem älteren Jungen vom Helmershof. Ihm stockt der Atem. Verrat! denkt Benjamin empört. Die beiden bemerken ihn nicht. Verzweifelt hoffend, der Augenschein möchte trügerisch sein und als Mißverständnis sich lösen, folgt er dem Paar bis weit in die Nacht. Als er heimkommt, stellt Linda besorgt fest: der Junge hat Fieber.

Im Herbst kann man es sehen: der Freia wächst ein dicker Bauch. Es gibt viel Gerede im Dorf. Die Eltern schicken Freia zu Verwandten in die Kreisstadt. Von da an ist es für Benjamin leichter, aber vergessen kann er das Mädchen nicht. Eine schmerzende Unruhe bleibt noch lange in ihm.

Auch in der Habichtsburg ist es vorbei mit der Stille. Fremde sind durch die Ruine gegangen, haben hier gemessen, dort an den Stein geklopft. Große Rollen Papier hielten sie in den Händen. Tage danach sind Arbeiter gekommen, haben Bäume umgehauen, Wurzeln gerodet. Zwischenein sind sie im Burghof gesessen, haben Bier getrunken und ihr Wasser am Burgverlies abgeschlagen. Maschinenlärm bricht in die Waldeinsamkeit. Der verwachsene Trampelpfad, der den Hang traversiert, verwandelt sich in eine Straße. Lastautos fahren hin und her, bringen Baumaterial. Den Wiedergängern raubt es den Tagschlaf.

Koarle nimmt Robert beiseit. Mal ganz im Vertrauen, flüstert er, der Junge muß das nicht eben hören: kennst du einen Fall, wo es einen wie uns wirklich erlöst hat? Und wenn ja, zu welcher Bedingung?

Robert puhlt mit dem Nagel seines kleinen Fingers einen Schmalzpfropfen aus dem Gehörgang, besieht und beriecht ihn und schmiert ihn dann ans Hosenbein. So direkt ist mir da kein Beispiel bekannt, gesteht er endlich. Es ist halt so eine Art Verabredung, daß wir erst dann sterben können, wenn uns in der Welt Recht widerfährt. An etwas muß sich der Mensch wohl halten. Aber wer glaubt schon ernsthaft an den Sieg der Gerechtigkeit?

Sprich leiser, bittet Koarle. Der Junge muß das nicht eben hören.

Klein-Walter will die Burg verlassen. Egal wohin, knurrt er. Bloß fort von diesem Getöse.

Ob wir was Besseres finden? zweifelt Koarle.

Und Robert entscheidet: Erst mal abwarten. Wer weiß, wie das endet.

Jetzt werden die Burgmauern eingerüstet. Im Verlies zucken

die Wiedergänger bei jedem Hammerschlag zusammen. Bleich und übermüdet erschcinen sie zu ihrer mitternächtlichen Pflicht. Als jedoch das Gerüst steht, kehrt überraschend die frühere Ruhe zurück. Zwar kommen noch morgens die Arbeiter, doch es mangelt an Baumaterial, vor allem an Zement. Und so sitzen die Leute im Burghof herum, trinken kastenweise mitgebrachtes Bier, pinkeln an die Kellertür und verschwinden zum Feierabend. Schon beginnt das Unkraut, die neue Straße von den Rändern her zu besiedeln. Dann wird es Winter, und der Schnee verdeckt das klägliche Scheitern des lautstark Begonnenen. Nun bleiben auch die Arbeiter weg.

Na bitte, triumphiert Robert. Das Warten hat sich gelohnt.

Bald wagt sich auch wieder der Geist des Raubritters hervor, den der Baulärm derart verstört hatte, daß er monatelang unsichtbar blieb. Blutend und klirrend stolziert er durch die Gänge, stolpert im Dunkeln über ein herumliegendes Kabel, stürzt böse, schlägt sich einen Frontzahn aus und kommt in der rostigen Rüstung nicht mehr auf die Beine. Die drei Wiedergänger eilen zu Hilfe.

Schlamperei! schimpft Koarle, rollt das Kabel zusammen und räumt es beiseite.

Wortlos deutet Klein-Walter auf ein Schild an der Wand. Darauf stehen strenge Vorschriften für den Arbeitsschutz.

Mitunter kommen Bauern aus den umliegenden Dörfern, holen weg, was auf der verlassenen Baustelle zurückblieb: Sand, Wehreisen, Gerüstbohlen. Da entschließen sich die Wiedergänger zur Notwehr und spuken am hellerlichten Tag. Heulend und jammernd fahren sie aus dem Verlies, mitten unter die Diebe. Die lassen alles stehen und liegen und rennen verschreckt vom Hof. Seitdem hat es endgültig Ruhe in der Habichtsburg. Die Tage vergehen. Und die Zeit hält ein.

Benjamin hat in der Struth sein Zeugnis erhalten und will auf die Oberschule in die Kreisstadt. Möchte die verbarrikadierte Enge auf dem Kohlhof hinter sich lassen. Traurig fragt Schellenberger: Was wird dereinst aus dem Hof? Aber Linda schlägt sich auf die Seite des Sohnes: Soll er was lernen, danach sieht man weiter. Gemeinsam mit Benjamin macht sie sich auf den Weg in die Kreisstadt. Da gibt es unerwartet ein Widernis. Es heißt: soziale Herkunft. Linda hat, in sechsfacher Ausfertigung, Fragebögen ausgefüllt. Der Vorsitzende der Aufnahmekommission tippt mit dem Stift auf die Firmenbezeichnung: Mechanische Werkstätten Treben. Der darüber eingetragene Beruf des Vaters, nämlich Schmied, ist mit roter Tinte durchgestrichen. Dahinter steht jetzt, gleichfalls mit roter Tinte, vermerkt: Unternehmer, und dann folgen drei Ausrufezeichen. Das alles sechsmal.

Wir, beginnt der Vorsitzende, und etwas Bedrohliches schwingt in seiner Stimme, sind ein Arbeiterundbauernstaat! Wir fördern keine Kapitalistenkinder.

Der Mann, erklärt Linda, ist lange schon tot. Umgebracht von den Faschisten.

Ach! Und weshalb?

Sabotage, sagt Linda. Dolchstöße im Hinterland.

Das wäre Widerstandskampf! Irritiert runzelt der Vorsitzende die Augenbrauen und schaut fragend auf die anderen Mitglieder der Kommission. Das sind: eine junge Frau in blauer Bluse mit einer aufgehenden Sonne am Ärmel, die soeben ihren verachtungsvollen Gesichtsausdruck gegen einen andächtigen ausgetauscht hat. Und ein kleiner Mann mit Nickelbrille, der jetzt fragt: In welcher Gruppe hat er denn gearbeitet?

Gearbeitet hat er allein, sagt Linda.

Wer hat ihn angeleitet?

Linda überlegt eine Weile. Jakob Böhme, sagt sie schließlich. Den hat er gelesen.

Nicht bekannt, souffliert der Bebrillte dem Vorsitzenden. Der notiert den unbekannten Namen am Rand des Fragebogens. Besagte Widerstandsgruppe, erklärt er, ist uns nicht geläufig. Wir werden das überprüfen lassen. Bis dahin: Geduld.

Übereinstimmung, sagt der Schellenberger, ist ein Zustand, aus dem nichts wird. Leben ist Kampf. Bleib lieber hier und übernimm eines Tages den Hof. – Vor ihm auf dem Tisch liegt ein Brief, den Linda erhalten hat. Bezugnehmend auf Ihren Antrag und das durchgeführte Aufnahmegespräch teilen wir Ihnen mit, daß besagte Widerstandsgruppe Böhme nicht nachzuweisen ist. Infolge der Liquidation des Vaters kam jedoch, trotz des selbständigen Unternehmertums desselben, die Aufnahmekommission übereinstimmend zu der Auffassung, daß dem genannten Antrag stattzugeben sei.

Mit denen würde ich mich nicht ums Verrecken einlassen, wiederholt noch einmal der Bauer und tippt nachdrücklich mit dem blauschwarzen Fingernagel auf das Papier.

Ich will aber lernen, beharrt der Junge.

Dann machs und werd dabei selig.

Amen, bekräftigt Linda. Und macht sich erneut auf den Weg in die Kreisstadt, um für den Sohn ein Zimmer zu suchen. Sie findet es in der Schloßgasse. Die Wirtin heißt Rosalinde. Neugierig betrachtet Linda die Frau, der sie ihr Kind anvertrauen will. Rosalinde lebt in einer anderen Zeit. In der ist sie mit Freunden durchs Land gezogen, hat die Klampfe gespielt und Rundinella gesungen. Das tut sie auch heute noch. Rosalinde trägt wadenlange weite Kleider, die keine Taille haben. Ihr Silberhaar flicht sie zu Zöpfen, die sie über den Ohren säuberlich zu Schnecken rollt. Nach dem Krieg war sie Betreuerin in einem Kinderheim, dort hat man sie nicht lange geduldet. Ihre Lieder aus dem Zupfgeigenhansel entsprachen nicht den Schlagworten der neuen Zeit. Inzwischen zahlt man ihr eine karge Rente. Mit der kommt sie zurecht, wenn sie ein Zimmer ihrer Wohnung vermietet. Linda ists zufrieden, und Benjamin hält Einzug in der Schloßgasse. Bei Rosalinde lernt er Sauerampfersuppe, Brennesselsalat und Schlehenmus kennen. Mitunter kommt sie auf einen Schwatz in sein Zimmer. Sie bringt dann einen Tonkrug mit, darin dampft ein Getränk, das sie als Kakao bezeichnet. Bereitet wird es aus getrockneten Scheiben Roter Beete, die in der Kaffeemühle vermahlen sind. Rosalindes Traum ist es, noch einmal zum Hohen Meißner zu wandern. Aber der liegt inzwischen in einem anderen Land. So muß sie sich darauf beschränken, alljährlich zur Sommersonnenwende auf die Leuchtenburg an der Saale zu wallfahren.

Benjamin ist erst wenige Tage in der Stadt, da sieht er Rußwurms Freia. Sie schiebt einen Kinderwagen. Scheu lächelt sie ihm entgegen. Doch er geht an ihr vorüber wie an einer Fremden. Die Elbin im Nebelkleid ist das nicht mehr. Ihm ist, als läge die Zeit mit der Blutsschwester unendlich weit zurück. Dennoch rührt sich wieder der alte Schmerz.

In der Habichtsburg ist der Teufel los. Das inzwischen verwitterte Gerüst wird erneuert. Das Unkraut ist aus der Fahrstraße gepolkt, die Baustelle aufgeräumt wie für eine Ausstellung. Durch den Wald um die Ruine streifen Männer in Ledermänteln. Am Burgtor stellen sich Jagdhornbläser auf. Ein roter Läufer wird quer durch den Hof ausgerollt. Schwarze Limousinen halten am Tor. Die Bläser blasen, was das Zeug hält. Zwei alte Männer steigen aus, schreiten über den Teppich. Es beginnt zu regnen. Schirme werden aufgespannt. Jemand hält eine Rede. Die alten Männer steigen eilig in die Limousinen, fahren davon. Danach gleicht die Burg einem Ameisenhaufen. Zimmerer, Maurer, Schmiede laufen herum, stehen sich häufig im Weg. An Baumaterial ist kein Mangel mehr. Die Arbeiten beginnen morgens mit dem ersten Licht, gehen bis weit in den Abend. Ein Kran wächst über die Burgmauern hinaus, legt den neuen Dachstuhl auf.

Robert klagt über Schmerzen im linken Arm.

Den hast du doch gar nicht mehr, stellt Klein-Walter fest.

Eben, sagt der Ahne. Ein Zeichen. Das Wetter schlägt um. Bald kommt der Winter, dann haben wir wieder Ruhe.

Er irrt sich. Die Arbeiten gehen auch im Winter weiter. Mitunter tauchen Fremde auf, treiben die Handwerker zur Eile. Koarle entdeckt im Burghof eine Ölkanne. Um Mitternacht ölt er dem Raubritter die rostige Rüstung. Der ist zwar nicht sicher, ob das mit seinem Bann zu vereinbaren sei, doch nun quietscht er nicht mehr. Und so haben sie wenigstens tief in der Nacht die Ruhe, die sie bei Tag nicht mehr finden.

Schäfer Liebs ist bei Linda gewesen. Die Adresse hatte er von Thiemann. Er kam aus dem Schlesischen, hat mal nachsehen wollen, wie es da geht.

Wie siehts aus? fragte Linda gespannt.

Fremde Leute seien jetzt im Dorf, von weit aus dem Osten. Gleichfalls Vertriebene. Glücklich seien auch sie nicht, fremd in der fremden Landschaft. Aber was soll man machen? Immerhin, die Windstimmen seien noch da, sprächen immer noch schlesisch.

Und was sagen sie?

Das Leben läßt sich nicht ausdenken, sagen sie. Das muß man nehmen, wies kommt. Und hin wie her ist gleich weit, sagt der Liebs. Er legt ihr zum Abschied ein Sträußel Hartheu in die Hand.

Der Schnee ist geschmolzen. Mild weht der Föhn ins Tal unter der Habichtsburg. Schon rücken und schieben die Buschwindröschen. Ein Schild wird ans Burgtor geschraubt: Schulungsheim Habichtsburg. Am Abend üben im Hof die Jagdhornbläser. Das Erkerzimmer ist jetzt ein Leseraum. Der Kamin wurde neu aufgemauert. Zur Mitternacht nehmen die Wiedergänger in tiefen Klubsesseln Platz. Beeindruckt betrachten sie die Regalreihen voller Bücher.

Ich habs geahnt, triumphiert Robert. Das Warten würde sich lohnen! Besser treffen wirs nirgends an.

Klein-Walter ist an die Bücherwand getreten, zieht ein schmales Bändchen hervor. Auf dem grüngrauen Pappeinband sind in einem quergestellten Oval vier bärtige Männer abgebildet. Finster blicken sie drein. Klein-Walter schlägt das Buch auf, liest, stutzt, liest noch einmal. Hört mal zu! ruft er erregt. Und dann trägt er vor: Ein Gespenst geht um in Europa …

Koarle fährt erschrocken hoch aus dem Sessel. Die meinen uns!

Und Robert fragt: Woher wissen die denn, daß wir hier sind?

V

Koarle hat Klein-Walter neugierig über die Schulter geschaut und weitergelesen. Die meinen uns nicht, stellt er erleichtert fest.

Seht mal, was es hier gibt! Robert hat eine Tür in der Regalwand geöffnet und zeigt begeistert auf eine Batterie Schnapsflaschen. Das ist für uns!

Bist du da sicher?

Ziemlich. Worauf warten wir noch?

In dieser Nacht machen die Wiedergänger bei ihrem Umgehen im Erkerzimmer eine beträchtliche Anzahl Überstunden. Und das wird keine Ausnahme bleiben.

Die meisten Schüler aus Benjamins Klasse kommen aus den umliegenden Dörfern. Anfangs mußte Lehrer Langhans noch zwei Tische zusätzlich ins Klassenzimmer stellen lassen, doch im Verlauf des Schuljahres nimmt die Zahl der Schüler ab. Die Familien verlassen heimlich das Land. Zuerst die aus der Stadt, die Bauern sind seßhafter. Bachnickel ist ein rotgesichtiger Bauernsohn aus Hasental, begabt im Mathematischen. Benjamin, der neben ihm die Schulbank drückt, profitiert davon bei Klassenarbeiten. Manchmal, wenn er den Mittagszug nicht erreicht, erledigt Bachnickel die Hausaufgaben in der Schloßgasse. Übers Wochenende wird Benjamin nach Hasental eingeladen. Sie fahren mit der Kleinbahn bis Seligental, laufen dann eine Strecke durch die Felder, beschattet von einer Kirschbaumallee. Die würde es bald nicht mehr geben, orakelt Bachnickel. Die Genossenschaft will alles plattmachen!

Bachnickel lebt auf einem großen Hof, gut zwei Steinwürfe vom Dorfrand gelegen. Alte Kastanien umstehn das Anwesen. Stallung und Wohnhaus stehen sich gegenüber, an der Rückseite schließt die Scheune das Gehöft ab. Rund um den Innenhof führt, in Geschoßhöhe, ein luftiger Laubengang.

Schön habt ihrs hier.

Nicht mehr lange!

Beim Abendessen erzählt der Bauer, daß die Genossenschaft

den Hof haben will. Eine Maschinenstation soll daraus werden.

Aber, wundert sich Benjamin, es ist doch Ihr Eigentum!

Besitz, knurrt der Bauer, gilt jetzt als Schande. Sie haben mir den Lanz-Bulldog aus dem Verkehr gezogen. Einen neuen Traktor darf ich nicht kaufen. Landarbeiter darf ich nicht beschäftigen. Sie wissen: allein kann ich die Arbeit nicht schaffen.

Wochen später, es ist ein Montag, bleibt in der Schule der Platz neben Benjamin frei.

Weiß jemand, was mit dem Bachnickel ist? erkundigt sich Lehrer Langhans.

Am Samstag, erfindet Benjamin, hat er Halsschmerzen gehabt.

Am Dienstag tritt Langhans mit besorgtem Gesicht vor die Klasse. Es waren nicht die Halsschmerzen, verkündet der Lehrer. Die Eltern vom Bachnickel haben unser Land verraten und ihre Kinder in verantwortungsloser Weise dem Klassenfeind in den Rachen geworfen. Wir werden eine Erklärung unterschreiben, daß wir diese Handlungsweise verurteilen. Ist jemand dagegen?

Keiner der Schüler wagt es, den Arm zu heben. Auch Benjamin nicht.

Sie wollen den Leuten die Würde nehmen, erklärt Rosalinde, als Benjamin ihr von Bachnickel erzählt. Dann können sie mit ihnen nach Belieben umspringen. Aber dabei zerstören sie den Grund, der alles trägt.

Nach zwei Schuljahren zieht die Klasse in ein kleineres Zimmer um. Benjamin muß sich eingestehen, daß er schon nicht mehr alle Namen weiß, die in dieser Zeit aus seiner Nähe verschwunden sind.

Du wirst schon erwartet, raunt Rosalinde ihm zu, als Benjamin aus der Schule kommt. In seinem Zimmer sitzt Freia Rußwurm am Tisch. Vor ihr dampft Rosalindes Kakao aus Roter Beete. Hilflos verhält Benjamin an der Tür.

Ich wollte mal sehen, wie du hier lebst.

Warum?

Erinnerst du dich noch an den Knaben mit dem Dost, der zur Elbin gekommen ist?

Nein, lügt Benjamin.

Du bist mir noch böse?

Geh jetzt.

Schade, sagt Freia. Tränen rollen ihr über das kindliche Antlitz, aber sie geht.

Der Raubritter hat einen Blutfleck hinterlassen auf der neuen Dielung im Schulungsheim Habichtsburg. Der Hausmeister entdeckt ihn am Morgen und erstattet Anzeige bei der Heimleitung. Nach eingehender Beratung wird er beauftragt, alle Heiminsassen unauffällig zu inspizieren. Mit verschlossenem Gesicht wandelt der Argwohn durch die Burg. Ohne Ergebnis. Der Hausmeister entfernt den Fleck mit scharfem Zeug. Um Mitternacht wundert sich der Raubritter über den strengen Geruch. Am Morgen ist der Fleck wieder da. Der Hausmeister scheuert noch einmal. In der Nacht stellt er einen Stuhl in den Gang und hält Wache. Nichts geschieht. Schließlich schläft er ein. Er erwacht von lautem Klappern und Scheppern: vor ihm steht der Raubritter und blutet erneut auf die Dielen. Schlotternd flüchtet der Mann ins Bett, zieht sich die Decke über den Kopf und sucht nach einem Ausweg. Er kann ja schwerlich den Genossen berichten, daß ein Gespenst den Fleck verursacht habe. Am Morgen hat er eine Lösung gefunden: er gibt eine Tafel in Auftrag, die verkündet, der Fleck sei ein Memorial für die blutige Vergangenheit des Ortes. Bald danach wird er aufgefordert, sich einer amtsärztlichen Untersuchung zu unterziehen.

Angst. Sie begegnet Benjamin in den kalkigen Gesichtern der Mitschüler, die in unberechenbaren Abständen aus der Tür des Schulsekretariats kommen. Zusammengedrängt wie Schafe im Regen, stehen die Jungen der oberen Klassen auf dem Flur, warten nervös, daß ihr Name aufgerufen werde. Werbegespräche für freiwilligen Armeedienst, so ist das überraschend anberaumte Unternehmen benannt. Gerüchte kursieren im Schulhaus: wer nicht geht, fliegt durchs Abitur. Oder erhält keine Studienzulassung. Und alle versichern: mich kriegen sie nicht rum! Benjamin lehnt an der Flurwand, die Handflächen verkleben mit dem graugrünen Ölsockel. Er hört seinen Namen und überlegt, wer gemeint sein könnte.

Setz dich, sagt freundlich der Direktor und deutet auf einen einsamen Stuhl mitten im Raum. Der Sekretär des Jugendverbandes grinst ihm aufmunternd zu. Zwei Leute sind anwesend, die Benjamin nicht kennt: ein Uniformierter und ein Zivilist.

Der Staat, sagt der Direktor, hat dir den Schulbesuch ermöglicht. Er erwartet jetzt von dir, daß du ihn schützt.

Nie wieder ein Gewehr in die Hand! Benjamin will das mit ruhiger Stimme sagen; ihm gelingt nur ein heiseres Krächzen. Wir mußten das, sagt er, in Druckschrift auf Zettel schreiben, die wir den Nachbarn in die Briefkästen warfen. Dafür wurde mir eine Eins im Fach Geschichte eingetragen.

Er kommt vom Dorf, erklärt entschuldigend der Direktor. Der Uniformierte lacht sehr laut.

Der Zivilist, er trägt zum stahlblauen Jackett eine weinrote Krawatte, beugt sich über den Tisch: Wer nicht für uns ist, der ist gegen uns. Willst du zu unseren Feinden gehören?

Benjamin starrt auf die fremden Mundwinkel, in denen weiße Speichelreste kleben. Ich habe keine Feinde, flüstert er. Ich schieße auch nicht. Nicht auf Menschen.

Das Gesicht des Direktors verfärbt sich hochrot. Der Mann verliert alle Fassung. Wozu, schreit er, unterrichten wir dich? Hast du denn überhaupt nichts begriffen?

Jetzt mischt sich der Uniformierte ein. Vielleicht, sagt er, kommt das alles ein bißchen überraschend für dich. Vielleicht willst du dich erst mit den Eltern besprechen. Wir lassen dir Bedenkzeit bis morgen früh.

In dieser Nacht erscheinen die Vorfahren an Benjamins Bett. Es findet ein stiller Familienrat statt, im engeren Kreise. Was würdest du tun? fragt Benjamin den Vater. – Laß dir nichts einreden, rät Klein-Walter. Du weißt was von der Welt; mehr als andere, die sich erfahren dünken.

Geht das gegen uns? erkundigt sich Koarle.

Laß mal, rät Robert. Die Sache ist heikel. Ich möcht jetzt nicht an seiner Stelle sein.

Was du von der Welt weißt, sagt Klein-Walter, das allein gilt. Jedenfalls für dich. – Danke, Vater. Du fehlst mir sehr. – Du mir auch. Kühl legt sich Klein-Walters Hand auf Benjamins heiße Stirn.

Schön, daß du dich besonnen hast, eröffnet am nächsten Morgen der Uniformierte das Gespräch. Glaub mir, es ist zu deinem Besten.

Guten Morgen, antwortet Benjamin höflich.

Der Direktor reicht ihm ein Papier. Hier unten rechts mußt du unterschreiben.

Sie mißverstehen. Benjamin spricht klar und deutlich. Ich unterschreibe nichts.

Alle anderen aus deiner Klasse haben sich verpflichtet. Willst du der einzige sein, der unserer Schule Schande macht?

Ich unterschreibe nichts, beharrt Benjamin.

Ach. Und warum nicht? Der Uniformierte trommelt mit den Fingern auf der Tischplatte. Hast du dich mit deinen Eltern besprochen?

Mit dem Vater.

Nun, da werden wir uns den Vater mal vorladen müssen.

Tun sie das. Er wird nicht kommen. Er ist lange tot.

Jetzt trommelt der Uniformierte nicht weiter. Er haut mit der Faust auf den Tisch. Die Kaffeetassen scheppern. Raus, brüllt er. Dir werden wir zeigen …

Die ins Schloß fallende Tür verhindert, daß Benjamin erfährt, was ihm gezeigt werden soll. Wild wirbeln die Gedanken in seinem Kopf. Was werden sie mit ihm machen? Wo soll er jetzt hin? Und die Klassenkameraden: wie kann er mit denen reden, die ihr Wort nicht gehalten haben? Benjamin geht und weiß nicht wohin.

Unruhig bewegt sich Robert im tiefen Klubsessel. Hast du dir das gut überlegt? Die Frage geht an Klein-Walter.

Machs ihm nicht noch schwerer, als es schon ist, bittet Koarle.

Nein, entscheidet Klein-Walter. Laß uns reden. Ich bin doch genauso unsicher wie ihr! Er wendet sich an Robert: Hättest du ihm anders geraten?

Der Einarmige geht mit schweren Schritten durch das nächtliche Erkerzimmer. Verhält am Fenster. Eine Weile sind nur seine tiefen Atemzüge zu hören. Nein, gesteht er schließlich. Ich hätte auch nichts Besseres gewußt.

An Benjamins Tür in der Schloßgasse steckt ein Zettel: Ich habe gehört, wie mutig du warst. Die Elbin ist stolz auf dich.

Was weißt denn du? denkt Benjamin. Von wegen mutig! Ich hab mich fast eingeschissen. Und was soll ich anfangen mit dem Lob einer Verräterin?

Er möchte mit Rosalinde sprechen, aber die ist unterwegs zur Leuchtenburg. Benjamin beginnt sein Zimmer aufzuräumen. Wie für eine Besichtigung. Gewaschen und sauber gekleidet läuft er zwischen Fenster und Tür hin und her. Die Zahnbürste hat er in die Jackentasche gesteckt. Er erinnert sich an den roten Oskar, der im Suff auf der Dorfstraße brüllte: Wenn einer gegen uns ist – ab nach Sibirien! Einmal vermeint Benjamin, ein Geräusch auf der Treppe zu hören. Jetzt, denkt er, kommen sie. Ein nicht zu beherrschendes Zittern fährt ihm in die Beine. Schlagartig bricht ihm der Schweiß aus allen Poren. Er hält sich an der Tischkante fest, versucht krampfhaft, aufrecht zu stehen. Nichts geschieht. Später wagt er sich bis zur Tür, öffnet sie spaltbreit. Niemand ist da. Weiter traut er sich nicht vor aus dem Raum, in dem er hockt wie in einer Falle. Er kehrt zurück, verriegelt die Tür, zieht das verschwitzte Hemd übern Kopf, steigt aus der verklebten Hose. Wirft sich nackt in Rosalindes kühlen Sessel, atmet tief durch, bis ihn schwindelt. Er schläft ein vor Erschöpfung, träumt von Uniformierten, die seine Tür aufbrechen, ruft verzweifelt: Peronnje! Das Zauberwort wirkt. – Die Walen, heißt es, sind auf ihren schwarzen Mantel getreten und nach Süden geflogen.

In dieser Nacht stellt sich Benjamin auf sein schweißnasses Hemd. Das trägt ihn davon. Nicht bis in den Süden, es ist ja kein Mantel. Aber aus diesem Zimmer, in dem er nur warten kann, daß etwas Unbekanntes geschieht. So entflieht Benjamin seiner Angst.

Zwei Männer sitzen an Rosalindes Tisch. Die Frau hat ihnen frischen Kräutertee eingeschenkt. Sie halten die Nasen über die dampfenden Gläser und schneiden Gesichter.

Sie wollen uns also erzählen, beginnt der eine, Sie wüßten nicht, womit sich Ihr Untermieter in seiner Freizeit befaßt? Wer zu ihm kommt, von wem er Post erhält, und wohin er verschwunden ist?

Da erhebt sich Rosalinde von ihrem Stuhl, legt sachte die Fingerspitzen auf die Tischkante und sagt: Meine Herren, sagt Rosalinde, und dabei zittert kaum merklich ihre Unterlippe, Sie sind hier erschienen und haben eine Auskunft gewollt. Ich habe, den Geboten der Gastfreundschaft folgend, Sie hereingebeten und Ihnen Tee bereitet. Wenn er Ihnen nicht mundet, so tut es mir leid. Aber wenn Sie nun unverschämt werden, so muß ich Sie in aller Form ersuchen, auf der Stelle meine Wohnung zu verlassen. Ich will Ihnen nämlich gar nichts erzählen, wie Sie behauptet haben! Auf Wiedersehen, meine Herren!

Wann wir gehen, sagt der andere Besucher, das entscheiden immer noch wir! Wollen Sie jetzt endlich …

Nein. Nun will ich überhaupt nichts mehr! Rosalinde nimmt die Klampfe von der Wand, zupft die Saiten und singt: Die Gedanken sind frei … Singt derart an gegen alle miesen Kreaturen der Welt. Schön steht sie da, das Licht spielt silbern auf ihren zu Schnecken gelegten Zöpfen. Die Fußspitze gibt ganz sachte den Takt. Jetzt unterbricht sie ihr Spiel, sagt leichthin über die Schulter: Sie werden mir meine Würde nicht nehmen! Dann spielt sie weiter, weiß nicht, was in ihrem Rücken vorgeht. Als sie sich umwendet, ist sie allein.

Eine Hannelore hat es in der Klasse gehabt, schwarz, mit dikken Zöpfen. Benjamin ist einmal ganz nah vor ihr zu stehen gekommen; es war im Sommer, sie hat ein Trägerkleid angehabt. Und er hat immerfort auf ihre tiefen Salznäpfchen stieren müssen. So wurden im Schlesischen die Vertiefungen rechts und links vom Halsansatz geheißen. Eine blasse Haut war über die dünnen Knochen gespannt, bläulich schimmernd. Es hat ihn angerührt, wie diese Haut so hilflos abgesunken ist in derart tiefe Höhlungen. Es war wie ein Fehlen von Körperlichkeit. Ein ätherisches Wesen, hat Benjamin denken müssen. Im Unterricht ist diese Hannelore schräg vor ihm gesessen. Er hat ihre bleiche Nackenhaut sehen können, gerahmt von den schwarzen Zöpfen. Aber vorgestellt hat er sich stets diese tiefen Salznäpfchen, als ein Zeichen für etwas, das keiner Arglist fähig ist. Und das er jetzt vor sich sieht, als er sich ausmalt, wie der Lehrer Langhans vor die Klasse tritt. Von Verrat redet er, wie beim Bachnickel. Und alle werden sich einverständig zeigen, gerad so wie er damals auch. Aber die Salznäpfchen dieser Hannelore werden noch eine Spur trauriger aussehen. Und vielleicht hebt das ätherische Wesen diesmal nicht die Hand zur Zustimmung.

Derart malt sich Benjamin seine Bilder von der Welt, während er sich in seinem Stölln in den Asbacher Bergen versteckt hält, ähnlich wie einst der Schellenberger. Einen Zettel an Rosalinde hat er zum Abschied unter der Küchentür durchgesteckt. Dann ist er fort, bei Nacht und Nebel. Nun sitzt er, seit Tagen schon, in der Finsternis des Berges, nahe dem Mundloch. Die einst schützende Zuflucht erscheint ihm wie ein Verlies. Raschelnd geht der Nachtwind durch den Wald. Von weit her kommt ein dünner Klagelaut. Ein dürrer Ast bricht. Sind da verstohlene Schritte, die sich nähern? Angespannt lauscht Benjamin in das bedrohliche Dunkel. Niemand kommt. Nur der Hunger wühlt schmerzhaft herum in seinem Gedärm.

Im Namen des Gesetzes, sagt Dorfpolizist Härter zu Linda und weist den Beibringungsbefehl vor. Dein Sohn ist verschwunden. Es besteht Verdacht auf Republikflucht.

Ich weiß von nichts, beteuert Linda. Aber der Junge, sagt sie, läuft nicht davon, ohne mir etwas zu sagen!

Das wird sich zeigen! Vorm Tor des Kohlberghofs wartet ein

Automobil. Linda muß einsteigen. Der Wagen fährt ab. Verzweifelt ballt der Schellenberger in der Hosentasche die Fäuste.

Der Hunger und die Einsamkeit treiben Benjamin aus dem Versteck. Um die Mitternacht klettert er übers heimische Hoftor. Der Hund schlägt an. Im Nachthemd kommt der Bauer aus dem Haus. Ich bins, flüstert Benjamin. Entkräftet sinkt er in sich zusammen. Der Schellenberger schleppt ihn ins Haus. Mein Gott, was ist denn passiert? Dann sitzen sie am Tisch, Benjamin ißt und erzählt. Und der Bauer schneidet vor und tröstet ihn fortwährend: Die kriegen uns nicht unter! Verlaß dich auf mich!

Als Benjamin erwacht, es muß gegen Mittag sein, denn die Sonne steht hoch überm Kohlberg, ist er allein im Haus. Der Bauer hat ihm einen Zettel hinterlassen: Du bleibst hier, läßt niemanden rein. Ich kläre alles. – Abends bringt er die Frau nach Hause. Weinend schließt Linda ihr Kind in die Arme. In die Schule darf Benjamin nicht zurück. Aber sonst haben sie nichts zu befürchten.

Triumphierend sagt Schellenberger: Hab ich nicht recht behalten? Mit denen darf man sich nicht einlassen!

VI

Der Leiter des Schulungsheimes Habichtsburg hört auf den Namen Geist. Als das Jahr sich dem Ende nähert, hat Geist viel Ärger. Der Kohlen wegen, die nicht mit dem Winter eingetroffen sind, obwohl ihm bevorzugte Versorgung versprochen war. Mit der Weltlage auch, die sich nicht an seine Lehrbücher hält. Und nun noch mit einem beträchtlichen Defizit in der Kasse des Vertrauens. Jemand trinkt heimlich Schnaps und bezahlt ihn nicht. Geist könnte, handelte es sich um eine einmalige Verfehlung, den Mantel des Schweigens über den Vorfall breiten. Doch der Mißbrauch des parteilichen Vertrauens setzt sich Nacht um Nacht fort, obwohl der Leiter jeden Abend eigenhändig die Bibliothekstür abschließt. Wenn er morgens öffnet, steht auf dem Tisch die geleerte Flasche. Was steckt hinter diesen Vorfällen? Ist hier am Ende mehr im Spiel als nur kleinbürgerliche Gewinnsucht? Am einfachsten wärs, den Schnaps aus der Bibliothek zu entfernen. Doch der russische Wodka gehört zum fakultativen Teil des Trainingsprogramms. Was tun? Schweren Herzens greift Geist zum Füllfederhalter und schreibt einen ausführlichen Bericht an die Parteikontrollkommission.

Die erscheint in der Habichtsburg. Unangemeldet, wie ihr Auftrag das verlangt, in Gestalt zweier Genossen, die finsteren Gesichts durch das Schulungsheim wandeln, mit diesem reden, jenen befragen. Abends wird Geist zum Gespräch bestellt.

Wie es um seinen eigenen Alkoholkonsum stünde, soll er angeben. Es gäbe mehrere Zeugen, die ihn täglich mit einer geleerten Schnapsflasche gesehen hätten. Geist erbleicht. Dies, beteuert er, seien eben jene Behältnisse, die, wie von Geisterhand geöffnet, am Ort der anonymen Veruntreuung zurückblieben!

Die parteilichen Kontrolleure blicken sich vielsagend an. Sie meinen zu wissen, wessen Geistes Hand jene Behältnisse öffnet. Ein Parteiverfahren wird eröffnet, in dessen Verlauf sich herausstellt, daß niemand außer dem Leiter nächtlichen Zugang zum Schnaps hat. Geist wird von seiner Funktion entbunden: wegen bourgeoiser Selbstbereicherung zu Lasten von Parteieigentum. Der Betroffene packt seine Siebensachen, im Innersten überzeugt, daß persönliche Neider vermittels einer Intrige seine Karriere gestoppt haben. Er wird sich künftig als innerparteilichen Widerständler und als Opfer eines dogmatischen Parteiflügels darstellen.

Was ist das, was die hier treiben? fragt Robert bei Nacht.

Die Preußen, weiß Koarle, nannten das Aufklärung. Es ist der Versuch, sich das Leben auszudenken. Wir Schlesier wissen, wohin so was führt.

Es regnet seit Tagen. Der Schellenberger steht an der Rübenmiete, hat den Ackerwagen beladen, da bricht beim Anfahren, mitten im Schlammloch, der Deichselbock. Nichts geht vor, nichts zurück. Was nun? Rüben abladen. Aber wohin? Rundum bloß Schlamm. Schellenbergers hilfloser Zorn entlädt sich in einem heiseren Schrei. Da steht unerwartet der Härter vor ihm, Dorfpolizist und erklärter Feind. Wen, fragt der Bauer mit kaum verhohlener Wut, willst du denn diesmal verhaften?

Zuerst, erklärt der Härter, spannst du aus und holst einen anderen Wagen.

Und dann?

Werden wir die Rüben umladen.

Gesagt, getan. Trotz des naßkalten Wetters geraten sie bald in Schweiß. Der Härter hängt die Uniformjacke an die Wagenrunge. Endlich ist der havarierte Wagen frei. Nach dem Ausdeichseln zieht Schellenberger das Dreheisen, gemeinsam heben sie den Wagen vom Bock. Mit dem Hemdsärmel wischt der Bauer die Schlammspritzer auf der Stirn breit. Alle Wetter, knurrt er, was ist denn in dich gefahren?

Das mit der Frau tut mir leid, gesteht der Dorfpolizist. Ich hab gemeint: für Recht und Ordnung. Aber nun merk ich, die wollen dich kleinkriegen für die Genossenschaft. Da mach ich aber nicht mit, das ist nicht mein Bier. Mit dem Recht hat das nämlich nichts mehr zu tun!

Danke.

Von jetzt an kommt der Härter täglich nach Dienstschluß zum Kohlberg und krempelt die Ärmel auf. Will also am Abend wieder gutmachen, was er am Tag angerichtet hat. Lange geht das nicht gut. Der Bürgermeister telefoniert in die Kreisstadt. Der Härter soll sich verantworten, weil er das Ansehen der Staatsgewalt schädigt. Der Beschuldigte geht in den Dorfkrug und läßt sich vollaufen.

Hast du Kummer? fragt ihn die Wirtin.

Beschissene Welt, brüllt der Härter und rutscht unter den Tisch. Beschissene Zeit!

Was ist Zeit? Seit Benjamin wieder auf dem Hof ist, erlebt er sie als ständige Wiederkehr von Frühling, Sommer, Herbst und Winter, auszumachen an den sich immer wiederholenden

Arbeiten. Der Uhrzeiger dreht sich, die Zeit tritt auf der Stelle.

Von einer Braut wird erzählt in der Gegend um Asbach, die hat einen Bräutigam heiraten sollen, den sie aus freien Stükken nicht mal von weitem angesehen hätte. Aber Geld soll zu Geld. Vor der Trauung, sie war fertig geschmückt, und es hat schon zum zweiten Mal vom Kirchturm geläutet, da wollte sie noch auf einen Augenblick in den Garten hinterm Haus treten, denn es war ihr arg beklommen zumut. Und wie sie ins Gärtchen kommt, ist da in der Weißdornhecke eine Pforte, die war früher nicht. Sie kann gar nicht anders, sie muß hindurchtreten und wird dort auch schon erwartet. Ein Elb ist da, der führt sie durch paradiesische Landschaft. Fremdländische Bäume wachsen, mit herrlichen Früchten daran, zwischenein sprudeln silberhelle Quellen, alle Büsche sind in Blütenpracht, und das Gras ist von saftigstem Grün. Verführerisch leuchten und duften die Blumen. Die Braut kann sich nicht genug verwundern ob all der Üppigkeit. Und wie sie die Runde gemacht und alles besehen hat, hört sie nun zum dritten Mal die Hochzeitsglocke läuten. Sie sagt: Nun fordert mich aber die Pflicht, ich muß zu meiner Hochzeit. Sie kehrt zurück durch die Pforte – und findet nichts mehr von allem, was sie vordem verließ. Andere Menschen trifft sie an, anders gekleidet, an einem ihr fremden Ort. Verwundert wird sie angeschaut, vergeblich fragt sie nach Eltern und Freundinnen. Bis jemand sich erinnern kann, was auch ihm nur erzählt worden ist: vor langen Zeiten soll hier eine Braut in den Garten getreten sein, die niemals zurückgekehrt ist.

Benjamin spießt die Forke in die Ladung Stallmist, karrt den Schiebebock aus dem Stall. Als er am Dunghaufen abkippt, kommt der Schellenberger, nimmt ihm die Gabel aus der Hand und führt ihm vor, wie der Haufen sorgfältig aufzusetzen sei.

Andere, mault Benjamin, kippen auch einfach ab.

Wir nicht! Stolz richtet der Bauer den krummmen Rücken auf. Wir werden in allem besser sein als die anderen. Wir haben unsere Freiheit zu verteidigen!

Das tun sie nun Jahr um Jahr; die Jahreszeiten wechseln, sonst nichts. Und im Dorf gibt ein Bauer nach dem anderen auf, wird geschluckt von der Genossenschaft. Zur Erntezeit rollen Mähdrescher über die Felder im Tal. Auf Schellenbergers Äckern im unteren Hang hält sich mit Mühe der Mähbinder. Weiter oben bindet Linda die Garben mit der Hand. Wenn der Schellenberger durchs Dorf kutschiert, sehen die Leute weg. Es ist, als würde er sie an ihre eigene Schwäche erinnern. Im Dorfkrug sind Wetten abgeschlossen, wann die vom Kohlberg auch aufgeben. Aber sie halten durch.

Der alte Schellenberger ist gestorben. Als man ihn zu Grab trägt, folgt nur die eigene Familie dem Sarg. Das hat es in Asbach noch nie gegeben.

Im Dorf wird ein Kulturhaus gebaut. Dort ist samstags Kino und manchmal Volksmusik. Gehen wir doch auch mal hin! schlägt Linda vor.

Wir nicht, entscheidet der Schellenberger. Man darf sich nicht gemein machen! Aber er weiß, daß er dagegenhalten muß. Er spannt den Schecken an den Rollwagen und fährt mit der Frau in die Kreisstadt. Kauft für Linda ein Abendkleid, für sich einen dunklen Anzug und erwirbt ein Konzertabonnement für die Wintermonate. Das Gerede im Dorf findet neue Nahrung. Die sind völlig überkandidelt, behauptet Emmy, die Verkäuferin im Dorfkonsum. Aber ein Anflug von Neid schwingt da schon mit.

Es gibt in Asbach eine Gemeindebibliothek; in den Wintermonaten leiht Benjamin dort gelegentlich Bücher aus. Die Bibliothek wird ins Kulturhaus verlagert. Schellenberger sagt: Da gehst du mir nicht mehr hin. Das haben wir nicht nötig. – Die Woche drauf, als er vom Markt kommt, lädt er etliche Bücherpakete ab. Linda muß das Buffet im Wohnzimmer beräumen; die Sammeltassen hinter den Glasscheiben verschwinden. Da stehen jetzt die neuen Bücher. Unsere Bibliothek, sagt stolz der Bauer. Verschämt stellt Linda das abgegriffene Bändchen dazu, das sie mitgebracht hat, als sie noch einmal im Schmiedehäusl war. So liest nun Benjamin die »Morgenröthe« des Jakob Böhme. Zeit wie Ewigkeit – das beschreibt, was er empfindet. So handgreiflich die Dinge sind, die er alltäglich tut, sie verlieren an Genauigkeit, verschwimmen, bis sie ihm unwirklich erscheinen. Er geht durch die Tage wie durch einen Traum. Das penibel eingehaltene Gleichmaß seiner Arbeit rückt Schmerz wie Lust fern. Noch einmal begegnet er in der Kreisstadt der Elbin von einst. Sie redet auf ihn ein, er hört die Worte, versteht nicht den Sinn. Erstaunt sieht er die Freia handbreit überm Boden schweben. Sie fragt ihn; er weiß nicht, wonach. Gibt unpassende Antworten. Sie leben in verschiedenen Welten.

Benjamin steht, Lindas Einholetasche in den Händen, vor der Tür zum Dorfkonsum an. Es ist noch dunkel, doch vor ihm warten schon andere Kunden. Eine Lieferung ist angesagt; sobald etwas da ist, wird Emmy den Laden öffnen. Hinter ihm verlängert sich die Schlange der Wartenden. Die Leute reden leise miteinander. Mit ihm nicht, er ist ein Fremder. Verstehen kann er nichts, obwohl er angestrengt zuhört. Sprechen sie eine andere Sprache? Vor ihm steht eine junge Frau, die er nicht kennt. Ist sie neu im Dorf? Sie trägt einen orangefarbenen Nylonbeutel und riecht nach ungewaschener Frühe. Linda hat ihm einen Einkaufszettel mitgegeben. Wo bewahrt er ihn auf? Unauffällig durchkramt er alle Taschen. Nichts. Hat er ihn daheim vergessen? Die Schlange der Wartenden ist inzwischen unabsehbar. Wenn er ausschert, müßte er sich hinten anstellen. Dann wäre ausverkauft, wonach er ansteht. Was mag es sein? Die Frau vor ihm wechselt das Standbein. Er folgt ihrem Beispiel. Vielleicht fällt ihm im Laden ein, wonach er ausgeschickt ist. Es ist kühl. Schweiß tritt ihm aus allen Poren. Das Hemd klebt widerlich auf seiner Haut. Jemand hinter ihm hüstelt. Gilt es seinem Geruch? Er weiß nicht zu sagen, wie lange er schon hier steht. Die Turmuhr schlägt. Dreimal. Das Zifferblatt ist in der Dunkelheit nicht zu erkennen. Als er zuletzt die Uhrschläge registrierte, waren es gleichfalls drei. Vielleicht auch steht er hier erst einen kurzen Augenblick und hat nur die Schläge doppelt gehört: einmal wirklich und dann noch einmal in der Erinnerung! Erneut wechselt die Frau das Standbein. Diesmal tut er es ihr nicht nach. Aber dann sucht ihn plötzlich dieser Verdacht heim, den er nicht mehr los wird. Er beugt sich vornüber und fragt die Frau, die vor ihm steht, worauf sie denn warte. Die Angesprochene wendet nur leicht den Kopf, kaum daß er eine Spur ihres Profils ahnen kann im Dunkel. Wieso, fragt sie zurück: Worauf soll ich warten? Benjamins Unruhe wächst. Hat Lindas Zettel je existiert? Und wenn, was stand darauf? Wozu steht er in dieser endlosen Schlange, in der vielleicht niemand etwas erwartet? Und er macht noch eine zweite Entdeckung: der Liefereingang, nur wenige Schritt neben der Ladentür gelegen, steht offen. Schwarz gähnt die leere Öffnung. Niemand außer ihm scheint es zur Kenntnis zu nehmen. Gibt es hier überhaupt etwas zu erwarten? Wieder schlägt die Turmuhr; drei Schläge, wie vorhin! Benjamin schert aus der Schlange aus. Die Umstehenden reagieren nicht. Zögernd geht er auf die offene Tür zu, verläßt das Dunkel, taucht in feuchtwarme Schwärze. Spürt glitschiges Buckelpflaster unter den Füßen. Geht langsam, die Hände tastend vorausgestreckt ins Ungewisse. Trifft auf eine Wand, ertastet eine weitere Tür, öffnet sie und tritt ins Freie. Eine flache Landschaft dehnt sich vor ihm, übergossen von merkwürdig bleiernem Licht. Verstreut stehen im Vordergrund einzelne Häuser. Dahinter verliert sich der Blick in der Weite. Benjamin betritt eine Terra incognita. Der Boden unter den Füßen tönt hölzern. Plötzlich kreischendes Lärmen. Zwischen zwei Häusern rollt eine Feldbahnlore hervor. Als wäre sie von Geisterhand bewegt. Benjamin springt beiseite, er ist auf den tief eingesunkenen Gleisen gestanden. Holpernd fährt die Kipplore an ihm vorüber. Auf dem hinteren Kübelrand wippt ein verblichenes Fähnchen; vielleicht war es einst rot. Das kleine Gefährt befördert nichts, nur Leere. Es rattert im Halbkreis um die Häuser im Vordergrund, verschwindet zwischen den hinteren Gebäuden, die an verlassene Fabriken erinnern. Nach einer Weile taucht es zwischen den vorderen Häusern wieder auf. Diesmal flattert ein Transparent über dem Kübel. ÜBERHOLEN OHNE EINZUHOLEN! liest Benjamin. Er überlegt, wie das vonstatten gehen soll. Irgendwo tönt gedämpfte Blasmusik. Er kann nicht ausmachen, woher sie kommt.

An eines der Häuser tritt er nahe heran, blickt durchs tiefliegende Fenster in die Küche des Kohlberghofes. Und erkennt, inmitten vertrauten Interieurs: sich selbst. Reglos sitzt er am Tisch, starrt unbewegt, als wäre er blind, in ein Buch, das aufgeschlagen vor ihm liegt. Unerwartet hebt Benjamin den Blick vom Buch, schaut durchs Fenster, lächelt sich zu. Hebt müde die Hand, läßt sie wieder sinken. Verstört läuft er weiter, will die Häuser hinter sich lassen, strebt der endlos scheinenden Weite zu. Und prallt auf einen bemalten Rundhorizont. Die Weite, sieht er, ist Trug. Die Malerei ist dilettantisch ausgeführt. Davon hat er sich täuschen lassen? Womöglich lag es an der Beleuchtung. Enttäuscht will er zurück, die Enge hinter sich lassen. Doch die Tür, durch die er gekommen ist, gibt es nicht mehr. Er verbleibt in der Trugwelt. Noch einmal tritt er ans Fenster, hinter dem er sich weiß. Es ist blind. Er läuft um das Haus herum, sucht nach dem Zugang. Und entdeckt: das Haus ist Kulisse. Getünchte Leinwand, auf Holzrahmen gespannt. Die Fassade wird rücklings gestützt von angeschraubten Streben. Potjomkinsche Dörfer, hat Benjamin gelesen. Eine russische Erfindung. So etwas hat es gegeben. Nun also hier. Und er mittendrin. Was ist Wirklichkeit, was Anschein? Er folgt den Feldbahngleisen. Sie führen im Kreis. Ölpfützen schimmern zwischen den Schwellen. Holpernd nähert sich die Lore. Vor Benjamin hält sie an. In der Bordwand öffnet sich ein Zustieg. Gehorsam steigt er ein, nimmt Platz auf einem Sitzbrett an der Rückseite. Kreischend rollt das Gefährt weiter. Seitwärts verbogene Gittermaste. Zerrissene Leitungen. Industriebrache. Der Wagen bremst. Zwischenhalt. Die Elbin steigt zu, im Brautkleid. Sie lächelt. Ich bin stolz auf dich, flüstert sie. Ihre Lippen sind feucht. Sie drückt ihm ein Sträußel roten Dost in die Hand. Über der vorderen Bordwand erscheint Schellenbergers rundes Gesicht. Auf Fabian Sebastian nimmt der Tauber die Taube an! Der Bauer grinst anzüglich und taucht wieder ab. Verrat! schreit Benjamin. Die Elbin vergeht im Nebel. Verrat! rufen auch die hölzernen Spielgefährten. Sie hasten neben der Kipplore her. Du hast unsere Freundschaft verraten! – Peronnje, flüstert Benjamin. Es hilft nicht. Das rostige Gefährt rollt weiter über ausgefahrene Gleise. Nirgends eine Weiche. Das Woher das Wohin. Aus unsichtbaren Lautsprechern dröhnt Marschmusik. Es knackt mehrmals. Dann die Stimme des Bauern: Willst du Korn im Überfluß, so säe auf Aegidius! Eine Träne löst sich vom Kinn und rollt in das tiefe Salznäpfchen der Hannelore. Benjamin spürt die Versuchung, den schimmernden Tropfen aus der Vertiefung wegzuküssen. Da greift die Hannelore mit beiden Händen in ihr Schwarzhaar, reißt die Perücke vom Kopf. Hervor quellen die blonden Zöpfe der Elbin im Nebelkleid. – Wer michelt, der sichelt! verkündet Schellenbergers Stimme. Nein! schreit Benjamin. Eine schwarze Aktentasche fliegt in die Lore. Benjamin erinnert sich: sie gehört dem Lehrer Langhans. Aus dem Lautsprecher vernimmt er dessen schneidende Stimme: Wir werden eine Erklärung unterschreiben. Ist jemand dagegen? Benjamin will die Hand heben, doch die ist fest verkrallt in die blecherne Bordwand, er vermag sie nicht zu lösen. Das rostige Gefährt rollt immer schneller. Der verbeulte Boden bebt. Anhalten! brüllt Benjamin. Ich will aussteigen! Die Lore neigt sich zur Seite, rast jetzt auf zwei Rädern. Benjamin schreit. Der Wagen kippt um. Benjamin wird hinausgeschleudert, rollt über den Boden, bleibt in einer Öllache liegen. Der Vater beugt sich über ihn, legt ihm die kühle Hand auf die fiebernde Stirn.

Hast du schlecht geträumt? Der Schellenberger steht an Benjamins Bett. Steh jetzt auf. Ich hab schon das Vieh gefüttert.

Verwirrt blickt sich Benjamin in der Kammer um. Wie lang ist er fortgewesen? Wo ist die Mutter?

Bist du krank? Prüfend legt ihm der Bauer die schwielige Hand aufs Gesicht. Linda ist gestorben, sagt er. Wir haben sie gestern beerdigt.

Richtig. Benjamin erinnert sich. Lungenentzündung, hatte der Doktor gesagt. Sie muß ins Krankenhaus. Dringend! – Sie war schon nicht mehr bei sich, als der Rettungswagen kam.

In der Nacht ist der Bauer zurückgekommen. Es war zu spät, hat er geflüstert. Und Benjamin mußte zusehen, wie der Schellenberger herzzerreißend geheult hat.

Frühling, Sommer, Herbst und Winter. Der Uhrzeiger dreht sich. Die Zeit hält still in der Festung Kohlberg. Irgendwann bauen sie eine Mistbahn, aus Schrott. Abends liest Benjamin in der »Morgenröthe«. Zeit wie Ewigkeit.

Gelegentlich kommt noch der Härter, bietet seine Hilfe an. Aber seit der ehemalige Dorfpolizist an den Schnaps verfallen ist, läßt er sich zu keiner Arbeit mehr gebrauchen.

Sie leben wortkarg, verständigen sich bloß über die Arbeit. Nur einmal erzählt der Bauer eine Geschichte, die er aus der Kreisstadt mitgebracht hat: Rosalinde, Benjamins Vermieterin in den Jahren seiner Oberschulzeit, ist auf ihre alten Tage doch noch zum Hohen Meißner gegangen. Und zwar so einfach, wie sie das Leben immer meistern wollte. Noch einmal hat sie also die Klampfe von der Wand genommen und ist losgezogen. Langsam nur ist sie vorangekommen, hat häufig rasten müssen. Mitunter ließ ein Fuhrmann sie ein Stück Weges aufsitzen. Die ganze Zeit aber, so wird es erzählt, hat sie fröhlich gespielt und gesungen. So ist sie schließlich bis an das Sperrgebiet gelangt; dort war ein Schlagbaum quer über die Straße gelegt. Ein Grenzer hat ihr gesagt, hier sei für sie die Welt zu Ende. Rosalinde ist zurückgegangen bis zur nächsten Straßenbiegung, hat sich da in die Felder geschlagen und ist gradwegs weiter nach Westen gelaufen, dem Berg ihrer Sehnsucht entgegen. Dann hat sie schon vor sich diesen umgeackerten Grenzstreifen sehen können. Davor war ein Drahtzaun gespannt. Irgendwoher brüllte eine Stimme: Halt! Stehenbleiben! Hände hoch! Aber das ging ja nicht, weil die eine Hand das Griffbrett umfaßte und die andere die Saiten zupfte. Frisch auf in Gottes schöne Welt, hat Rosalinde gesungen. Und ist einfach weitergegangen. Es hat dann einen trockenen Knall getan. Rosalindes dünner Körper ist vor dem Stacheldraht zu liegen gekommmen. Aber ihre Seele, behauptet der Schellenberger, hat sich nicht aufhalten lassen. Ist weitergelaufen, durch diesen Grenzzaun hindurch. Und hat am andern Mittag glücklich auf dem Gipfel des Hohen Meißner gerastet und die alten Zeiten erinnert, als Rosalinde im Reformkleid und mit fliegenden Zöpfen über die Sonnwendfeuer sprang.

Woran, denkt Benjamin, sollte ich mich erinnern? Rosalindes aufrechtes Sterben erinnert ihn schmerzlich an sein versäumtes Leben.

Willst du nicht endlich eine Frau auf den Hof holen? fragt ihn mitunter der Schellenberger. Und erhält keine Antwort. Jahr um Jahr kommt und geht, niemand zählt noch. Irgendwann fragt der Bauer nicht mehr. Seine uralte Mutter, die mit ihren paar neunzig Lenzen auf dem Buckel noch immer die Hühner füttert, bleibt die einzige Frau auf dem Kohlberg.

Eine Lilie blühet über Berg und Tal, an allen Enden der Welt. Wer da suchet, der findet. – Benjamin könnte nicht sagen, wie oft er das schon gelesen hat. Jetzt plötzlich, es ist ein Abend im Mai, vermeint er zu wissen, daß diese Worte aus dem Vermächtnis des Jakob Böhme allein für ihn geschrieben seien. Zugleich fragt er sich, was an ihm anders sein mag, daß er sich auf die Dauer hier nicht abfinden kann, wie alle anderen es vermögen. Es muß, sagt sich Benjamin, mit seinem Herkommen zu tun haben, das für ihn in ungewissem Dunkel liegt. Und das allein ihn von den Hiesigen unterscheidet.

VII

In dieser Nacht verläßt Benjamin den Kohlberghof. Der Bauer findet am Morgen auf dem Kissen einen Zettel: Ich muß jetzt gehen. Tut mir leid für dich. Benjamin.

Die Uhr im Dorf schlägt zwölfmal. In der Habichtsburg starren die Wiedergänger ins Zauberglas, sehen darin zunächst bloß waberndes Gewölk, dann aber, ganz deutlich jetzt, Benjamins dunkle Gestalt am nebligen Ufer eines breiten Flusses; ein rotweißer Grenzpfahl leuchtet vorm Waldrand.

Was mag der Junge da suchen? rätselt Klein-Walter.

Robert und Koarle wissen auch keine Erklärung.

4. Buch

Herbstzeitlos

I

Die Puschweibeln kochen ihre Suppe, die Sonne steigt aus dem Heidewald; im Spinnennetz brechen Tautropfen das frühe Licht, als Benjamin in das Dorf Treben kommt, das heute Trzebien heißt. Vom Bobergrund her schlägt er sich fröstelnd durch Holundergestrüpp, steigt über Reste des verfallenen Dominiums. Nasses Krauticht durchweicht seine Schuhe. Ein struppiger Köter folgt ihm in gleichbleibendem Abstand auf den Fersen. Folgt ihm auch, als er die Dorfstraße erreicht. Er geht durch den Ort und sucht sich zu erinnern. Die Bilder, die er mitgebracht hat, wollen nicht passen. In den Ställen brüllt das Vieh, ein paar Frauen sind in den Höfen zugange. Immer wieder sieht er verlassene Anwesen. Die Dächer sind eingesunken. Bei einigen Ruinen ragen die Mauern kaum noch geschoßhoch aus dem Schutt. Er sucht nach dem Schmiedehäusl, steht vor einem Grundstück, ist sich nicht sicher. Noch einmal geht er dorfab, kehrt wieder zurück: kein Zweifel – hier muß es sein. Auf dem umzäunten Gehöft liegt verstreut, was Zeitläufte an Entbehrlichem hinterlassen. Zerbrochene Wagenräder, zu Rost gefallene Mehrscharpflüge, eine ausgeweidete Kochmaschine. Und, auf vier Hohlblocksteinen aufgebockt, eine verbeulte Autokarosserie. Die Türen stehen offen, aus zerschlissenen Sitzpolstern quillt Watte, graues Abbild des Niedergangs. Hier soll der Ort sein, in dem er wurzelt? Ein Irrtum, sieht Benjamin.

Die Sonne ist höher gestiegen. Vereinzelt schaukeln kleine Ackerwagen feldwärts. Kein Pferd, nur Spannkühe. Verschlafen gehen die Bauern neben den Wägelchen, die Joppenkragen hochgeschlagen. Niemand beachtet ihn. Dann doch noch ein Pferdegespann: ein Rollwagen bringt etliche Milchkannen zur Stadt. Das Pferd ist auf dem linken Hinterfuß nicht beschlagen. Auf der gepflasterten Straße klingt es, als wäre es dreibeinig.

Wehmütig betrachtet Benjamin das verkommene Schmiedegrundstück. Vom Nachbarhof kommt eine schmächtige Greisin geschlurft. Ihr galizischer Gesichtsschnitt verrät ihr Fremdsein in dieser Landschaft. Du deutsch?

Benjamin nickt.

Deutsch-Ost? Deutsch-West?

Er zögert mit der Antwort. Wohin gehört er? Der Kohlberghof ist Niemandsland. Aber auch den hat er hinter sich gelassen. Was gehen ihn Grenzen an, die er sich nicht ausgedacht hat!

Du Geld?

Unsicher reicht Benjamin ihr einen Schein. Die Frau hält ihn dicht vor die kurzsichtigen Augen. Deutsch-Ost, entscheidet sie. Spuckt in den Sand vor seinen Füßen, stopft dennoch das Geld in die Schürzentasche und schlurft zurück auf ihren Hof.

Was ist Rückkehr? Benjamin sieht die Flur ab, die nur halbwegs bestellten Felder. Trägt Details zusammen, die alte Bilder erneuern sollen. Die Milchbank auf wackligen Pfahlbeinen. Abende mit dem Geschrei läufiger Katzen. Zweistimmig unter der Dorflinde singen die Mädchen. Wenn abends die Heide träumt … Aber das muß woanders gewesen sein, das paßt nicht hierher. Womöglich gab es hier nie eine Milchbank und bloß schmerzende Stille, weil nie die Mädchen gesungen haben? Wozu ist er gekommen, diesen langen Weg, dieses vergebliche Leben im Rücken? Was will er finden? Den Quellbach hört er, der sich durchs Grundstück gräbt. War der schon immer dieses trübe Rinnsal mit dem eintönigen Geräusch? Das wenigstens könnte ein Anhalt sein, ein gültiger Punkt, an dem sich Erinnertes messen ließe. Aber selbst hier liegt die Deutung nur bei ihm, dem Eindringling, der unangemessene Erwartung hineinträgt ins andere Gemeinwesen. Schlesien sollte einst Preußens Musterprovinz sein. Was ist nach zweihundert Jahren davon geblieben? Was ist Geschichte?

Benjamin verläßt das Dorf fremder, als er es betreten hat.

Seinen Ausgang begleiten unverständliche Worte: Spozywcze. Fryjzer. Karczma. Am Ortsausgang bleibt der räudige Hund zurück.

Benjamin geht. Tage. Nächte. Die Landschaften wechseln. Dem Erzgebirge läuft er entgegen. Da kommen die Vorfahren her. Irgendwann sieht er den Schneeberg. In der Gegend um Schlema bluten die offenen Wunden der Erde. Entlang der Straße häufen sich bedenkenlos aufgeschüttete Abraumhalden, zaghaft von Nesseln besiedelt. Verrottete Gleisanlagen. Barackenreste. Ausgeschlachteter Boden. Der letzte Ausverkauf des Berges, er galt dem Uran, hat Wüstungen hinterlassen. Ähnlich, denkt Benjamin, muß es gewesen sein, als der Urahn Robert die abgewirtschaftete Landschaft verließ. Zeit wie Ewigkeit. Die Türme von Sankt Wolfgang sind eingerüstet. Aus verfallenen Stölln vagabundiert der Mangel, vermischt mit dem Radongas, durch die freie Bergstadt. Zur Weile. So steht es über der Kneipentür. Benjamin tritt in einen Raum mit dem traurigen Geruch von kalter Asche, nimmt Platz am schäbigen Sprelacart-Tisch. Von verrußter Zwischendecke hängen Lampen aus Plast, tütenförmig, übersät mit Fliegendreck. An den Wänden löst sich in mehreren Schichten die Tapete. Wie oft, fragt er sich, mag hier die Schneeberger Krankheit zu Gast gesessen sein? Vorm Tresen, zeitungslesend, hockt die blondierte Kellnerin. Legt seufzend das Blatt beiseit, kommt auf Benjamin zu, verhält dann aber auf halber Strecke.

Bier? ruft sie fragend.

Benjamin nickt.

Zufrieden, den halben Weg gespart zu haben, kehrt die Blonde an den Tresen zurück. Im hintersten Eck sitzen drei Skatbrüder, die Hüte tief ins Gesicht gezogen. Einer von ihnen hat nur einen Arm. Er sortiert seine Karten in eine unterteilte Zigarrenkiste. Das Bier kommt. Benjamin sagt: Nicht viel los heute, wie?

Die Blondierte winkt ab. Was heißt heute? Das geht hier lang schon so. Die Jungen sind fort …

Ich verstehe. Benjamin nickt. Geblieben sind die dort …

Zehntausend Becquerel! brüllt einer der Spieler und knallt seinen Trumpf auf den Tisch. Benjamin zuckt zusammen.

Ein vertrauliches Grinsen kriecht über das leicht verfettete Gesicht der Frau. Ihr rosiger Wurstfinger tippt an die Schläfe. Die sind nicht ganz richtig da oben. Trotzdem: wohl bekomms!

Nachdenklich blickt Benjamin ihrem Abgang hinterdrein, den träge wogenden Hüften. Während er gierig das Bier in sich hineinschüttet, spürt er ein gespanntes Schweigen aus dem Skateck. Sie beobachten ihn heimlich.

Noch ein Bier, verlangt er. Und einen Doppelten.

Kreuz ist Trumpf, ruft einer der Skatbrüder.

Ist dies ein Spiel? fragt sich Bejamin. Oder eine Botschaft, die er nicht versteht? Er trinkt. Nochmal das gleiche, ruft er zum Tresen. Täuscht er sich? Lachen die Skatspieler? Über ihn?

Du legst ganz schön los, sagt die Blonde, als sie die geleerten Gläser gegen volle auswechselt.

Ein Bier, einen Korn!

Hose runter! Lautes Gelächter schallt aus dem Eck. Benjamin erstarrt. Was dort stattfindet, ist das Leben? Warum kann er nicht teilhaben? Ihm ist, als drehte die Welt sich an ihm vorbei. Sein Bierglas steht in einer Pfütze. Mit dem Ärmel wischt er sie von dem abgescheuerten Sprelacart. Wie gelingt es euch, fragt er, in diesem Dreck lustig zu sein? Oder spielt ihr mir das nur vor?

Mit wem redest du? will die Kellnerin wissen.

Mit denen da hinten. Mir kommt da nämlich ein Verdacht ...

Hier ist aber niemand!

Mühsam sieht Benjamin sich um. Er ist der einzige Gast in der trostlosen Kneipe. Er leert sein Glas. Setzt es so hart auf den Tisch, daß es zerbricht. Blut tropft vom Handballen. Er wischt die Scherben von der Kunststoff-Platte. Zurück bleibt eine Spur aus Bier und Blut.

Nun reichts, entscheidet die Kellnerin. Die Rechnung!

Benjamin starrt auf ihre weiße Schürze mit dem Schmutzrand quer über den runden Bauch. Sein Kinn sackt kraftlos auf die Brust, der Blick rutscht abwärts auf das verdreckte

Parkett; in den breiten Fugen liegen grüne Ölspäne. Hast du heute schon etwas vor? fragt er, undeutlich artikulierend, die Frau. Die Zunge liegt, ein Fremdkörper, träge in seiner Mundhöhle.

Erst mal will ich mein Geld!

Eine Uhr schlägt, Benjamin zählt bis drei. Er will durchatmen. Die Brust ist eng, wie in einer Zwangsjacke.

Am Morgen verläßt er den Schneeberg. Schält sich aus der Gebirgslandschaft wie aus verwachsener Kleidung. Auf dem Markt in Hartenstein begegnet er dem Denkmal des Dichters Fleming. Erinnerung an ein Schicksal, vollendet nach kaum drei Jahrzehnten Dauer. Benjamin ist um vieles älter, und sein Leben hat noch gar nicht begonnen. Sein Schritt beschleunigt sich. Was vom Versäumten läßt sich noch einholen? Und auf welchem Weg?

Am Fuß des Gebirges stockt Treibhausluft. Benjamin taucht hinein, als ginge er ins Dampfbad. Als könne er die quälende Unruhe ausschwitzen. Bevor er die Autobahn erreicht, zieht er das Hemd aus und wringt es mit beiden Händen. An der Auffahrt winkt er vergebens. Er läuft an der Böschung entlang bis zum nächsten Parkplatz. Auf dem gepflasterten Streifen steht ein Auto, Marke Trabant. Bahamagelb, mit tundragrüner Motorhaube. Beide Türen sind geöffnet.

Nimmst du mich mit?

Die junge Frau auf dem Fahrersitz blättert in einem Notizbuch. Neben ihr liegt eine Straßenkarte. Wohin?

Egal, sagt Benjamin. Nur weg von hier.

Es war mein Geburtstag, wird sich Juliane später erinnern. Am Morgen vorm Spiegel hatte ich meine ersten Falten betrachtet. Es ging mir nicht gut. Ich hatte Tee getrunken, und die Einsamkeit hockte gähnend an meinem Tisch. Ich lief zum Briefkasten – niemand hatte geschrieben. Selbst die Eltern nicht. Spät abends würde wahrscheinlich ein Telegramm kommen, auf teurem Schmuckblatt. Das wars, was ich zu erwarten hatte. Ich stieg ins Auto und fuhr los. Ich hatte kein Ziel. Bloß nicht daheim sitzen und auf nichts warten, dachte ich.

Das enge Gefährt ist ein Backofen. Stellenweis ähnelt die Autobahn einer Geländestrecke. Sie holpern auf Dresden zu.

Was machst du? fragt Benjamin die Frau, die sich als Jule vorgestellt hat. Ich meine: beruflich.

Staub schlucken. In einer Bücherei. Und du?

Bauer, sagt Benjamin. Und berichtigt gleich: Einzelbauer.

So was gibts noch?

Stell dir vor!

Kurz vor der Stadt sagt Juliane: Ich bieg jetzt ab. Willst du aussteigen?

Nein.

Sehr gesprächig bist du nicht.

Du auch nicht.

Wollen wir singen?

Gern.

Und was? Mir fällt nichts ein.

Mir auch nicht.

Die Landstraße ist von einer Schafherde versperrt. Juliane putzt die beschlagene Brille. Schweiß tropft von ihrer Nase. Sie trocknet das gerötete Gesicht, setzt die Brille auf, sieht Benjamin an: Magst du mit mir schlafen?

Vielleicht. Aber wo?

Das ist die Frage.

Die Straße ist übrigens wieder frei!

Sie fahren durch die Stadt Meißen. Das gelbgrüne Auto windet sich durch verwinkelte Gassen. Die Altstadt scheint dem Verfall anheimgegeben. Vernagelte Fenster, eingesunkene Dächer. Juliane hält an.

Was gibts?

Ein Hotel.

Goldener Löwe, liest Benjamin. Jule steigt aus, verschwindet im Eingang, ist schon nach wenigen Augenblicken zurück. Fehlmeldung. Erneut knattert das bahamagelbe Gefährt mit der tundragrünen Motorhaube Meißen querdurch. Wo immer Jule vorspricht – nirgends ein freies Zimmer.

So verlockend dein Plan ist – wir sollten ihn aufgeben. Er hat keine Chance.

Du, hör mal, sagt Juliane. Heut ist mein Geburtstag. Und ich denk mir, ich muß noch was Schönes erleben. Verdirb mirs nicht. Bitte!

Benjamin staunt über ihre Entschlossenheit. Zwar argwöhnt er, nur Mittel zu einem Zweck zu sein, den sie sich in den Kopf gesetzt hat. Doch er ist auch neugierig auf das, was ihn erwarten mag.

Such weiter. Und herzlichen Glückwunsch auch!

Jule sucht. Und schließlich: triumphierende Rückkehr. Aussteigen der Herr! Wir sind angekommen! Der Kofferraum birgt zwei vollgestopfte Reisetaschen.

Brauchst du das alles für eine Nacht?

Wer sich mit Damen einläßt, hat die Folgen zu tragen und das Gepäck.

Hamburger Hof nennt sich das Etablissement. Aus einem Bierkeller steigt Qualm und Lärm. Der Aufgang zum Hotel sucht seine Schmuddeligkeit vergebens im Halbdunkel zu verbergen. Die Rezeption ist im ersten Stock; ein kahlköpfiger Mittvierziger in einstmals weißem Kittel grinst ihnen anzüglich entgegen. Benjamin setzt die Taschen ab.

Komm, sagt Jule. Wir sind schon angemeldet.

Treppauf bis unters Dach. Die Dielung knarrt. Juliane, den Schlüssel mit klobigem Anhänger in vorgestreckter Hand, stochert nach dem Schloß. Sesam, öffne dich. Das Türblatt hängt schief in den Angeln. Zwei Betten, schräge Wände, winzig ein Fenster. Ein Spucknapf als Waschbecken.

Was geschieht hier mit mir? fragt sich Ben. Bin ich vom Kohlberg weggelaufen, um in solchem Dreck zu landen? Wer ist diese Frau, und was will sie wirklich von mir? Jetzt, denkt er, wäre noch Zeit zu gehen. Aber wohin?

Toilette übern Flur, Bad außer Betrieb, weiht Jule ihn ein in die Gepflogenheiten des Hauses. Und, nach Kundgabe von so viel nützlichem Wissen: Ich gehe zuerst!

Sie wühlt in den Taschen, entschwindet durch die windschiefe Tür. Knarrende Dielen. Stille.

Die Luft ist stickig. Benjamin öffnet die kleine Gaupe. Keine Kühlung. Aus dem Wasserkran überm Spucknapf rinnt lauwarm ein dünner Strahl. Zurück ins verschwitzte Hemd. Warten. Jule läßt sich Zeit. Jetzt könnte er einfach verschwinden, müßte nichts erklären. Er erhofft sich nichts von dieser Begegnung. Daß er dennoch bleibt, ist nicht die Folge eines Entschlusses, sondern seiner Unfähigkeit, einen solchen zu fassen. Aus der schmalen Gasse unter der Gaupe steigen die Dünste von Vermodertem und Vergorenem. Vom Ende des Flurs her zerreißt das Getöse einer Klospülung den abendlichen Frieden.

Ich sah ihm nicht an, wird Juliane später sagen, ob er mir ansah, wie es um mich stand. Als ich ins Zimmer zurückkam, zitterten mir die Beine. Ich wollte es hinter mich bringen. Ich verfluchte diesen Geburtstag, von dem ich erwartete, daß er nicht sei wie jeder andere Tag. Und ich spürte, wie banal alles wird, wenn die Umstände entscheiden, was geschieht.

Erschrick nicht, sagt Jule. Sie steht mitten im Zimmer und nimmt Anlauf zu einer Erklärung: Brust zu klein, Schenkel zu dick, Bullenknie, die Zehen sind Krüppelchen; der Rest ist brauchbar. Sie zieht am Reißverschluß und streift ihr feuchtes Kleid über den Kopf.

Laß das drucken und gibs als Gebrauchsanweisung aus.

Der Schock sitzt?

Das wird sich zeigen.

Jule flüchtet aus ihrer Nacktheit in seine Arme. Haut glitscht auf Haut. Das Bett knarrt nicht weniger als die Dielung. Aber das bemerken sie erst viel später.

Sonniger Morgen, von Juleatem zerteilt. Frühe Wärme. Benjamin taucht aus bleiernem Schlaf, schält sich vorsichtig aus verknüllten Laken, wundert sich, daß er hier ist. Katzenwäsche im Spucknapf. Das Wasser ist lau. Im Rücken tiefe Atemzüge. Unterm Fenster träger Straßenlärm. Von weither fetzenweise ein Bahnhofslautsprecher. Der Personenzug aus Leipzig hat voraussichtlich … Vergeblicher Blick auf die Armbanduhr: das Glas ist von innen mit nächtlichem Schweiß bedampft. Dem Glücklichen schlägt keine Stunde. Gähnend kehrt Ben zurück ins knarrende Lotterbett.

Verschämtes Geplätscher: Jule am Spucknapf. Wie spät mag es sein? Benjamin setzt sich im Bett auf.

Nicht zugucken. Bitte.

Er stopft das Kissen hinter seinen Rücken. Logenplatz!

Warte, wenn du erst …

Ich bin schon gewaschen.

Klammheimlich? Bei dir hab ich gleich was Perverses vermutet!

Bis wann, erkundigt sich Ben, müssen wir das Zimmer räumen?

Jules kurzsichtiger Blick wandert gelassen über die niedrige Zimmerdecke, senkt sich dann langsam, verharrt auf den zerwühlten Betten. Keine unangemessene Hast, bitte! Ich hab für zwei Nächte gebucht.

Ach! Und ich werde da gar nicht gefragt?

Doch. Jetzt.

Von der heidnischen Jungfrau erzählte man in Treben: sie stand über der Straße, das eine Bein im rechten Straßengraben, das andere im linken, den Rock gerafft; so trank ihr Schoß den Weg in sich hinein. Alle Wege des Landes. Das schon Geordnete fiel zurück ins neu zu Formende. Ihr Reich blieb immer im Werden. Daran muß Benjamin denken, während Jule ihre Hüften abseift.

Übrigens hab ich noch immer Geburtstag, behauptet Juliane, setzt die Brille auf und kehrt zurück ins Bett. Es wird ein spätes Frühstück.

Welch verwunschener Name, wundert sich Jule, als sie Hand in Hand an Sankt Afra vorüberlaufen.

Hier war die berühmte Fürstenschule, doziert Ben, was ihm aus Schellenbergers Büchern im Wohnzimmerbuffet erinnerlich ist. Auf diesem Weg sind deutsche Poeten geschritten und haben vermutlich vom Lorbeer geträumt.

Was ein Bauer so alles weiß von der Welt!

Ein Einzelbauer, korrigiert Ben.

Ich will, daß du mich in Sankt Afrika liebst!

Ein verwilderter Kirchhof, umwachsen mit Haseln. Stirb

und werde, steht auf dem abgewitterten Stein, vor dem sich Jule auf Efeu bettet.

Die Sonne brennt aus wolkenlosem Himmel auf ihre glühenden Rücken. Die verwitterte Feldsteinmauer reflektiert gnadenlos Backofenglut in die geröteten Gesichter.

Zwei Gedanken kreisen durch Benjamins Kopf, berühren sich wie die beiden Halbkreise auf der »Morgenröthe« des Jakob Böhme. Der Vater, erinnert er sich, nahm, wenn er morgens zur Werkstatt ging, zehn Stumpen mit, legte sie aufs Fensterbrett, entzündete den ersten vor dem ersten Handschlag. Wenn der letzte erlosch, war das Tagwerk beendet. Kam der Junge nach der Uhrzeit fragen, wurden die verbleibenden Stumpen gezählt. Was also ist Zeit? Eine Handvoll gerauchter Stumpen oder ein Augenblick der Liebe, der zwei ganze Geburtstage dauern kann.

Woran denkst du?

An das Leben.

Nicht an mich?

Das ist eins.

Der zweite Halbkreis: die holpernde Kipplore. Ein Irrtum, begreift Benjamin. Leben ist überall zu haben, auch auf einem verkommenen Kirchhof. Noch in der äußersten Enge. Man muß nur bei sich sein, sich hinwegsetzen über das Äußere. Mein Gott, denkt Ben, was hab ich versäumt …

Du bist nicht bei der Sache.

Mehr als du ahnst.

II

Hexen erkennt man daran, daß ihnen die Augenbrauen über der Nase zusammenwachsen. Das wissen auch die Hexen. Und etliche kennen ein Kraut, das macht, daß ihnen nicht die Augenbrauen zusammenwachsen. Diese Hexen erkennt man daran, daß ihnen das Erkennungsmal fehlt. Man darf sie freilich nicht mit denen verwechseln, die keine Hexen sind. Aber womöglich sind alle Frauen Hexen, etliche wissen es bloß nicht.

Von einer Hexe auf der Geba heißt es, daß sie alle Augenblicke ihr Aussehen verändern konnte, um die Liebhaber zu betören. Wie sieht Jule aus? Ben weiß es nicht zu sagen. Alle Augenblicke anders. Das kurze Leinenkleid, das sie am Abend trägt, zeigt nichts von dem, was sie vor ihrem ersten Beisammensein angedroht hat. Er spricht seine Verwunderung aus.

Dein Werk! Jule strahlt ihn an. Sie sitzen in einer Kneipe am Stadtrand. In der Altstadt die Gasthäuser sind Ruinen. Endzeit, hat Jule konstatiert. Benjamin schüttelt den Kopf. Es gibt keine Zeit. Alles ist Bewegung oder Innehalten.

Jule mag nicht innehalten. Ihr Appetit ist gewaltig. Suppe, Fleisch und Käse vertilgt sie mit erstaunlicher Geschwindigkeit. Und kippt dazu zwei Bier kehlab.

Was nun?

Wein, entscheidet Jule. Schließlich hab ich Geburtstag.

Nähmse Dogajer! empfiehlt der Wirt, der plattfüßig in dikken Socken und Sandalen durch die Gaststube schlurft. Er raunt, nah an Benjamins Ohr: Ä ächder Bichsenäffner!

Nicht nötig, sagt Jule sehr laut. Die Büchse ist schon offen!

Nein, der Wirt erteilt keine weiteren Ratschläge. Ben bestellt Grünen Veltliner.

Du, sagt Jule und läßt unterm Tisch ihren Zeh in Benjamins Hosenbein kriechen, mit dir ist es gut.

Von den Hexen weiß man, sie können einen Dinge sehen lassen, die gar nicht sind. Und sie können für eine Weile ihren Körper verlassen. Der verharrt dann ganz still, während sie woanders sich umtun. Jules Gesicht scheint plötzlich sehr abwesend.

Woran denkst du? will Benjamin wissen.

Jule schweigt.

Ben ahnt: er hätte nicht fragen sollen. Nicht jetzt. Sie leben diesen Augenblick, der schon den zweiten Tag dauert. Über mehr ist nicht zu reden. Er denkt auch nicht mehr darüber nach, ob Jule tatsächlich Geburtstag hat oder ob sie nur mit solchen Behauptungen spielt, um ihrer Einsamkeit zu entkommen.

Ob sie wohl hier am schönen Elbestrand ihre Flitterwochen verbrächten, begehrt eine Frau am Nachbartisch zu wissen.

Jawohl! Jule ist wieder da. Wir haben heiraten müssen. Ich bin nämlich schwanger. Im fünften Monat schon.

Nein aber auch! Die Frau wundert sich, daß man das noch nicht sieht. Ich, erzählt sie, sah schon im dritten Monat aus wie eine Elefantenkuh.

Dabei erwarten wir Zwillinge, fährt Jule fort. Das liegt bei uns in den Familien. Und alles Steißlagen! Sie zieht sichtlich Genuß aus ihrem verlogenen Spiel.

Als Benjamin zahlt, zupft Jule den Wirt am Ärmel. Für mich, flüstert sie, bitte eine Flasche Tokajer. Zum Mitnehmen. Und auf meine Rechnung.

Sie Glicksbilz, murmelt der Wirt, während er Ben das Wechselgeld vorzählt. Und schielt dabei untern Tisch, wo noch immer die Julezehen in Bens Hosenbein zugange sind.

In der Nacht, sie haben den Wein vergeblich zu kühlen versucht, verkündet Jule: Wer in der Liebe den Mund auftut, dem wischt ein blaues Wölkchen heraus – das ist der Verstand. Aber wer bringt es schon fertig, dabei bis zum Ende die Lippen verschlossen zu halten? Und darum ist Liebe eben dumm!

Prost, sagt Ben und schluckt das warme und widerlich süße Gesöff.

Gegen Morgen erwacht er. Im Traum ist Jule davongegangen. Im Hemd. Er hat sie halten wollen. Sie war stärker. Das Hemd ist zerrissen. Und er konnte ihr nicht folgen.

Er schaltet die Lampe ein. Neben ihm liegt Jule im Tiefschlaf. Ohne Hemd. Seltsam ist nur, daß seine Hand einen winzigen Stoffetzen umklammert.

Jule öffnet die Augen und schaut ihn besorgt an. Vergiß bitte nicht, sagt sie, es war reiner Zufall, daß wir uns getroffen haben! Und ebenso ist es Zufall, daß wir noch beisammen sind. Aber daraus läßt sich nichts ableiten; das gilt bloß für jetzt.

Sag ich was anderes? fragt Ben. Was willst du von mir?

Ich will keine Enttäuschung. Für keinen.

Später beim Frühstück, Jule bestellt zweimal Eier mit Schinken, fragt sie unvermittelt: War das jetzt alles?

So sieht es wohl aus, erwidert Ben. Falls du nicht heute Geburtstag hast.

Hast du mich satt?

Nein.

Dann ist es gut. Du entschuldigst mich für einen Augenblick?

Hochhackiger Abgang durch die Schwingtür des Frühstückszimmers. Der Augenblick zieht sich in die Länge. Die Serviererin hat schon die Tische beräumt. Endlich strahlende Rückkehr. Gratulier mir ruhig. Diesmal nicht zum Geburtstag. Wir haben für die Nacht ein Zimmer, in Freiberg.

Ortswechsel also. Noch immer subtropische Luftmassen. In Freiberg kein Parkplatz am Hotel. Ben schleppt Jules dicke Taschen um vier Ecken. Setzt an jeder das Gepäck ab und wischt Schweiß. Sie wohnen nahe am Bahnhof. Ihr Zimmer hat Winkel und Nischen, die verstellt sind mit einzelnen Schrankwandteilen. Abstellraum mit Blümchentapete, urteilt Jule. Sie nimmt Anlauf, springt auf die Matratze. Wenigstens knarren die Betten nicht.

Abwarten!

Vorm einzigen Fenster ein Blechungeheuer. Entlüftungsschacht vom Küchentrakt, mutmaßt Ben. Reißt das Fenster auf, schnuppert, verkündet: Der heutige Küchenzettel bietet … In diesem Augenblick bellt das Ungeheuer los. Jault, klappert, spuckt Auspuffgase, die nach Fritten riechen. Fenster zu!

Das übertönt alles, frohlockt Ben.

Zuerst Kultur, ordnet streng eine Stimme zwischen geöffneten Schranktüren an. Wer sich nach einer halb angekleideten Dame umdreht, droht Juliane, dem bleibt der Kopf rückwärts stehen.

Stadtgang also. Hinter aufgestellten Betonplatten verbirgt sich schamhaft eine einstürzende Kirche. Jules Lippen werden ganz schmal. Hilfloser Zorn läßt die Adern an ihren Schläfen hervortreten. Barbarei, flüstert sie. Wir sind in die Hände von Primitiven gefallen. Sie haben sich unser Erbe angeeignet und verschleißen es hemmungslos.

Ben schaut sie an, möchte beide Hände beruhigend auf ihr erbostes Gesicht legen, unterläßt es dann aber.

Was ist mit dir los? fragt Jule unvermittelt. Sie stehen mitten auf der Straße. Du bist wie gelähmt, sagt sie. Hockst wie ein Kaninchen vor der Schlange. Nur: es gibt keine Schlange!

Doch, widerspricht Benjamin nach einigem Überlegen. Sie ist in mir. Es ist die Angst vor dem Schmerz, der sich einstellt, wenn wieder etwas schiefgeht.

Jule stampft mit dem Fuß auf das Kopfsteinpflaster. Man kann doch nicht ewig bloß stillhalten!

Doch, entgegnet Ben. Es ist eine Form von Widerstehen! – Sehr überzeugend, das merkt er selbst, klingen seine Worte nicht.

Vor den Auslagen eines Kramladens vermag sich Jule nicht vom Anblick eines Krägelchens aus Klöppelspitze zu lösen.

Was bedeutet es dir?

Es gibt Leidenschaften, die lassen sich nicht erklären.

Ben verschwindet im Laden, kehrt zurück mit einem Päckchen aus Zeitungspapier und wird mit einem innigen Händedruck belohnt.

Manierismus, doziert im Dom eine schrille Altjungfernstimme, ist eine bewußt antiklassische Ausdrucksform, in der die subjektive ästhetische Vorstellung …

Wann willst du mich endlich mal küssen? Jule lehnt an der Goldenen Pforte, schließt die Augen und spitzt die Lippen. Schließlich hab ich heute Geburtstag.

Schon wieder?

Mit dir immer.

Abends im Hotel ruft Jule überraschend: So, jetzt hab ichs!

Ach. Und was ist es, das du jetzt hast?

Das Wort, nach dem ich suche. Es lautet: uneigennützig!

Wofür, bitte?

Wie du Liebe machst. Uneigennützig! Punkt. Streusand. Weiße Armschlangen verknäulen sich vor Jules Brust.

Haarscharf daneben. Liebe ist Egoismus. Gegeben wird, um mehr zurückzubekommen.

Wenigstens, knurrt Juliane, bleibt mir mein Männerbild erhalten. Und verschwindet hinter der Toilettentür.

Zeit, erklärt Juliane beim Frühstück, ist der einzige Feind, den die Liebe kennt. Wir wollen uns Quälerei ersparen.

Ben schüttelt den Kopf. Es gibt keine Zeit.

Sie lächelt müde. Komm, es wird Zeit.

Bevor sie das Zimmer verlassen, Benjamin hat ihre Taschen schon in den Händen, zieht Jule ihn vor den Spiegel, der über dem Waschbecken hängt. Legt ihren Kopf an seine Schulter. Gut so?

Was soll das?

Zwei, die gemeinsam in einen Spiegel geblickt haben, können sich nicht vergessen. Da ist nämlich niemand, der jemals dazwischenkommen kann.

Der lange Weg um vier Ecken. Der Himmel bewölkt. Jule hat Mühe mit dem Autoschloß. Ben schiebt sich auf den Dederon-Schonbezug. Fragt sich erstmals, wer vor ihm auf diesem Platz gesessen haben mag. Jule, angegurtet, starrt durch die Frontscheibe. Ist jetzt grün im Gesicht.

Warum fährst du nicht los? Ist dir nicht gut?

Julearme um Benhals. Mensch, hab ich dich lieb! Knatternd startet der Motor.

Der Wagen, kaum auf Touren gekommen, zieht scharf nach rechts. Bremsversuche. Schleuderkurven. Harter Schlag gegen den Bordstein. Jule steigt aus, besieht die Bescherung. Es handelt sich um den rechten Vorderreifen. Pflichtbewußt zeigt Ben ein bekümmertes Gesicht.

Jule taucht kopfüber in den Kofferraum. besteht jetzt für Ben nur aus Beinen und Po, fördert eine Handvoll rostiger Blechstreifen zutage. Warndreieck, klärt sie ihn auf. Dreißig Schritt achtern aufzustellen. Marsch!

Mißtrauisch dreht er den Schrott in den Händen. Zählt gehorsam die vorgeschriebenen Schritte ab, zerrt und biegt hoffnungslos an dem eingerosteten Instrument. O Wunder, es entfaltet sich.

Jule unterdes fuhrwerkt vermittels Ringschlüssel an den Radmuttern.

Laß mich mal, bittet Benjamin. Stellt den Ringschlüssel quer, springt mit beiden Füßen auf den entstandenen Hebel. Knirschend löst sich der Rost. Ben landet im staubigen Rinnstein.

Sehr gut, lobt Jule. Das bitte noch dreimal.

Auch vom Wagenheber rieselt Rost.

Gelegentlich mal was von Öl gehört?

Nicht, daß ich wüßte.

Das Ersatzrad, Ben will es kaum glauben, ist tatsächlich aufgepumpt.

Feuertaufe bestanden, anerkennt Jule, als er das inzwischen abgekippte Warndreieck eingeholt hat. Die Finger rostfarben, in dreckigen Hosen, steht Ben vor ihr. Und Juliane reicht ihm artig ihr Spitzentaschentuch.

Zweiter Aufbruch. Vor einer geschlossenen Schranke stauen sich Autos. Juliane biegt nach links ab.

Du bist falsch, sagt Benjamin. Hier gehts zurück in die Stadt.

Keine Antwort. Jule hält vorm Bahnhof. Zieht die Handbremse an. Das wärs dann, erklärt sie.

Benjamin schluckt. Regelrechter Rausschmiß, begreift er. Aber er sagt nichts. Wortlos begleitet sie ihn bis zum Bahnsteig.

Machs kurz, bittet er. Ich kann Abschiede nicht ausstehn.

Danke, sagt Juliane. Für diese Tage, für alles. Was ich mit dir hatte, hab ich noch nie gehabt. Werd ich vielleicht nie wieder haben. Jetzt kann sie die Tränen nicht länger zurückhalten. Sie bleibt stehen. Benjamin geht weiter. Wehrt sich gegen die Versuchung, noch einmal zurückzublicken. Ein Zug steht abfahrbereit. Er fragt nicht, wohin. Steigt einfach ein. Der Zugführer hält einen grünen Lappen in die Luft.

Ich spürte einen Schmerz, wird Benjamin sich erinnern, wie ich ihn noch nie empfunden oder aber lange schon vergessen hatte. Die frühen Verletzungen, wird er sagen, hatten um mich eine Schutzschicht wachsen lassen, wie Grind oder Hornhaut.

Über die Jahre schrumpfte meine Bewegungsmöglichkeit im gleichen Maße, in dem der schützende Panzer wuchs. Jetzt war er unerwartet aufgebrochen. Die Wunde schmerzte. Ich war nicht vorbereitet. Aber der Stillstand war vorbei.

Verfallene Güterschuppen gleiten am Fenster vorüber. An der Schranke noch immer der Stau. Ein schmutziger Flußlauf gesellt sich dem Bahndamm, folgt ein Stück Wegs, bis er sich in die Ebene verabschiedet. Zersiedelte Regenlandschaften, parzelliert. Leer, hoffnungslos rollt Benjamin in den trüben Tag.

Alles vordem Erfahrene, wird Juliane später sagen, sprach dagegen, daß es so etwas geben könne, was uns in diesen drei Tagen gelang. Ich wollte es hüten. Wollte verhindern, daß es ausgehöhlt würde vom Verschleiß. Selbst wenn ich gewußt hätte, was ich noch nicht wissen konnte, ich hätte vermutlich nicht anders entschieden. Es war die Angst vor dem Verlust, der mich unvorbereitet und hilflos treffen würde. Darum hab ich den Abschied selbst betrieben, als ich noch Kraft dazu hatte, weil es mir gutging.

III

In den schlesischen Bergen, der Ort wird an verschiedenen Stellen vermutet, schläft in einer unterirdischen Grotte das Heer der heiligen Hedwig. Wenn einst das Land in ärgster Bedrängnis sein wird, dann kommen die Krieger hervor. Mitunter kann man im Bergwald ihr lautes Schnarchen hören. Sie sollen da ruhen, ihr Roß am Zügel, den einen Fuß im Steigbügel. Solche Erwartungen kennt man in vielen Landschaften: es ist kein Unrecht, das ewig währt. Und es bleibt nur zu hoffen, daß die Recken die Zeit der ärgsten Bedrängnis nicht verschlafen.

Die Leute in Treben wußten es noch, und auch Linda hat davon erzählt: in der Heuscheuer sitzt eine Jungfrau und näht am Erlösungshemd. Ein Gänsejunge will gesehen haben, daß sie schon beim letzten Ärmel angelangt sei.

Was aber ist die Erlösung? Der Jüngste Tag, hat Pastor Knobloch gepredigt. Die Güldenen Zeiten, meint Schäfer Liebs. Aber die, hat er hinzugefügt, waren schon mehrfach angesagt: nach den Siegen über die Mongolen, später über die Schweden und die Türken, zuletzt über die Franzosen. Gebracht hats wenig. Jakob Böhme hat von der Endzeit gewußt. Er hat es erfahren aus Lineamenten und Signaturen der innersten Natur. Als er eine schöne Musik hörte, wußte er seine Zeit gekommen. Die Türen standen weit offen. Da hat er den Sohn gesegnet und die Frau verabschiedet. So ist er ruhig dahingefahren.

Wenn die Endzeit Erlösung ist aus verkommener Herrschaft, dann muß wohl die Jungfrau aus den Heuscheuerbergen in diesem Herbst am Hemd die letzten Stiche tun. Jakob Böhme würde sagen: der Finger Gottes hat die östlichen unter den deutschen Landen berührt, mutmaßt Benjamin. Nach der Sache mit Jule ist er zurück auf den Kohlberghof. Aber da war nichts mehr beim alten. Der Bauer hat aufgeben müssen; die Spondylose hatte gesiegt. Das Vieh stand nun bei der Genossenschaft. Und die Ställe standen leer. Es war ein schmerzvolles Treffen mit Schellenberger, gezeichnet von Vergeblichkeit. So ist auch Benjamin nicht mehr geblieben, nachdem ihn der Bauer ausgezahlt hat.

In der Habichtsburg scharen sich die Wiedergänger um das Zauberglas. So nehmen sie teil an allem, was in der Welt derzeit geschieht. Robert, Koarle und Klein-Walter sehen: ein Volk, das seine Jugend verliert. Auf den Trümmern der verspielten Zukunft verkriechen sich die Machthaber ins Krankenbett. Die Jungen verlassen das Land. Tausende an jedem Tag, zehntausend in den Nächten. Im letzten Krieg, erinnert sich Klein-Walter, als die Söhne vor den Vätern gefallen sind, sah man im Schlesischen die Uhren rückwärts gehen.

Robert warnt: es hat auch in früheren Zeiten Versuche gegeben, dem Unrecht der Mächtigen ein Ende anzusagen. Gescheitert sind alle. Er führt auf, was ihm an Beispielen erinnerlich ist: in Brieg eine Magd hat das Ende des Papstes prophezeit. Ein scharfes Schwert, von einem Engel ihr überreicht, hat sie dem Leobschützer Prediger gegeben. Der sollte damit den

Papst auslöschen. Auch andere Verschworene waren im Bunde. Aber es ist ruchbar geworden. Ein Häusler aus Lomnitz, Georg Rischmann, hat eine Menge Unheil vorausgesehen. Hindern hat ers nicht können. In Sprottau war ein Weißgerber, der den Zorn Gottes auf die sündhaften Herren beschwor. Sie haben ihn des Landes verwiesen. Paul Felgenhauer hat das Ende der unrechten Herrscher nach der Bibel berechnet, genau auf den Tag. Der stand kurz bevor. Den Felgenhauer hat man nie wieder gesehen. Paul Kaym in Liegnitz verkündete, daß Babel jetzt zerbreche. Johannes Arndt auch. Sie wurden zum Schweigen gebracht. Und natürlich, sagt Robert, Quirinus Kuhlmann. Der die fünfte Monarchie der Frommen zu gründen begann. In Moskau ist er auf dem Scheiterhaufen geendet. Und es war ein Protestant, der ihn denunziert hat.

Die Lage ist ernst, entscheidet Koarle. Wir müssen handeln. Er hat die Tür geöffnet und den Raubritter zur Beratung gebeten. Wenn alle aus dem Land sind, erklärt er, dann ist keiner mehr da, der uns erlösen könnte. Es ist eine Art Wettlauf im Gange. Brächte man die Bonzen zum Abdanken, bevor alles Volk aus dem Lande ist …

Klein-Walter winkt ab. Wie willst du das erreichen?

Man muß ihren Glauben erschüttern.

Die glauben an nichts.

Doch, an den Materialismus. Und wenn ihnen da nun etwas begegnen würde, was kein Material ist, sondern ein Geist …

Und wer sollte das sein?

Koarle weist auf den Raubritter, ruft: Huhuuu! und macht Spirifankern mit Armen und Beinen.

Klein-Walter zeigt ihm einen Vogel, doch über die grausigen Züge des Raubritters huscht das Licht der Erkenntnis. Drei Knochenfinger reckt er zum Schwur: er will spuken, daß die Wände wackeln.

Benjamin berührt eine Hand, die vom Kerzenwachs verklebt ist, in der großen Stadt Leipzig. In einer Menge, die sich der Furcht entledigt. Die Schritt um Schritt begreift, daß Macht sich allein auf der Verabredung gründet, von vielen anerkannt zu sein. Wo diese Übereinkunft aufgekündigt wird, stellt sich Ohnmacht ein, verkündet aufgeregt ein unscheinbarer Mann dicht neben Benjamin. Der hat keine Zeit, darüber nachzudenken. Die wachsverklebte Hand, die ihn eben berührte, gehört zu der Elbin im Nebelkleid.

Ich wußte, daß du hier sein wirst! sagt Freia Rußwurm.

Es ist reiner Zufall, beteuert Ben.

Hast du schon ein Quartier? – Hier, nimm! Sie reicht ihm den Schlüssel für ein Schließfach. Da ist ein Schlafsack drin, flüstert Freia mit Verschwörermiene, steckt ihm noch eine Adresse zu und verschwindet in der Menge. Der unscheinbare Mann hat sich inzwischen neue Zuhörer gesucht.

Gar nicht weit vom Stadtzentrum entfernt verfallen große Bürgerhäuser aus der Zeit vor der Jahrhundertwende. Man sieht ihnen die Abfolge ihres Niedergangs an. Der begann unterm undichten Dach. Die Mansardwohnungen wurden zuerst geräumt. Später die darunterliegenden Etagen, immer auf der Flucht vor der nachsickernden Nässe. Jetzt hausen zumeist nur noch Rentner in der Parterrewohnung. Und es ist nicht sicher, ob das Haus seinen letzten Bewohner überdauern wird. In solch ein sterbendes Gebäude gelangt Ben durch den Zettel der Elbin. Gruppen von Fremden nächtigen hier, kauern rauchend auf dem Boden, diskutieren im Flüsterton. Ein paar Mädchen sind dabei, die ihn an Katechetinnen erinnern: farblose Gesichter, die Körper geschlechtslos. Tugendhafte Rebellen. Sie werden sich nichts zuschulden kommen lassen, sieht Benjamin. Aber ist mit denen ein besserer Staat zu machen?

Er breitet den Schlafsack in einer Ecke aus. Ruhe findet er nicht. Jede Faser seines übermüdeten Körpers wird berührt von den Hoffnungen der Leute in diesem Raum, das abgewirtschaftete System ließe sich umwandeln in ein gerechtes Gemeinwesen. Die Idee der Aufklärung hebt auf ihre alten Tage noch einmal den wackligen Kopf, der kleine Mann erklärt sich bedenkenlos zum mündigen Bürger und ruft nach Demokratie. Zeit wie Ewigkeit, denkt Benjamin. Aussprechen dürfte er das hier nicht, wo sich alle Augenblicke Wichtiges zu ereignen scheint und wo alle alles ganz ernst nehmen, vor allem sich selbst. Ben zieht sich den Schlafsack übern Kopf und will an Jule denken. Es gelingt nicht. Immer wieder treffen Boten mit neuen Nachrichten ein, lösen neue Diskussionen aus. Protestierende, hört man, werden verhaftet, was neue Proteste zur Folge hat. Politiker treten zurück, andere nehmen ihren Platz ein, verkünden ihre Heilsversprechen. Die Ereignisse scheinen sich zu überstürzen, die Uhrzeiger rotieren. Unsicher sinnt Benjamin darüber nach, ob es wirklich Ereignisse seien. Oder ob nicht bloß endlich sichtbar wird, was über Jahre hinweg verdeckt worden ist: wie gründlich diese Gesellschaft sich selbst aufgezehrt hat. Erst in den frühen Morgenstunden schläft er ein. Als er erwacht, ist er mutterseelenallein in dem Massenquartier. Er trägt seinen Schlafsack in das Schließfach am Bahnhof. Die Stadt hat sich beruhigt, geht ihren Alltagsgeschäften nach. Die Rebellion scheint dem Feierabend vorbehalten.

In einer der offenen Innenstadtkirchen sitzt Ben in der letzten Bankreihe, müde und zerschlagen von der unruhigen Nacht. Im vorderen Teil des Kirchenschiffes beten einige Leute. Ein Cassettenrecorder dudelt Orgelmusik. Aus der Sakristei kommen zwei Mädchen. Sie könnten zu den Katechetinnen aus der letzten Nacht gehören, obwohl sich Ben nicht an ihre Gesichter erinnert. Eilig gehen sie durch den Mittelgang, tragen amtliche Mienen zur Schau. Als sie auf seiner Höhe sind, bleibt eines der Mädchen stehen, schaut ihn prüfend an, tritt dann in seine Bankreihe und flüstert ihm zu: Keine unkoordinierten Aktionen! Es gibt Hinweise, daß die Russenpanzer in Alarmbereitschaft sind! Verstanden?

Ja, antwortet Benjamin irritiert und grübelt vergeblich, wofür man ihn wohl halten mag. Darüber schläft er ein.

Eine Hand legt sich schwer auf seine Schulter. Hinter ihm steht die Elbin im Nebelkleid. Ich fahr in den Süden, raunt sie ihm zu. Die Gruppen dort brauchen Anleitung. Und wir wollen Gedächtnisprotokolle sammeln, von Betroffenen.

Mach das, sagt Benjamin. Nichts ist so unzuverlässig wie unser Gedächtnis.

Freia schreibt eine Telefonnummer auf, unter der er sie erreichen könne, falls es Schwierigkeiten gebe.

Erneut fragt sich Ben, welche Rolle ihm hier zugedacht sein mag. Weshalb, will er von der Elbin wissen, hältst du mich für einen von euch?

Freia hat keine Mühe mit der Antwort: Du warst doch schon immer dagegen, von Anfang an!

Ben denkt an die hoffnungsvolle Zeit nach dem Krieg, an die Formel: nie wieder ein Gewehr ... Doch jetzt ist nicht Zeit, darüber zu reden. – Was ist mit den Russen und ihren Panzern? fragt er. Die haben schon einmal ...

Keine Sorge. Die Russen halten sich raus.

Da glaubt Ben zu wissen, wie alles ausgehen wird.

Ein Gespenst geht um in der Regierungssiedlung. Rasselnd in rostiger Rüstung. Ängstlich verdrückt sich der Posten ins Wachhäuschen neben dem Schlagbaum. Punkt Mitternacht tritt der Geist des Raubritters, aus allen Wunden blutend, ans Bett des Landesvaters, holt tief Luft und beginnt sein Klagegeschrei.

Aus den Kissen hebt sich ein wachsbleiches Antlitz, hohlwangiger noch als das des Geistes. Verstört tritt der Raubritter zurück, der Klagelaut bleibt ihm im Halse stecken. Unwirklich dünn ein Krächzen, Stimme aus dem Totenreich, dringt, kaum hörbar, aus dem Pfühl. Er spräche, will der Landesherr mitteilen, im Auftrag der werktätigen Massen, deren welthistorische Mission ... Der Raubritter versteht nichts. Aber er hat sein Szenario, seit Tagen gründlich einstudiert. Mit eisiger Hand greift er nach dem durchscheinenden Greis. Berührt dessen Finger, die noch kälter sind als die seinen. Ein Schauer durchfährt ihn.

Endlich, krächzt der Landesherr, bist du gekommen! Gesund siehst du aus! Und wehrhaft! Ich ernenne dich hiermit zu meinem Nachfolger! Du wirst den Ungeist der Konterrevolution ...

Der Raubritter stößt eine Wolke Schwefeldampf aus.

Welch frischer Atem, flüstert der Greis. Das blühende Leben. Du wirst auch die Landesherrin glücklich machen.

Ja, komm! Eine wächserne Hand reckt sich aus der benachbarten Schlafstatt dem Raubritter entgegen. Komm, mein Stattlicher!

Fassungslos starrt der Geist in ein Gesicht aus zerknülltem Pergament. Eine Maske grinst gierig. Entsetzen packt ihn. Er stürzt davon.

In der Habichtsburg empfangen ihn jubelnd die Wiedergänger. Verschämt fragt der Raubritter, noch immer das blanke Entsetzen im Gesicht, nach dem Grund ihrer Freude.

Der Landesherr ist abgetreten, klärt Koarle ihn auf. Nur den Nachfolger, den er bestimmt hat, können sie nicht finden.

In dem zerfallenden Haus, darin Benjamin nächtigt, gibt es zwei Räume mit unzerstörten Fensterscheiben. Auf diese Zimmer verteilen sich die nächtlich wechselnden Schlafgemeinschaften. Von den Gästen aus Benjamins erster Nacht sind bloß noch die Katechetinnen geblieben. Und ein alter Stadtstreicher, stoppelbärtig, mit zahnlosem Mund. Nachts stülpt sich der Alte den Schlapphut übers Gesicht. Mit einem Kreidestrich hat er seinen Schlafplatz markiert. Dieser Anspruch wird auch von den Neuankömmlingen respektiert.

Es ist mitten in der Nacht, als die Zimmertür aufgerissen wird. Benjamin schreckt auf. Auf der Schwelle steht, die Taschenlampe in zittrigen Händen, der Alte. Die Grenzen sind auf, ruft er mit heiserer Stimme. Die Katechetinnen zünden Kerzen an. Jemand schaltet ein Kofferradio ein. Aufgeregte Reporterstimmen berichten, daß sich in den Straßen Westberlins Menschen aus beiden Teilen des Landes verbrüdern. Ein Bagger habe begonnen, die Mauer, die die Stadt zertrennt, abzubrechen.

Der Stadtstreicher steht noch immer in der Tür. Wir sind richtig frei, stammelt er. Ich kann hingehen, wohin ich will. Langsam geht er einige Schritte auf seinen Schlafplatz zu. In der Zimmermitte verhält er, streckt die Hand aus, sucht einen Halt. Dann fällt er zu Boden.

Ich hol einen Arzt, ruft jemand.

Eines der Mädchen kniet bei dem Alten, fühlt ihm den Puls,

drückt seine Augen zu. Sie tragen den Toten in das abgekreidete Eck.

Auch wenn er sich später nur ungern daran erinnert: in dieser Stunde wird Benjamin angesteckt von der allgemeinen Aufgeregtheit. Die Gelassenheit der »Morgenröthe« ist vergessen. Hastig rollt er den Schlafsack zusammen. Als müsse er auf der Stelle nachholen, was ihm ein Leben lang versagt war. Er rennt zum Bahnhof und nimmt den nächsten Zug nach Süden. Er findet ein leeres Abteil, legt den Schlafsack untern Kopf und schläft auf der Stelle ein. Vor einer Baustelle hält der Zug an. Ben schreckt hoch: ist er schon da? Ihm gegenüber sitzt ein bleiches Mädchen mit blutunterlaufenem Auge. Verlegen lächelt es ihn an, als müsse es sich für sein Aussehen entschuldigen. Benjamin lächelt zurück. Hinter Weißenfels kommt der Schaffner.

Ach du Schreck, seufzt das Mädchen, ich hab keine Fahrkarte.

Benjamin, den Kopf wieder auf dem Schlafsack, schließt die Augen, während das Mädchen eifrig in der Handtasche kramt. Herausfordernd bleibt der Schaffner vor ihr stehen. Ihren Fahrschein, bitte!

Benjamin richtet sich auf, betrachtet den Schaffner, der ein wenig schielt und den Fuß nachzieht, betont verächtlich. Habt ihr uns nicht lange genug kontrolliert? In seiner Stimme ist eine Schärfe, die ihn selbst erschreckt.

Der Schaffner wird blaß. Ich bin doch auch gegen die da oben, beteuert er.

Das sagen jetzt alle!

Hastig verläßt der Schaffner das Abteil. Das Mädchen sieht Ben bewundernd an. Dem ist nicht wohl in seiner Haut. Angestrengt blickt er aus dem Fenster. Aber in der Scheibe sieht er immer nur das Spiegelbild des erschreckten Schaffners.

Der Kohlberghof ist ausgeräumt. Der Bauer, der jetzt in der Klinik liegt, hat alles der Genossenschaft übergeben. Bloß das Auszugshaus nicht, dort lebt noch Schellenbergers uralte Mutter. Sie hat einen Brief für Ben. Wir werden ein Kind haben. Jule. Der Brief ist nicht frankiert.

Sie war hier, hat dich gesucht! Warum hast du dir nie eine Frau genommen? fragt ihn die Alte. Es ist ein deutlicher Vorwurf.

Mich will keine, sagt Ben. Ich würd mich übrigens auch nicht wollen, sagt er. Er wechselt die Wäsche, packt ein paar Sachen zusammen und geht noch am gleichen Morgen wieder los.

Wirst du wiederkommen? fragt zweifelnd die alte Frau.

Benjamin bleibt ihr die Antwort schuldig.

Aus Lebensabschnitten, die man für immer verläßt, geht man zu Fuß. So wird der Abschied ein gründlicher. Benjamin verspürt keine Wehmut. Zu lange war sein Leben in diesem Landstrich angehalten. Seine Sehnsucht gilt Dingen, die er nicht kennt. Etwas freilich bleibt noch zu erledigen zwischen ihm und der Landschaft: halbwegs zur Kreisstadt schlägt die Chaussee einen Bogen um ein beträchtliches Waldstück. Solang er zurückdenken kann, ist dieses Areal mit Stacheldraht abgesperrt. Warnschilder untersagen den Zutritt. Heute verläßt Benjamin die Straße im Scheitelpunkt der Spitzkehre, geht geradeaus weiter, mitten hinein in die verbotene Zone. Der Wald wird dichter. Auf dunklen Geröllbrocken leuchten die Katzenaugen der Schwefelflechte. Er erreicht den mannshohen Zaun, der ist von Rost besiedelt. Moos wandert an den Betonpfosten aufwärts. Vorsichtig schiebt Benjamin sich durch die Stacheldrahtstränge. Eine Weile geht es bergauf, dann wird das Gelände eben. Er trifft auf einen geharkten Kiesweg. Steht unschlüssig, vernimmt das Geräusch sich nähernder Schritte, taucht ab ins Unterholz. Zwei Greise kommen des Wegs. Der eine hinkt, stützt sich auf einen Stock. Der andre bleibt stehen, entzündet eine Zigarre. Der mit dem Krückstock wendet sich um: Du wirst Ärger haben!

Magst du einen Zug?

Sie finden es heraus! Alles finden sie heraus, warnt der Hinkende. Er humpelt zurück, saugt gierig an der Zigarre.

Hab ichs geahnt! Eine Blondine im weißen Kittel erscheint auf dem Kiesweg. Das mögen wir aber gar nicht, Genossen!

Der Hinkende streckt die Hand mit der glimmenden Zigarre

weit von sich. Ein giftiges Insekt. Die Blondine hebt den Fuß. Die Spitze ihres hochhackigen Schuhs schnellt gegen das Hinkebein. Der Alte heult auf. Die Blondine lächelt. Es ist doch aus Holz!

Die Zigarre liegt auf dem Weg. Ein spitzer Absatz bohrt sie tief in den Kies. Bläulich kräuselt daraus ein Wölkchen. Enttäuscht treten die Greise den Rückweg an.

Halt! Die Blonde holt ein Papier aus der Kitteltasche. Was ist das?

Der Tagesplan.

Was schreibt er vor?

Piste drei in Richtung B.

Na also! Die Frau faßt die Alten unter, zu dritt setzen sie ihren Weg fort in ursprünglicher Richtung. Benjamin hört das Knirschen von Kies. Er tritt aus dem Gebüsch. Dann gellt ein Schrei durch das Waldstück. Gurgelnd erstirbt er. Hastig kehren die Greise zurück. Der Hinkende keucht. Hier muß es sein! Der andere bückt sich und kratzt die zertretene Zigarre aus dem Dreck, knetet sie zärtlich zurecht. Sie glimmt noch. Begierig rauchen die Alten im Wechsel.

Wo ist die Blonde? fragt Benjamin.

Der Hinkende legt die Hand an den Hals.

Alte Tschekistenschule! sagt der andere. Gefunden wird sie erst morgen. Bis dahin sind wir ungestört.

Benjamin starrt ihn fassungslos an. Und dann?

Bekommen wir eine Neue zugeteilt. Wieder platinblond. Wie ich dieses fade Haar hasse!

Dies ist eine Klinik?

Der Hinkende kichert. Eine Art Pension, könnte man sagen. Wir schreiben hier unsere Memoiren.

Auf Befehl?

Nein, aus Bedürfnis. Man sagt uns Fehler nach. Wir beweisen das Gegenteil. Eine schwierige Arbeit. Der Betreuungsapparat ist auf Verluste eingestellt.

Ihr seid falsch! ruft Benjamin. Die Zeiten sind andere. Das Land hat euch abgeschüttelt!

Der Hinkende lächelt nachsichtig. Lebensläufe, sagt er, werden immer umgeschrieben. Überall und zu allen Zeiten. Wer schreibt, der bleibt. Vergnügt verschwinden die Greise im Forst.

Im Kies liegt hochhackig ein verlorener Schuh. Benjamin biegt die Zweige zur Seite. Er sieht ins Gesicht der toten Blondine. Hört von fern das Gelächter der Greise. Er hetzt dem Drahtzaun entgegen.

Mama, ruft ein Kind, dort liegt ein Besoffener! Benjamin hebt den Kopf. Er liegt zwischen Nesseln und Beifuß, am Rand einer Schutthalde. Hat tatsächlich geschlafen. Wie kommt er hierher?

Geh da weg, warnt die Mutter ihr Kind. Man kann nie wissen, was die vorhaben!

Benjamin kramt seine Sachen zusammen. Langsam kehrt die Erinnerung wieder. Er hat telefoniert, hat die Nummer gewählt, die ihm die Elbin gab. Was mit dem Schlafsack werden solle, hat er gefragt.

Wo er jetzt sei, wollte Freia wissen.

Am Stadtrand, unter der Queste. Da, wo die Kleingärten anfangen.

Er solle da warten, hat sie gesagt. Aus Gründen der Konspiration. Es ginge drunter und drüber in der Stadt. In spätestens einer Stunde käme sie. – Ist diese Stunde schon um? Benjamin gähnt. Er schaut auf die Uhr. Die ist stehengeblieben.

In einem der Kleingärten schießt ein Mann, der eine verblichene Budjonny-Mütze trägt, mit seinem Luftgewehr auf Leute, die er für schuldig erachtet, ihn um sein Parteiamt gebracht zu haben. Zielen heißt, das Auge des Schützen über Kimme und Korn mit dem Gegenstand in eine gerade Linie bringen. Der Gegenstand ist ein Blatt Papier, auf dem spiralförmig Namen aufgeschrieben sind. Geduldig schießt sich der Schrebergärtner von der Peripherie ins Zentrum der Schuld. Seine dicke Frau verbrennt trockenes Reisig. Der Mann brüllt sie an, weil der Rauch ihm die Augen tränen macht. Und die Frau lacht, obgleich auch ihr die Augen tränen vom Rauch. Da richtet der Mann das Gewehr auf die dicke Frau, die nun nicht mehr lacht. So stehen sie sich gegenüber. Hilflos. Benjamin steht am Zaun und betrachtet den Kleingarten: ein Betonpfad von der Pforte zur Laube, mit Kantensteinen gesäumt, eine zweisitzige Gartenbank mit Blick auf die Betonpiste, ein Erdbeerbeet, korrekt wintergedeckt, an ein Erbbegräbnis erinnernd. Der Mann legt das Gewehr auf die Bank und kommt einige Schritte auf Benjamin zu. Sie spionieren mir nach! Wer schickt Sie?

Niemand, sagt Benjamin. Es ist eine öffentliche Anlage. Staatlich anerkanntes Naherholungsgebiet!

Von den kahlen Bäumen am Fuß der Queste erhebt sich lärmend ein Krähenschwarm, fällt in die Schrebergärten ein. Der Mann klatscht drohend in die Hände. Die Krähen lassen seinen Garten aus.

Ich habe getan, was ich konnte, behauptet der Mann. Das müssen Sie mir glauben. Energisch klappt er das Schild der Budjonny-Mütze aus der Stirn. Die Erdbeere, ruft er. Senga sengana, ruft er. Ich habe keine Maßnahme versäumt, keinen Termin ausgelassen. Und dennoch: Grauschimmel. Jedes Jahr. Mühsame Arbeit, kaum Ertrag. Was kann man mir vorwerfen?

Sie sollten aufgeben, rät Benjamin. Er schaut auf die stehengebliebene Uhr. An die Verabredung glaubt er nun nicht mehr. Hinter den Gärten pfeift heiser die Kleinbahnlok. Da drüben ist er letzte Nacht vom fahrenden Zug gesprungen, um den Weg vom Bahnhof bis bis zum Stadtrand zu sparen. Was sucht er noch hier?

Ich habe einmal Brigitte geheißen, hat ihm das Mädchen im leeren Abteil erzählt, das sich für sein blutunterlaufenes Auge schämte. Benjamin erinnert sich: ihr linkes Ohr stand ab, das fleischige Läppchen war länger als das rechte. Die Mitesser sah er auf ihren Nasenflügeln. Und immer wieder den Bluterguß unter dem traurigen Auge. Eine ganze Woche lang hab ich Brigitte geheißen. Als Zimmermädchen in einem Heim für Parteibonzen. Alle Mädchen auf meiner Etage haben Brigitte geheißen. Die vor mir waren und die nach mir kamen. Weil sich diese alten Trottel bloß noch einen Namen merken konnten. Und die leeren Cognacflaschen und die leeren Konservendosen mußten wir im Garten vergraben, damit die arbeitende Klasse nicht sieht, wie ihre Avantgarde lebt. Aber das Schlimmste, hat das Mädchen erzählt, das Schlimmste kam in den Nächten: der Stiefeltritt der Wachtposten vorm Haus. Benjamin sah eine Gänsehaut über die nackten Unterarme kriechen. Genagelte Absätze, sagte das Mädchen. Und dann: auf Pflastersteinen! Langsam kommt es näher: tak-tak-tak! Bis unter dein Fenster. Es ist kaum auszuhalten. Endlich entfernt es sich, wird leiser. Da reißt einer von den Bonzen das Fenster auf, schreit: Wachtposten! Und es kommt zurück: tak-tak-tak! Zum Verrücktwerden. Aber die haben das gebraucht, glaub mir. Anders haben die keine Ruhe gefunden.

Und wie heißt du richtig? wollte Bejamin wissen.

Ich weiß es nicht mehr, hat das Mädchen gestanden. Womöglich heiße ich wirklich Brigitte.

Die dicke Frau verläßt den Kleingarten. Tränenspuren ziehen sich über ihre geröteten Wangen. Sie schleppt eine pralle Einholetasche und vollgestopfte Netze. Sie geht grußlos. Unsicher läuft der Mann auf dem Betonpfad auf und ab. Aus der Stadt ist Geschrei zu hören, das an einen Sprechchor erinnert.

Wenn sie kommen, sagt der Mann, werde ich mich in der Laube verbarrikadieren. Die Vorräte reichen für mehrere Tage. In diesem Boden steckt meine ehrliche Arbeit.

Die Frau, bevor sie in die Gasse zur Altstadt einbiegt, bleibt stehen. Setzt Tasche und Netze ab, wischt die verheulten Augen und schaut zurück zu ihrem einsamen Mann. Unschlüssig steht sie so eine Weile. Ähnlich, denkt Benjamin, hat sie vielleicht schon seit Jahren gewartet. Auf etwas, von dem sie nicht weiß, was es sein könnte. Jetzt nimmt sie ihr Gepäck auf und geht müde weiter.

Alle Jahreszeiten waren gegen uns, wir sind nie zur Ruhe gekommen. Immer neue Kampagnen. Auch heuer, verkündet der Schrebergärtner, ist der Herbst viel zu warm. Alles Ungeziefer wird überdauern.

Ihre Frau, sagt Benjamin. Ich glaube, sie wollte Ihnen noch etwas sagen.

Was für Zeiten, murmelt der Mann, und wie gut war doch alles eingerichtet. Uns ist keiner entgangen, den wir wollten.

Wie haben Sie das bloß geschafft?

Der Mann lächelt. Irgendwann, raunt er, geht jeder mal bei Rot über die Kreuzung.

Heißt Ihre Frau Brigitte?

Verblüfft nimmt der Mann die Budjonny-Mütze vom Kopf, knetet sie in beiden Händen. Früher, sagt er, war sie platinblond. Aber dann sind ihr die Haare ausgefallen. Seitdem war sie nicht mehr geeignet.

Wofür? fragt Benjamin.

Was? der Gärtner ist sichtlich irritiert. Ich weiß es nicht, gesteht er.

Der Bluterguß unter dem Auge, hat Benjamin das Mädchen im leeren Bahnabteil gefragt, wie bist du dazu gekommen?

Das Mädchen ist vor Verlegenheit errötet. Es mußte schon längst auf diese Frage gewartet haben. Ich hab eine Rose, hat es geantwortet. Eine tätowierte. Auf dem Schenkel. Auf dem linken. Willst du sie sehen? Und plötzlich behauptet mein Freund, sie sei früher auf dem rechten Schenkel gewesen. Du spinnst, hab ich gesagt. Da hat er mich halt verprügelt. Übrigens glaube ich nicht, daß ich Brigitte heiße. Hältst du es für möglich, daß eine tätowierte Rose von rechten auf den linken Schenkel wandert?

Ich werde darüber nachdenken, hat Benjamin versprochen.

Mein Schlehenwein! sagt der Schrebergärtner, der noch immer die Mütze in beiden Händen knetet. So gut wie heuer war er noch nie. Auch ohne Frost. Sie sollten ihn probieren, jung wie er ist. Oder haben Sie doch einen Auftrag?

Wenn es so ist, gesteht Benjamin, so weiß ich jedenfalls nichts davon.

Der Mann knüllt die Mütze zusammen und stopft sie in die Hosentasche, die weit ausbeult. Was wißt ihr überhaupt! schreit er erregt. Keiner ahnt, was wir ausgestanden haben in unsren Funktionen! Morgens, wenn du in die Behörde kommst: kein

Wort, zu keinem! Tür zu, abwarten, wer über Nacht in Ungnade gefallen ist, wen du nie gekannt haben darfst! Es gab eine Sauna im Objekt. Um elf mußte ich zur Massage. Täglich. Der Masseur kam ins Schwitzen. Und ich verkrampfte immer mehr. Die Masseure, das wußten wir, sind von der Sicherheit. Schweigen durfte man nicht, das roch nach Konspiration. Aber was konnte man reden, ohne sich festzulegen? Übrigens: die Frau, was mag sie gewollt haben?

Zu spät, stellt Benjamin fest. Nun ist sie fort.

Die Krähen verlassen die benachbarten Gärten und kehren zurück auf die Bäume am Fuß des Hügels. Das Lärmen in der Stadt hat sich beruhigt. Ich denke, sagt Benjamin, heute kommt niemand. Sie sollten nach Hause gehen.

Und die Privilegien, ruft der Mann, die man uns andichtet, wie sahen die aus? In unserem Wohnblock war jeder der Spitzel des anderen. Und Urlaub war nur in parteieigenen Heimen erlaubt. Wie gern hätte ich mit Ihnen getauscht!

Es scheint, vermutet Benjamin, daß das eigene Scheitern überall auf der Welt ziemlich ähnlich verläuft. Man bemerkt es erst lange nach den anderen. Obzwar man schon längst eine Ahnung hatte. Man kann gar nicht genug auf die anderen achten, wenn man herausfinden will, wie es um einen steht.

Ach! ruft der Kleingärtner. Sie reden von sich? Ich wollte, daß wir von mir reden! Ich gelte als schuldig in diesen Zeiten. Ihr sagt, ihr seid das Volk. Wir haben das auch von uns behauptet. Alles ist eine Frage der Stimmung. Heute ist die Mehrheit gegen mich. Morgen schon kann sich das ändern. Aber Sie mit Ihrem Gerede vom Scheitern, Sie werden ewig auf der Strecke bleiben. Zu allen Zeiten! Der Mann spuckt verächtlich aus, wendet sich ab und geht auf dem Betonpfad der Laube zu. Sein Gang ist staksig, als wäre er nach langem Ritt soeben vom Pferd gestiegen. Seine leicht geöffneten Hände baumeln in Höhe der Oberschenkel, dort, wo sie die tiefhängenden Colts blitzschnell erreichen.

IV

Benjamin hat eine Grenze überschritten, die keine mehr ist. Er sitzt in einem fremden Auto und hört Nachrichten aus einer fremden Welt. Achtung, auf der A sieben kommt Ihnen auf Ihrer Fahrbahn ein Wagen entgegen. Bitte fahren Sie rechts, und überholen Sie nicht. Und jetzt Lambada, Hit der Saison.

Dazwischen langsam tröpfelndes Nichtgespräch mit einem Fremden. Zigarette gefällig? Also, was ihr da im Osten vollbracht habt – alle Achtung!

Irrtum, denkt Benjamin. Unsinniges ist zerfallen. Ein paar Nächte haben wir auf den Trümmern getanzt. Mehr war nicht, denkt er. Doch er spricht es nicht aus.

Achtung! Der Geisterfahrer auf der A sieben hat seinen Irrtum offenbar erkannt und ist abgebogen. Es besteht keine Gefahr mehr. Heike aus Hof wünscht sich John Lennon. – Der Fahrer bremst.

Wo sind wir?

Im Stau.

Benjamin gähnt. Inmitten seines Aufbruchs in die neue Freiheit überfällt ihn ein unwiderstehliches Schlafbedürfnis. Es ist wie eine plötzliche Lähmung, sein Blick wird starr; es bleibt nicht einmal Zeit, die Augen zu schließen. Benjamin wird nie erfahren, ob Heike aus Hof John Lennon bekommen hat.

Zwölftausendeinhundertzwoundsiebzig, zwölftausendeinhundertdreiundsiebzig, zwölftausendein … Der rotgesichtige Tippelbruder auf der Parkbank nimmt einen Schluck aus der Weinflasche, hustet, spuckt Blut und zählt weiter. Zwölftausendeinhundertvierundsiebzig, zwölf … Benjamin fällt ihm ins Wort. Was zählst du?

Ich hab einen Auftrag. For eyes only.

Von wem? Ich kann schweigen.

Unter uns: eine Frau. Aber ich weiß nicht, wer dahinter steht.

Was also zählst du?

Im Vertrauen: ich weiß es nicht. Im Anfang dachte ich, es

sind meine Tage. Aber jetzt zähle ich einfach die Zahlen. Oft, wenn ich morgens aufwache, habe ich vergessen, wo ich abends angekommen war. Dann beginne ich von vorn.

Benjamin grinst. Ich verstehe.

Nichts verstehst du. Ich verstehe übrigens auch nichts. In letzter Zeit wächst in mir ein Verdacht, daß ich es war, der dieser Frau einen Auftrag gab. Nur: welchen? Irgendwann komm ich vielleicht dahinter. Man muß nur geduldig weiterzählen.

Wer bist du?

Mein werter Name ist Benjamin. Im Vertrauen: ein Deckname.

Benjamins linke Hand liegt auf der Bordwand eines Kinderwagens, läßt mit leisem Druck das Gefährt sanft schaukeln. Darin schläft das Uhaml – ein gewickeltes Kind, das schon uralt ist. Im Schlesischen weiß man: es hockt einem auf, weil es gewärmt sein will. Wer sich seiner annimmt, den führt es zum Dank an sichere Orte. Wo das Uhaml sich zeigt, da ist mit guten Zeiten zu rechnen. In Sprottau ist es zu einem Schuster gekommen, den hat es zu einem Weidengestrüpp vor der Stadt geführt. Der hat bei der Weide einen Münzschatz ausgegraben und war über Nacht ein gemachter Mann. Und in Wiesau hat es eine Häuslerfamilie aus dem Schlaf geweckt und auf die Düne geführt, bevor das Boberhochwasser die Kate fortspülte. Es wäre sonst gewiß keiner davongekommen.

Die Bordwand läuft aus Benjamins losem Griff – der Kinderwagen hat sich in Bewegung gesetzt und fährt ihm voraus. Benjamin kann kaum folgen. Erstaunt sehen die Leute, wie er dem rollenden Wagen hinterdrein rennt. Zum Schein legt Ben die Hand auf die Griffstange. Aber das Uhaml bestimmt seinen Weg. Der führt zu einer Tankstelle. Ein alter Mann hat soeben seinen Audi betankt und geht jetzt zur Kasse. Schnell, setz dich rein! drängt das Uhaml. Benjamin nimmt auf dem Beifahrersitz Platz. Das Uhaml verschwindet unterm Rücksitz. Der Fahrer kommt und sagt: Na, da wollen wir mal. Er wundert sich kein bißchen über die unerwartete Gesellschaft.

Ich heiße Benjamin!

Angenehm. Ich bin Thiemann der Wirt. Aus Treben, wie du!

So ein Zufall aber auch!

Ja, die Welt ist klein.

Sie fahren über die Dörfer. Und singen. Dreistimmig, denn das Uhaml brummt auf dem Rücksitz mit. Riesengebirge, singen sie, du meine liebe Heimat …

Irgendwas stimmt nicht, sagt Benjamin.

Aber schön ist es trotzdem, entgegnet der Thiemann.

Sie erreichen ein Wirtshaus. Schlesierbaude steht über der Tür. Mein Werk, erklärt stolz der Thiemann. Heut gehört es der Tochter. Ihr seid meine Gäste.

Es gibt Weißwurst. Früher, entschuldigt sich der Wirt, hatte ich Schlesisches Himmelreich auf der Karte. Aber das hat sich in Bayern nicht durchsetzen lassen.

Auf dem Tisch liegen bunte Reiseprospekte. Versprechen sonnige Tage im Tessin.

Die Walen, sagt Benjamin, hatten schwarze Mäntel. Darauf sind sie über die Alpen geflogen.

Nein, einen schwarzen Mantel besitzt der Thiemann nicht. Aber den Audi. Und der ist auch schwarz. Komm, du wirst sehen …!

Sie fahren weiter. Das Uhaml kichert. Benjamin weiß, es ist unberechenbar. Einer Frau in Baudendorf hat es frisch gehechelten Flachs gebracht. Die hat gemeint: wenns vom Uhaml kommt, wird wohl eitel Gold daraus zu spinnen sein. Und hat sich an die Arbeit gemacht. Die ganze Nacht ist sie vorm Spinnrad gesessen, das am Bober Geist genannt wird. Der Rücken hat ihr dabei geschmerzt. Sie hat gesponnen, bis der Kienspan heruntergebrannt war. Am Morgen im Frühlicht hat sie dann gesehen: es war lauter Katzendreck.

Eine Frau steht am Straßenrand, im Pelz, trotz der Wärme. Reckt ihnen die Hand mit aufgestelltem Daumen entgegen. Thiemann bremst.

Ich bin Wanda aus Polen. Nehmt ihr mich mit?

Der Polin Reiz ist unerreicht, sagt Thiemann. Jetzt singen sie vierstimmig. Blaue Berge, tiefe Täler, singen sie. Und aus

Höflichkeit gegenüber der Dame: Noch ist Polen nicht verloren.

Jetzt haltet euch fest! verlangt Thiemann. Er schaltet das Autoradio ein. Jimi Hendrix singt Night Bird Flying. Und dann hebt der Audi ab. Gewinnt schnell an Höhe, Wolkenfetzen fliegen vorm Fenster vorbei. Unter ihnen wogt das steinerne Meer der Berge.

Wie die Walen, schreit Benjamin begeistert.

Achtung, wir setzen zur Landung an!

Sonogno. Ein kleines Dorf zwischen steil aufragenden Bergen. Hier endet die Straße. Die steinernen Hütten sehen aus, als wären sie aus Thiemanns Hochglanzprospekt gepurzelt. Wanda, Thiemann, Ben und das Uhaml sitzen am Rand eines Schankgartens und schauen auf die Welt: saftiges Wiesengrün, dahinter Schneeberge. Nebelfahnen wehen um die Gipfel. Neben ihnen rinnt Quellwasser aus dem Granit. Thiemann bückt sich, trinkt. Und in dem Schneegebirge, singt er, da fließt ein Brünnlein kalt.

Und wer das Brünnlein trinket, singt Wanda weiter, bleibt jung und wird nicht alt.

Ich hatte mal einen Walen zu Gast, erzählt der Thiemann. Das war noch in Treben. Zu Tisch ist er gesessen. Wein hat er bestellt, und wie ich bloß Bier bringen kann, bohrt er die Tischplatte an. Und, was glaubst du? Wein fließt heraus. Vom Besten, so wahr mir Gott helfe.

Benjamin sieht den Alten mißtrauisch an. Diese Geschichte hab ich schon woanders gehört.

Ich auch, gesteht Thiemann. Und dabei ist mir eingefallen, daß sie in meinem Haus passiert ist.

Tricorno, steht auf der Rotweinflasche. Conte Ferdinando Guicciardini, liest Benjamin. Poppiano.

Und wer das Brünnlein trinket, singt Thiemann.

Hoch die Tassen, ruft Wanda. Die Gläser klingen. Ihre Gesichter röten sich. Das Uhaml schläft. Wanda singt: Dobsche, dobsche, trala.

Was heißt das eigentlich? will Thiemann wissen.

Zeit für Liebe. Wanda nimmt den alten Mann bei der Hand;

sie verschwinden im Haus. Benjamin geht durch die verwinkelten Gassen des Bergdorfs. Zwischen den Hütten rinnen Wasserfäden talwärts. Von den Steinwänden huschen scharenweis Echsen. Nur eine Smaragdeidechse verharrt ungerührt an ihrem Wärmeplatz. Pastellblau leuchtet der Hals, grüngolden der Rücken. Das rätselhafte Tier soll ein Hort der Walenschätze sein, erinnert sich Ben. Vor einer Hütte am oberen Ortsende sitzt, unter einem Dach aus Gneisglimmerplatten, hinter seiner Glaskugel der Schuster. Seine äußere Leibesgestalt ist unansehnlich; er ist von kleiner Statur, niedriger Stirn, erhobener Schläfe, etwas gekrümmter Nase, kurzdünnen Bartes, kleinlautender Stimme, heißt es in einer alten Beschreibung, die Benjamin bei diesem Anblick einkommt. Mit dem Hammerstiel ballt der Schuster ein Feinleder aus, das auf den Leisten gezweckt ist. Als Benjamin zu ihm tritt, legt er das Werkzeug beiseit und sagt, anstelle eines Grußes: Keinem wirds gegeben ohne Ringen.

Wo bin ich? fragt Benjamin. Ist dies ein fremdes Land?

Die Künftigen werden einer Sprache sein. Und alle Geschöpfe werden teilhaben, Tiere und Pflanzen, der Wind und das Licht.

Benjamin kennt diesen Text. Aber woher?

Es ist in allen Dingen dieser Welt noch Liebe und Zorn ineinander und ringet und kämpfet, sagt der Schuster. Was war, es ist nichts. Alles steht noch bevor. Am Mittage ist ein großer Rauch, der dir am Abend in die Augen beißet.

Da endlich erinnert sich Benjamin: so stehts in der »Morgenröthe« des Jakob Böhme. Ich kenne das Buch, gesteht er.

Das Buch, da alle Heimlichkeit innen liegt, ist der Mensch selber. Der also stille liegt in eigenem Willen, als ein Kind im Mutterleibe, und lässet sich seinen inwendigen Grund, daraus der Mensch entsprossen ist, leiten und führen, der ist der Reichste unter den Menschen! Der kleine Mann erhebt sich vom Schusterschemel, geht zur Hüttentür. Auf der Schwelle wendet er sich um und sagt: eine Lilie blühet über Berg und Tal, in allen Enden der Erde. Wer da suchet, der findet. Damit verschwindet er hinter der Tür.

Benjamin starrt auf die Schusterkugel. In der zeigt sich ein Gesicht. Es ist Juliane. Komm, sagt Jule. Wir warten auf dich.

Ja, erwidert Benjamin. Eine Liebe rühret die andere …

Ihren Ausweis, bitte! Benjamin wird aus dem Schlaf gerüttelt.

Zwei Bahnpolizisten stehen vor ihm. Wo bin ich? Er liegt auf einer Bank. Gähnt. Setzt sich auf. Leute hasten vorüber, ziehen schwere Rollkoffer hinter sich drein. München Hauptbahnhof, verkünden die Lautsprecher. Auf Bahnsteig neun ist soeben der Intercity …

Am Kiosk kauft Ben eine Postkarte.

V

Juliane hat Post erhalten. Eine bunte Ansichtskarte, abgeschickt in der Stadt München. Ich komme. Ben. Die Karte liegt auf dem Tisch, seit dem Morgen. Immer wieder bleibt Jule da stehen, liest die drei Worte, antwortet ihnen. Ja, sagt sie, es ist Zeit. Wir erwarten dich. Sie legt beide Handflächen auf den gewölbten Leib. Dort spürt sie Leben. Seit dem Sommer war eine große Ruhe in ihr. Nun, mit der Nachricht, ist die Erregung gekommen. Der Tisch ist gedeckt. Die Zeit hält ein.

Wie weit weg ist diese Stadt München! Wie lange braucht man von da bis hierher? Wie wird es sein, wenn er über die Schwelle tritt? Die Uhr läuft rückwärts. Was ist Zeit?

Rückkehren ist ein Zitieren des Abschieds. Fahles Licht liegt über der Hügellandschaft. Es geht auf Mittag, die Sonne durchdringt nur als milchiger Flecken den Dunst, der die Talung füllt. Benjamin steht am Abteilfenster, als der Zug in den Bahnhof rollt. Als erstes hat er die Burg gesehen, die, viel zu gewaltig für den bescheidenen Ort, über der Stadt thront. In der Hand hält er, der Adresse wegen, den Brief, den Jule am Kohlberg hinterließ. Schloßaufgang IV. Vom Bahnhofsportal aus erkennt er die Struktur des Städtchens: sternförmig streben die engen Gassen zum Gipfel des Schloßbergs, beidseits begleitet von bescheidenen Bürgerhäusern. Da oben irgendwo wird er Jule finden. Wird er erwartet?

Der Fluß gibt dem Ort die natürliche Grenze, weiter kann er sich nicht ausbreiten. Am Bergfuß lehnt das Rathaus, umfaßt mit den ausgebreiteten Armen einer Ringgasse den Burghügel. Es ist Markttag. Krummbeinige Bauersfrauen verschanzen sich hinter Trockenblumen. Auf dem Kopfsteinpflaster bieten Behinderte handbemaltes Holzspielzeug feil. Als blauer Rauch durchzieht der Duft von Thüringer Rostbratwurst den verwinkelten Ort.

Was denn gültig sei von allem, das er hier sieht, fragt sich Ben. Die Leute, sieht er, gehen aneinander vorüber wie Fremde. Wo, fragt er sich, sind die Hoffnungen abgeblieben aus dem verflossenen Herbst? Wie verstiegen sie immer gewesen sein mögen. Kann ein Anspruch auf Leben so schnell verkümmern? Er geht übern Markt, zwischen vollgestopften Papierkörben. Sie erinnern an weggeworfene Lebensläufe. Er sucht nach Erklärung, will glauben, daß das stille Widerstehen durch die Jahre – hat es das wirklich gegeben? –, die ungelenken Versuche, sich nicht restlos preiszugeben, einen Sinn gestiftet haben für viele Leben. Der hat sich vielleicht verloren, seit das Gestern zu Staub zerfällt, vor aller Augen. Und er zählt nicht als ein Wert, der über den Tag hinaus gilt. Der Angstschweiß ist getrocknet. Im Innern bleibt Leere.

Benjamin mag sich nicht abfinden mit dieser Trostlosigkeit. Er kommt mit einer Erwartung: Schloßaufgang IV. Er möchte die anderen anstecken mit seiner Zuversicht. Leute, möchte er sagen, laßt euch nicht mit hinabziehen vom Niedergang des Gewesenen. Ihr seid doch wer, Leute! Möchte er sagen.

Mitten auf dem Markt steht eine Brunnenschale aus Sandstein. Sie ist rundum mit Handzetteln beklebt. Deutschland den Deutschen! liest Benjamin. Dutzendfach. Daneben verkaufen fliegende Händler Cassettenrecorder und pornographische Hefte zu abenteuerlichem Wechselkurs. Benjamin klettert auf eine umgestülpte Gemüsestiege. Das dünne Holz ist der Belastung nicht gewachsen, Benjamins linkes Bein verschwindet bis zum Knie in der Kiste.

Im ersten Stock des Wohnhauses Markt einundzwanzig sitzt Flaschen-Gerhard am Tisch. Er ist mit Glaubensdingen befaßt. Die Unterarme ruhen auf dem klebrigen Holz, die Augen sind geschlossen. So sinnt Gerhard den Dingen des Himmels und der Erde nach. Auf der anderen Seite des Tisches steht Untermieter Hotte, der ihn soeben auf die linke Wange geschlagen hat. Steht breitbeinig da, hält fordernd die leere Hand vorgestreckt. Die Augen sind schon ein bißchen blutunterlaufen, das macht der Zorn. Gerhard weiß, daß er jetzt, der Botschaft gemäß, auch die rechte Wange hinzuhalten hätte – davon kündigt er täglich. Der Geist ist willig. Aber das Fleisch ist schwach. Und überdies schmerzt die Wange.

Du bist ein Rindvieh, sagt Gerhard.

Hotte kommt um den Tisch herum. Das geht so leicht nicht. Das Zimmer ist vollgestellt mit leeren Flaschen und Gläsern, dem Ertrag von Gerhards Arbeit in den letzten Wochen. Siebenundzwanzig Jahre lang hat Gerhard davon gelebt, Pfandflaschen und Schraubgläser zum Altstoffhandel zu tragen. Vier Beutel täglich, damit ließ sich ein bescheidener Lebensunterhalt bestreiten. Mehr noch: einige Flaschen Bier für Hotte fielen dabei immer ab. Nun aber ist der staatliche Altstoffhandel den neuen Verhältnissen zum Opfer gefallen. Und mit ihm Gerhards Einkommen. Nur Untermieter Hotte will das nicht wahrhaben. Er fordert sein tägliches Bier. Und schlägt nun, um dieser Forderung gehörigen Nachdruck zu verleihen, ein zweites Mal zu. Ohne daß Gerhard ihm die andere Wange hingehalten hätte. Auch diesmal gelingt dem Betroffenen nicht die gewaltlose Nachsicht, von der in der Bergpredigt die Rede geht.

Du bist ein doppeltes Rindvieh, sagt also Gerhard. Verstört lauscht er seinen Worten nach. Sie entsprechen nicht seiner Absicht. Er will keinen Streit schüren. Aber die Worte halten sich nicht an den Glauben, machen sich einfach selbständig. Und er kann ihnen nur hinterdreinhören. Und weiterreden.

Wenn du nicht über die Jahre dein bißchen Verstand versoffen hättest, sagen die Worte, dann könntest du sehen, was los ist. Aber du siehst ja nichts mehr! Gerhard ist aufgestanden, will der Situation, der er sich nicht mehr gewachsen fühlt, entkommen. Hotte bückt sich, greift eine Flasche, schleudert sie nach Gerhard, verfehlt das Ziel. Das Fenster geht zu Scherben.

Posecker hat auf dem Markt seinen Stand aufgebaut, bietet Porzellanfiguren an, die Spitzentänzerin und den Fackelträger. Die Tänzerin, deren Röckchen in aufwendigem Verfahren aus Tüll und Schlicker gefertigt wird, war einst das begehrteste unter seinen Produkten. Und der Fackelträger läßt sich vermittels eines Dochtes zur Öllampe wandeln. Theoretisch jedenfalls. In Wahrheit verliert, wenn der hohle Arm mit Öl gefüllt wird, die Figur ihr Gleichgewicht und kippt vornüber. Aber das sieht man dem Fackelträger jetzt nicht an, wie er unter seinesgleichen auf Poseckers Ladenbrett steht, in Reih und Glied.

Garantiert Handarbeit! ruft Posecker. Ältestes Thüringer Porzellan! ruft er. Und als niemand reagiert, schweigt er verlegen. Viel Übung im Anpreisen hat er noch nicht, der Posekker. Woher auch? Bislang ist ihm jedes Stück aus seiner Fertigung vom staatlichen Handel abgenommen worden. Das hat sich nun gründlich geändert. So steht er also auf dem Markt und hofft, daß auch für ihn das große Geschäft endlich begänne. Garantiert Handarbeit! Ältestes Thüringer Porzellan!

Tröstlich erscheint ihm, daß er sein Warten auf den Erfolg mit anderen teilt: mit den Behinderten, die ihr Holzspielzeug auf dem Pflaster ausgebreitet haben. Und mit dem Korbmacher, dem niemand Beachtung schenkt. Nur die Fremden mit ihren Cassettenrecordern und den pornographischen Heften machen guten Umsatz. Am Marktbrunnen predigt ein Mann auf die umstehenden Leute ein. Aber auch ihm hört kaum jemand zu.

Und dann klirrt es über Posecker. Scherben fallen in seinem Rücken, eine Flasche stürzt mitten in die säuberlich ausgerichtete Parade von Spitzentänzerinnen und Fackelträgern. Posecker verschlägt es die Sprache. Zu sehen ist nichts, nur ein zerbrochenes Fenster in der Hausfront hinter ihm. Niemand schert sich um ihn und sein Malheur. Es vergeht eine Weile, bis Posecker ahnt, daß mit diesem Unglück womöglich das Geschäft zu machen sei, das anders nicht florieren will. Da rennt nun der Posecker zum Telefon und klingelt nach der Polizei.

Benjamin steht vor der Brunnenschale aus Sandstein, auf dem Markt dieser ostthüringischen Kleinstadt, unter der viel zu großen Schloßanlage. Hat soeben sein linkes Bein aus der eingebrochenen Gemüsestiege befreit, balanciert nun vorsichtig auf den beiden Querstreben der Kiste, sieht hinab auf die gesenkten Köpfe der Leute, die um Billiges feilschen. Liebe Mitmenschen, hat Benjamin gerufen. Ich möchte euch sagen, daß eure Einsamkeit um so größer wird, je kleiner ihr euch machen laßt! Seine Stimme ist vor Erregung heiser, trägt nur wenige Schritt weit. Aber ein Punkmädchen, das, an die steinerne Brunneneinfassung gelehnt, im Mittag döst, schaut auf und trinkt ihm zu aus einer Cola-Büchse.

Prost! sagt das Mädchen. Und möchte vielleicht noch etwas hinzufügen. Aber dafür fehlen ihm die Worte.

Heute kommt er wohl nicht mehr, sagt eine der Bäuerinnen hinter den Bergen von Trockenblumen. Sie heißt Tosca Schwamm und kommt aus Klein-Liebringen.

Warts ab, entgegnet ihre Standnachbarin, die aus Groß-Eutersdorf kommt und einfach nur Trude gerufen wird. Mit dem Fahrrad ist sie gefahren. Um vier in der Nacht ist sie aufgebrochen, mit dem Anhänger hintendran, der Vollgummireifen hat und darum so holpert. Warts ab!

Der da abgewartet werden soll oder nicht, das ist der Fliegende Holländer, der schon zweimal hier auf dem Markt gewesen ist. Mit einem riesigen Auto voll blühender Blumen, die es zu dieser Jahreszeit und in dieser ostthüringischen Kleinstadt gar nicht geben darf. Darin sind sich die Trude und die Tosca ganz einig. Aber die Leute haben gekauft, trotz des hohen Wechselkurses. Und seither fürchten die beiden Bäuerinnen den Fliegenden Holländer, der ihnen das bißchen Geschäft mit den Trockenblumen verdirbt.

Das Wasser gräbt er uns ab, sagt die Trude. In die Suppe spuckt er uns, sagt sie.

Heute kommt er wohl nicht mehr, tröstet Tosca Schwamm.

Ich habe euch gesehen, ruft Benjamin, krampfhaft bemüht, auf der umgestülpten Gemüsestiege sein Gleichgewicht zu wahren. Wenige Monate ist das erst her. Da war Erwartung in euren Gesichtern. Eure Rücken waren aufgerichtet.

Ein eisessender Spastiker, der hoffnungslos sein Jackett besabbert, bleibt vor Benjamin stehen, ohne ihn anzusehen, ist einzig konzentriert aufs Zuhören. Eine gebrechliche Frau, mit Einkaufstaschen beladen, setzt seufzend ihre Last ab und reibt die schmerzenden Finger.

Was, ruft Benjamin, ist mit euch inzwischen geschehen? Die kleine Frau blickt ihn erschrocken an, nimmt hastig ihre Taschen wieder auf, als müsse sie vor einer Schuld davonlaufen. Als weiter nichts geschieht, entschließt sie sich doch zum Bleiben. Sie steht ganz still, die Taschen in verkrampften Händen.

Halt endlich dein Maul! schreit ein Kutscher, der soeben ein Erdinger Weißbier erstanden hat: zum Wechselkurs eins zu drei. Sprüche hatten wir genug, schreit er. Jetzt wollen wir endlich mal leben! Mit dem Pfandglas in der Hand kommt er herausfordernd ganz dicht an Benjamin heran. Der möchte dem wütenden Blick standhalten, vermag es aber nicht.

Klirren, ein plötzlicher Lärm, ein erschreckter Aufschrei helfen ihm aus seiner Schwäche. Benjamin wendet den Blick, sieht einen Mann gestikulierend über den Markt rennen. Der Kutscher winkt ab und geht, sein geleertes Glas gegen den Pfandbetrag eintauschen.

Mach du mal weiter, fordert das Punkmädchen ihn auf. Es hebt die Cola-Büchse und prostet ihm erneut zu.

Was mach ich hier eigentlich? fragt sich Benjamin verwundert. Wie komm ich auf diese Gemüsestiege? Ein Wadenkrampf hat ihn befallen, zitternd steht er auf dem Querholz und kann nicht absteigen. Seine Hand umklammert den Zettel mit Jules Adresse: Schloßaufgang IV. Vermutlich wird er erwartet. Was hat er gesagt, dieser Kutscher? Jetzt wollen wir endlich mal leben! – Leben, sagt Benjamin. Freilich. Aber was heißt das? Liebe Leute, was Leben ist, das muß schon jeder für sich allein herausfinden. Laßt euch nicht verkleinern auf einen Bruchteil von euch, der Recorder kauft und pornographische Hefte! Ihr seid doch mehr, sagt Benjamin. Und wenn ihr leben wollt…

Potthoff der Zwerg kauert auf dem Straßenpflaster bei den Behinderten, die ihr Holzspielzeug ausgebreitet haben. Aber doch auch in erkennbarem Abstand zu denen. So bietet er Modeschmuck an, den er aus Kupferdraht fertigt. Wenige Wochen noch, weiß Potthoff, dann wird er sich seinen sehnlichsten Wunsch erfüllen. Dann gibt es die Währungsunion, dann wird er Mitglied im Club kleiner Menschen.

Schon einmal, Jahre ist das her, hat Potthoff die Mitgliedschaft in dieser Vereinigung beantragt, die es nur im freizügigen Teil Europas, also im westlichen, gibt. Damals ist seine Aufnahme daran gescheitert, daß er nicht über frei konvertierbare Währung für den Mitgliedsbeitrag verfügte.

Noch ein paar Wochen, weiß Potthoff, dann bin ich endlich unter meinesgleichen. Darum auch hält er sorgsam diesen Abstand zur Friedel mit dem Stützapparat, die nebenan mit dem Holzkram sitzt. Nein, ein Behinderter ist Potthoff nicht. Sondern ein richtiger Mensch, ein normaler, sagt er. Nur eben halt ein kleiner. Einssechsunddreißig, zeigt die Meßlatte bei den allabendlichen Überprüfungen. Einsneununddreißig steht in Potthoffs Ausweis. Das ist auch das Maß, das er überall verkündet. Von dem er hofft, daß er es irgendwann auf eine noch nicht erkennbare Weise erreichen könne. Mit einer Operation vielleicht, die ihm das gute Geld ermöglicht, das er bald haben wird. Oder einfach durch ein Wunder.

Dort, wo der Boulevard in den Markt einmündet, kommt ein Trupp Skinheads geschlendert, trampelt beiläufig über das Holzspielzeug. Die Friedel heult verzweifelt los. Potthoff muß ansehen, wie sein Modeschmuck unter genagelten Stiefeln zermalmt wird. Die Umstehenden gehen beiseit. Zur Wehr setzt sich niemand.

Im Herbst, ruft Benjamin, habt ihr die Angst hinter euch gelassen! Warum kehrt ihr wieder in sie zurück?

Dem Spastiker rinnt das zerlaufende Eis aus dem Papier, läuft in seinen Jackenärmel. Ja, sagt er. Warum, will er fragen. Wwwwwww... Die gebrechliche Frau sieht die näherkommenden Skinheads und trippelt eilig davon.

An der Stelle, wo vorhin das Lärmen war, sind zwei Polizisten aufgetaucht. Der gestikulierende Mann ist bei ihnen. Er deutet auf ein Fenster mit zerbrochener Scheibe im Haus Markt einundzwanzig. Die Polizisten öffnen die Tür.

Jetzt hat auch der Spastiker seinen Platz verlassen. Die Kunden vor der Weißbierbude ziehen sich unters Rathaus zurück. Die Bäuerinnen packen eilig ihre Trockenblumen zusammen. Schnell fort, sagt Tosca Schwamm. Die Trude aus Groß-Eutersdorf rennt mit dem Fahrradanhänger über den Markt.

Benjamins Zuhörerschaft besteht nur noch aus dem Punkmädchen. Langsam weicht es zurück bis hinter die Brunnenschale. Und Benjamin wendet sich ausschließlich dem Mädchen zu. Zur Freiheit, sagt er, die wir jetzt haben, gehört auch der Mut, nein zu sagen zur Barbarei. Sonst ist es bald wieder vorbei mit der Freiheit.

Die Augen des Punkmädchens sind weit aufgerissen. Sie blicken an Benjamin vorbei: auf etwas, das wohl in seinem Rücken geschieht. Benjamin sieht sich nicht um.

Hau doch ab! brüllt jemand von irgendwoher. Es könnte die Stimme des Kutschers sein, denkt Benjamin. Aber sicher ist er sich nicht. Auch weiß er nicht genau, ob der Rat ihn meint.

Man könnte vermuten, will Benjamin sagen, und ihm gelingt nur noch ein heiseres Flüstern: man könnte vermuten, der einzelne nähme da einen hoffnungslosen Kampf auf. Aber eben darin, liebe Brüder und Schwestern, daß wir dennoch nicht aufgeben, liegt alle Hoffnung. Das Ende des Primitiven beginnt dort, wo der einzelne sich weigert, es hinzunehmen. Eine Lilie blühet über Berg und Tal, in allen Enden der Erde ...

Die Augen des Punkmädchens werden schmal, schließen sich wie unter einem nicht zu tragenden Schmerz. An ihnen sieht Benjamin, daß es die letzten Worte sind, die ihm zu sagen bleiben. Kaum merklich duckt er sich vorm Ungewissen. Der Schlag trifft ihn am Hinterkopf. Er weiß nicht, daß er mit einer Kette geführt wird. Er nimmt nicht mehr wahr, daß das Punkmädchen die Hände vors Gesicht geschlagen hat. Er will an Jule denken, die nicht weit von hier auf ihn wartet. Der er näher ist, als sie ahnen mag. Doch es bleibt keine Zeit, daß sich an die beschworenen Buchstaben noch ein Bild fügte. Er stürzt von der Stiege. Die Skinheads gehen weiter. Und die wenigen Zeugen wenden sich ab, als hätten sie nichts gesehen.

Flaschen-Gerhard sitzt noch auf dem Stuhl. Hotte der Untermieter hat sich über den Tisch gebeugt, mit ausgestreckten Händen. Seine entzündeten Augen stieren böse auf Gerhard den Friedfertigen. In Hottes Kopf wirbelt allein der Gedanke, betrogen zu sein. Und der da sitzt, ist der einzige, den er schuldig zu nennen weiß. Bebend vor Zorn schließen sich seine Finger um Gerhards faltigen Hals. Flaschen-Gerhard, der immer weniger versteht, wofür er gestraft werden soll, blickt einem unsinnigen Tod ins stiere Auge. In panischer Angst schiebt er zwei Finger unter Hottes Hemdkragen, und dann vollführt sein Oberkörper eine Vierteldrehung. Hottes Augäpfel quellen hervor. Die Hände an Gerhards Hals lockern den Griff. Hotte sinkt schwer auf Gerhards Arm. Flaschen-Gerhard vermag unter der Last die Hand nicht mehr zurückzudrehen. In diesem Moment springt die Tür auf, zwei Polizisten treten herein. Hinter ihnen erscheint Posecker im Türrahmen.

Gerhard, ruft der Ältere der beiden Schutzleute, was machst denn du für Geschichten!

Helft mir mal, ächzt Gerhard. Ich werd den nicht mehr los!

Die Polizisten drehen den toten Hotte auf den Rücken. Gerhard kann seine abgestorbenen Finger aus dem Hemdkragen befreien. Und der jüngere Schutzmann sagt: Den ganzen Tag nichts als Ärger. Und das bei dieser miesen Bezahlung!

Der andere ist an das zerbrochene Fenster getreten, blickt hinunter auf den Markt und sagt: Sieh mal, da unten liegt noch einer.

Soll ich den Arzt rufen? bietet Posecker an.

Gute Idee, sagt der ältere Polizist. Auch wenn er vermutlich zu spät kommt.

Sie hat zum drittenmal Tee aufgebrüht. Es läutet an der Wohnungstür. Juliane fährt zusammen. Sitzt auf ihrem Stuhl wie gelähmt. Das muß Ben sein! Das Läuten wiederholt sich. Endlich fällt die Starre von ihr ab. Sie rennt zur Tür. Draußen steht ein Polizist. Wir haben da einen gefunden. Der hat ihre Adresse bei sich.

Ja, sagt Jule. Was ist mit ihm?

Sind Sie bereit, ihn zu identifizieren?

Ja, sagt Jule noch einmal. Dann dreht sich für sie die Welt auf den Kopf.

Der Sinn, ruft Koarle im nächtlichen Erkerzimmer der Habichtsburg, wo ist er? Ich kann ihn nicht sehen! Auch nicht im Zauberglas!

Wovon redet er?

Wir dachten, unser Umgehen gilt dem Erinnern. Aber überall triffst du nur aufs Vergessen. Die gleichen Fehler, die gleichen Niederlagen, das gleiche Sterben!

Klein-Walter, den Kopf in beide Hände gestützt, sinnt dem verlorenen Sohn hinternach. Erinnerung, murmelt er, was ist das? Eine vergilbte Fotografie, auf der wir fehlen, weil wir noch schnell aus dem Bild getreten sind, um uns das Haar zu scheiteln. Ein vergessenes Glas, für uns eingeschenkt, aus dem wir nie tranken, obwohl der Durst uns verzehrte – wir hatten es nicht bemerkt vor lauter Anspannung, nur ja nichts Wichtiges zu versäumen.

Robert kramt in den verstaubten Regalen. Er findet ein Schreibheft, unbenutzt, trägt es zum Tisch. Wir werden jetzt unsere Geschichten aufschreiben, entscheidet er. Jeder die seine. Vielleicht kommen wir dann endlich zur Ruhe. Er greift nach dem Kopierstift, den Klein-Walter, hinters rechte Ohr geklemmt, noch immer bei sich trägt, setzt sich zum Licht. Koarle schaut ihm über die Schulter zu, wie er in ungelenken Buchstaben schreibt: Robert der Einarmige verläßt das Erzgebirge …

VI

Die Metzgerei und Schankwirtschaft Kirchhasel hat überm Eingang ein neues Schankzeichen aufgesteckt: bunt und bei Nacht sogar beleuchtet – gespendet vom Brauhaus Schiffergold im Oberfränkischen, dessen Sudpfannen sich, seit auch dort die Zeche in harter Einheitswährung beglichen wird, bis ins Ostthüringische ergießen. Seitdem bleibt Arthur der Wirt auf seinen Vorräten an Saalfelder Grottenbräu sitzen. Wohl ist der Gerstensaft von jenseits des Rennsteigs um etliches teurer, dafür ist er aber auch richtig gehopft und nicht etwa, wie das sozialistische Alltagsbier, mit Rindergalle gebittert. Da sitzt nun das Kirchhaseler Mannsvolk, durstig wie stets um diese Stunde, in Arthurs Schankstube und probiert, was ihm über die Jahre vorenthalten wurde. Leckt sich die Lippen, sieht Blumen erblühen auf fränkischem Bier und träumt großdeutsche Träume. Lothringen, erinnert sich Rentner Habelschwerdt, da haben wir damals Panzerstellungen geschaufelt!

Aber zuerst, verlangt Umsiedler Granzow, holen wir uns Ostpreußen zurück!

Die Krim! erinnert Arthur und dreht am Zapfhahn. Und es ist nicht ganz klar, ob in seinen Worten eine Spur Ironie mitschwingt, als er fordert: Vergeßt mir die Krim nicht, da wollte ich schon längst mal Urlaub machen!

Derart verteilen also die Männer von Kirchhasel die Welt neu. Zugegeben: nicht alle sind da. Lehrer Umlauff etwa bleibt heute daheim, weil seine Frau das so will: die pöbeln dich dort eh bloß an, hat sie gesagt, wegen weil du Partei gewesen bist! Und: willst du mich etwa allein lassen mit diesem Fernsehen voll von Katastrophen? Nein, das wagt Lehrer Umlauff nicht. Und etliche von den ganz alten Bauern sitzen auch nicht bei Arthur; die machen sich lieber auf den Weg bis in den Weiler Kuhfraß, dessen Wirt mit den Kulmbachern abgeschlossen hat. Die schlürfen nun in Kuhfraß ein Angedenken, das nach goldener Vorkriegszeit schmeckt. Zu bereden gibts mehr als genug in diesen bewegten Zeiten, in Kuhfraß wie in Kirchhasel. Das Wunder des Wandels schwebt als ein Silberstreif überm wölkenden Tabakrauch. Und nun gilt es zu entscheiden, wem die Früchte dieses Wunders zustehen und wem nicht. Filialleiter Bienert von der örtlichen Sparkasse offenbart soeben, unter strenger Wahrung des Bankgeheimnisses, wie sich der Kontostand eines parteizugehörigen Schulmeisters von dem eines genossenschaftlichen Traktoristen unterscheidet.

Willy der Dorftrottel, der nicht schreiben kann und nie ein Bankkonto hatte, ist vom Paradies ausgesperrt und muß sich das neue Geld von Arthur zeigen lassen. Gerechtigkeit für alle! verlangt Willy. Und hofft, daß ihm endlich jemand ein Bier spendiere.

Für die Gerechtigkeit, entgegnet der Bienert, müsse nun jeder alleine sorgen. Die da oben, sein Zeigefinger weist auf Arthurs getäfelte Stubendecke, können ja nicht wissen, wer in Kirchhasel auf welcher Seite gestanden sei.

Das ist nämlich Demokratie, pflichtet Waldarbeiter Zehner ihm bei.

Und weil ihm noch immer niemand ein Bier spendiert, erklärt nun der Willy, da wolle er doch gleich mal anfangen mit der Gerechtigkeit. Steht auf und verläßt entschlossenen Blikkes die Metzgerei und Schankwirtschaft Kirchhasel. Jetzt ist es für eine Weile ganz still bei Arthur. Nur Umsiedler Granzow, der eben in Deutsch-Ostafrika weilte, wundert sich über das plötzliche Schweigen. Ist was passiert?

In dieser Nacht zerscherbt ein faustgroßer Stein Umlauffs Wohnzimmerfenster und beendet den trauten Familienabend. Die Frau des Lehrers verbringt den Rest der Nacht heulend in der fensterlosen Besenkammer. Dorfpolizist Bohlig, der neben Umlauff wohnt und das Klirren gehört hat, zieht sich sich die Bettdecke übers Ohr, weil für demokratische Steinwürfe noch keine Dienstanweisung vorliegt.

Kurz vor Mitternacht begleicht Rentner Habelschwerdt als letzter Gast seine Rechnung: ein einziges Bier. Arthur lächelt höflich und bedankt sich. Was für Zeiten! Er reicht dem Habelschwerdt den Krückstock, verschließt hinter ihm die Tür und will eben die Lampen löschen, da klopft es noch einmal. Auf der Schwelle steht Alfred der Asphaltflicker, trägt in beiden Händen Einkaufsnetze voll leerer Bierflaschen. Alfred, der seit dreißig Jahren davon träumt, die Landstraße nach Großeutersdorf, der er nach jedem Winter die Frostaufbrüche zu stopfen hat, mit einer funkelnagelneuen Schwarzdecke zu überziehen: mit befestigten Randstreifen, markiert, mit Richtungspfeilen und Katzenaugen in den Kurven. Doch dafür war nie Geld da. Und für diesen Kummer, der dem Alfred aus dem nicht getanen Lebenswerk erwächst, sind also die Bierflaschen gedacht, gegen die jetzt der Wirt das Leergut eintauschen soll. Arthur bückt sich und greift in den Kasten mit dem fränkischen Schiffergold.

Das nicht, wehrt der Alfred ab. Das macht mein Magen nicht mit. Der verträgt bloß noch, was ich immer gesoffen hab: Rindergalle. Die neue Zeit kommt für mich zu spät! – Als der Asphaltflicker geht, läßt er für Arthur die Hoffnung zurück, die restlichen Vorräte an Saalfelder Grottenbräu doch noch an den Mann zu bringen.

Es ist Nacht. Mondlos. Die Straßenbeleuchtung in Kirchhasel besteht aus zwei Peitschenleuchten: vorm Schulhaus die eine, die andere am Abzweig nach Kochberg. In deren trübem Schein sieht Alfred am Straßenrand ein Auto, Marke Trabant. Kein glücklicher Parkplatz, dieser Kreuzungsbereich, denkt er sich. Und erkennt: da sitzt jemand hinterm Lenkrad, den Kopf weit zurückgelehnt, den Mund aufgerissen. Alfred sieht die weißen Zähne blecken.

Alfred erwägt, einfach weiterzugehen. Immerhin, die Nacht ist mondlos. Ich muß nichts gesehen haben. Und wer weiß, was es für Ärger bringt, wenn ich mich einmische! Aber dann stellt er doch seine Bierflaschen am Straßenrand ab; Asphaltflicker, sagt Alfred, sind auch Menschen. Er nimmt allen Mut zusammen und öffnet die Autotür. Da sitzt eine Frau. Und sie lebt noch. Atmet laut keuchend, in kurzen Stößen. Ihre Hände umkrampfen das Lenkrad. Verwirrt steht Alfred und weiß nicht weiter.

Die Wehen, sagt Juliane, wurden immer heftiger. Und sie kamen in immer kürzeren Abständen. Jedesmal, wenn eine neue Schmerzwelle nahte, lenkte ich den Wagen an den rechten Straßenrand, hielt an, zog die Handbremse fest und wartete, bis das Ärgste vorüber war. Ich atmete tief durch, löste die Handbremse und fuhr ein Stück weiter. Irgendwann wußte ich: jetzt geht es nicht mehr. Wenn nicht ein Wunder geschieht, bringe ich mein Kind im Auto zur Welt. Ich hatte keine Vorstellung, wo ich mich befand, wie weit es noch bis zur Klinik war. Und dann stand plötzlich dieser Mann vor mir.

Ich krieg ein Kind, sagt die Frau im Auto. Sie stöhnt. Ich brauch einen Arzt! Ratsuchend schaut Alfred sich um im nächtlichen Kirchhasel. Einen Arzt gibt es hier nicht. Das Dorf liegt in tiefem Schlaf. Alle Fenster sind dunkel. Nur bei Arthur dem Wirt brennt noch ein Licht.

Polizeistunde, ruft Arthur, als an die Haustür gepocht wird. Weit in der Nacht ist es. Was die Leute sich so denken!

Telefon, dringend! ruft aufgeregt eine Stimme jenseits der Tür.

Bin ich die Post? fragt sich Arthur. Doch dann erinnert er sich, daß die Stimme wie die vom Alfred klingt. Womöglich hat der hier was liegenlassen. Und nun dreht er doch den Schlüssel im Schloß und schiebt den Riegel zurück. Da ragt ihm ein dicker Bauch entgegen, der gehört zu einer Frau, die er nicht kennt. Und Arthur ist schon im Nachthemd.

Guter Gott, seufzt die Frau.

Nein, entgegnet Arthur. Ich bin der Wirt.

Sie kriegt ein Kind, brüllt Alfred der Asphaltflicker aufgeregt. Und drängt sich zwischen Türpfosten und dickem Bauch hindurch in Arthurs Gesichtskreis.

Ich hab selber Augen im Kopf, knurrt der Wirt. Aber bin ich die Hebamme?

Ruf den Krankenwagen! Es ist eilig!

Kommt erst mal rein, entscheidet Arthur, wendet sich um und will zum Telefon gehen. Kommt aber nicht vom Fleck, weil Alfred in all der Verwirrung auf seinen Pantoffel getreten ist und dort wie angewurzelt stehenbleibt.

Warum geht er nicht endlich zum Telefon? denkt Alfred verzweifelt.

Warum hält er mich fest, wenn es angeblich so eilt? fragt sich Arthur.

Ein spitzer Aufschrei der Frau erlöst die Männer aus ihrem Mißverständnis. Erschrocken tritt Alfred beiseit, der befreite Pantoffel segelt quer durch den Schankraum, und hinkend, weil zur Hälfte barfüßig, hastet der Wirt zum Telefon. Wo stand das bloß gleich?

Auf dem Tresen, souffliert Alfred beflissen. Mit vor Aufregung zitternden Händen, die Fingerspitzen sorgsam angeleckt, blättert Arthur im Fernsprechbuch.

Die Frau hockt auf der Bank am Kachelofen, wimmert leise. Nur immer ruhig Blut, sagt Alfred. Er meint damit sich, doch er sagt es laut.

Wo ist Blut? fragt Arthur nervös. Aber jetzt hat er die richtige Nummer gefunden. Hier Metzgerei und Kirchwirtschaft Schankhasel! brüllt der Wirt in den Apparat.

Ein erneuter Schrei, lauter und langgezogener noch als der vorige, ein rechter Urschrei, durchhallt die nächtliche Schankstube. Im Haus gegenüber, sieht Alfred der Asphaltflicker, gehen die Lampen an. Traktorist Dünnbein, ein Junggeselle, der sich gelegentlich im Dorfkonsum vor den Frauen entblößt, lehnt sich weit aus dem Fenster. Und ein paar Häuser straßab entschließt sich Dorfpolizist Bohlig, nun doch das Bett zu verlassen und in die Uniform zu steigen. In der Eile kann er das Koppel nicht finden.

Arthur der Wirt hat auf der linken Hand eine Warze, die stammt noch aus sozialistischer Vergangenheit. Darum hat auch alles Besprechen nichts genützt. An der polkt er herum, wenn er sich nicht zu helfen weiß. Also auch jetzt. Und nun beginnt die Warze zu bluten. Und will damit nicht mehr aufhören. Erschüttert sieht der Wirt sein eigenes Blut auf den Tresen tropfen.

Ich merkte, sagt Juliane, daß ich das Kind nicht mehr halten konnte. Na los, dachte ich, dann nichts wie raus. Die fremden

Männer waren mir völlig egal. Ich suchte nach einer Position, in der ich pressen könnte, kroch auf dem Boden herum, suchte nach einem Halt. Mit beiden Händen umfaßte ich die Kante der Sitzbank. Was dann schrie, das war nicht ich, sondern die Verzweiflung in mir. Ben! schrie diese Verzweiflung. Da spürte ich seine Hand in meinem Nacken, die andere tupfte mir den Schweiß von der Stirn. Ich wurde ganz ruhig, sagt Jule. Und dann ging alles ganz einfach. Anna glitt wie ein Fisch aus mir heraus. Ich wollte nicht glauben, daß es nun schon vorbei war. Doch da lag das Kind in meinem Rock; da kann es nicht bleiben, dachte ich noch. Und: die Nabelschnur muß durchtrennt werden. Ich vermißte Bens Hand in meinem Nakken. Und dann heulte ich los: vor Glück, daß es da war; und vor Schmerz, daß es keinen Vater mehr hatte.

Gebt mal ein Tuch, verlangt soeben die Frau, die jetzt vor der Bank auf den Dielen kauert und ihren Rock zusammenhält. Ein sauberes!

Und während der Wirt nach den Tischdecken eilt, frisch gestärkt und gebügelt, sieht Alfred eine dünne Blutspur übers Dielbrett rinnen. Seine Augäpfel drehen sich einwärts. Der Wirt hört von der Ofenbank her ein dünnes Stimmchen plärren. Und gleich darauf einen dumpfen Fall. Der rührt davon, daß Alfred, ein gefällter Baum, lang hingestreckt am Boden liegt.

Ein Mädchen, stellt Arthur mit Kennerblick fest, als er das Kind in die Tischdecke wickelt.

Sie heißt Anna.

Arthur schenkt einen Schnaps ein für Alfred, der noch immer auf den Brettern liegt. Als er merkt, wie weich seine eigenen Knie sind, leert er das erste Glas selbst.

Der Rettungswagen fährt mit Sondersignal und mit Mutter und Kind aus dem nächtlichen Kirchhasel. Dorfpolizist Bohlig legt grüßend die rechte Hand an den Mützenschirm, die linke umklammert verzweifelt den koppellosen Hosenbund.

Arthur hat die angebrochene Schnapsflasche zwischen Alfred und sich auf den Tisch gestellt. Das ist eine Geschichte, die ins Fernsehen muß, erklärt Alfred der Asphaltflicker und hält dem Wirt das geleerte Glas unter die Nase.

Recht hat er, denkt Arthur, während er großzügig nachschenkt. Und er sieht im Geiste schon die Männer aus dem Weiler Kuhfraß, dicht gedrängt um seinen Tresen, seiner Erzählung von der seltsamen Geburt eines Menschen in der Metzgerei und Schankwirtschaft Kirchhasel lauschen.

VII

Robert weiß es zuerst. Während Koarle und Klein-Walter sich im Wechsel bemühen, mit dem abgenagten Kopierstift ihre Geschichten zu Papier zu bringen, hat er das schon hinter sich. Und kann wieder wahrnehmen, was rundum geschieht. Zwei Tage und zwei Nächte behält er es für sich.

Du bist nervös, stellt Koarle fest. Ist was passiert?

Die Burg hat einen neuen Besitzer!

Klein-Walter fällt der Kopierstift aus der Hand.

Um welchen Preis? will Koarle wissen.

Um einen Hosenknopf.

Und wer ist es?

Macht euch selber ein Bild.

Aus den Trümmern des Wandels ist ein Mann aufgetaucht, der sich als Nachfahre des letzten Raubritters bezeichnet und Anspruch auf die Immobilie Habichtsburg erhebt. Zwar finden sich keine Urkunden, doch sein Raubvogelgesicht und das Versprechen, in strukturschwacher Region neue Arbeitsplätze zu schaffen, überzeugen die im Entstehen begriffenen lokalen Behörden. Siegfried Habicht, so nennt sich der neue Eigner, erlangt staatliche Fördermittel, um das ungenutzte Parteiheim Habichtsburg in ein Nostalgie-Hotel umzubauen. Er gilt als Investor, entsprechend respektvoll wird er behandelt.

Habicht thront im Büro und stellt Personal ein. An der Wand drängen sich die Bewerber. Nostalgie heißt Erinnerung, teilt der Burgherr den Kandidaten mit, die aus umliegenden Dörfern gekommen sind. Das heißt, ihr sollt euch eurer Vergangenheit nicht schämen. Ich selbst hab für vieles Verständnis, eigentlich bin ich ein alter Achtundsechziger. Nun zu den Aufgaben. Wir werden unsren Gästen lebendige Bilder aus der Vergangenheit der Burg vermitteln, und dazu muß jeder entsprechende Rollen übernehmen. Wir bieten zwei nostalgische Grundsituationen: 1. romantisches Raubritternest. 2. sozialistische Kaderschmiede. Die Gäste haben die Wahl. In Angebot 1 erscheint unser Zimmermädchen als Burgfräulein, in Angebot 2 als Politkommissarin. Prinzip verstanden?

Und wer wird nun eingestellt, Herr Bussard?

Habicht denkt nach. Ich nehme alle, entscheidet er. Auf Probe. Bezahlt wird ab Festanstellung.

In der Nacht geht der neue Burgherr schlaftrunken übern Gang zur Toilette. Da läuft ihm der Geist des Raubritters über den Weg und lächelt den geschäftstüchtigen Nachfahren bewundernd an. Mann, haben Sie mich erschreckt, schnauzt Habicht. Nichts gegen Ihren Arbeitseifer. Aber können Sie nicht bei Tag und an abgelegner Stelle üben?

Seelisch verletzt beginnt der Raubritter zu bluten. Gekränkt ist er auch, weil dem neuen Herrn verwandtschaftliche Bande wenig zu gelten scheinen. Kettenrasselnd zieht er seine Bahn.

Und vergeuden Sie nicht mein Ketchup, schimpft Habicht ihm nach. Immer dran denken: alles hier kostet mein Geld!

Hat jemand mein Zauberglas? erkundigt sich Robert. Vergeblich hat er die Taschen seiner Joppe durchwühlt.

Seht doch mal! Klein-Walter hält das kleine Weltabbild gegen das Licht. Da hinten, ist das nicht der Benjamin?

Zeig her! Robert greift nach dem Wunderding, Klein-Walter läßt zu früh los oder Robert faßt zu spät zu, das Glas fällt auf den Boden und zerspringt in tausend Scherben.

Das wars dann wohl mit der Zauberei, konstatiert Koarle.

Klein-Walter nimmt es nicht schwer. Weit mehr beschäftigt

ihn, was er gesehen zu haben meint: den totgeglaubten Benjamin.

Was soll daran so aufregend sein? fragt Robert, während er die Scherben aufklaubt. Er wäre nicht der erste, der zweimal auf die Welt kommt, behauptet er. In Liegnitz, als die Mongolen einfielen, war eine Frau eben am Entbinden. Der Kopf des Kindes schaut schon heraus, da dringt eine Horde der Schlitzäugigen in die Kammer. Mutig verjagt die Kindelfrau die fremden Eindringlinge mit ihrem Geschrei und den blutigen Lappen. Doch das Kind ist inzwischen in den Mutterleib zurückgekehrt. Es kommt erst wieder hervor, als die Mongolen aus Schlesien ganz vertrieben sind.

An ihren Lügen sollt ihr sie erkennen! Koarle sagt das, und seine Stimme ist von schneidender Schärfe. Er hält das Schreibheft mit ihren Erinnerungen in der Hand und betrachtet Robert von Kopf bis Fuß voller Verachtung.

Hast du heimlich gelesen?

Hör dir das an! verlangt Koarle von Klein-Walter. Er liest: Alles hatte sich so unglücklich entwickelt, daß für Robert des Bleibens bei den Seinigen nicht mehr war; vielmehr mußte er verlassen, was ihm lieb und teuer war und in der Ferne sein Glück suchen ... Was sagst du dazu?

Ein bißchen allgemein, wie?

Genauer krieg ichs nicht aufs Papier, verteidigt sich Robert. Was bist du so aufgebracht?

Seit Ewigkeiten gehen wir um, angeblich unserer Rechtfertigung wegen. Und was geschieht wirklich? Neue Lügen häufen wir an. Mir reichts. Ich gehe. Mit seiner Vergangenheit muß jeder allein klarkommen.

Die Tür zum Erkerzimmer wird aufgerissen. Ein probeangestelltes Burgfräulein, das sein historisches Kostüm im Schlafzimmer des Eigners abgelegt hat, steht auf der Schwelle. Verzeihung, wo ist die Toilette?

Ich gehe auch, entscheidet Klein-Walter. Jetzt, wo es hier von falschen Gespenstern wimmelt!

In dieser Nacht räumen die Wiedergänger ihr Domizil in der Habichtsburg und gehen auseinander. Jeder seinen eigenen

Weg. Zum Abschied tragen sie die feierlichen Chapeaux claques, mit denen sie einst Jakob Böhme ehrten.

Bald darauf erscheint im Vereinsregister der Landeshauptstadt eine Gesellschaft Morgenröthe im Aufgang e. V. – der Mann, der den Verein anmeldet, trägt einen Nadelstreifen-Anzug.

In der Kreisstadt, in der Kirchgasse nahe dem Pfarrhaus, öffnet ein Beratungsbüro für Probleme Nichttoter. Der Inhaber ist einarmig und spricht einen östlichen Dialekt.

In einer mittleren Gemeinde im oberen Donautal wird für das kommende Frühjahr die Einrichtung eines Instituts zur experimentellen Erforschung deutscher Schmiedekunst seit den Tagen der Kelten angekündigt. Die Förderung aus Bundesmitteln ist beantragt.

Investor Habicht hat in den umliegenden Orten etliche Konten eröffnet und fleißig ungedeckte Schecks ausgeschrieben. Beim Geld deutscher Banken hört irgendwann die öffentliche Rücksichtnahme auf, auch gegenüber Investoren. Doch der Polizist mit dem Haftbefehl findet nur die Probeangestellten im Schloßhof versammelt. Der Burgherr ist auf unbestimmte Zeit verreist. Während der Polizist das ausgeräumte Schlafzimmer des Eigners inspiziert, singt der Habichtsburger Kaderchor unisono: Dem Morgenrot entgegen, ihr Kampfgenossen all …

Ben hat die Klinik verlassen, und damit endgültig das, was als Zeit bezeichnet wird. Seinen Schlaf hat die Ärztin Trauma genannt. Hat er Jahre gedauert? Oder nur einen Augenblick? Endet damit das Erinnern? Oder beginnt es jetzt neu? Der Geruch von scharfem Desinfektionsmittel begleitet ihn noch eine Weile.

5. Buch
Unzeit

I

Der Briefträger hat geläutet. Jule öffnet die Haustür. Es ist nicht der Briefträger. Ein fremder Mann steht vor ihr. Ist das Ben? Ich denke, stammelt Jule, du bist …

Nein, sagt Benjamin, ich war. Und jetzt …

Betreten stehen sie voreinander. Guten Morgen, Frau Liebetrau! ruft Jule der Nachbarin zu, die im Fensterbrett liegt. Schöner Morgen, dieser Morgen heut …

Das Kind, sagt Benjamin. Vielleicht könnte ich es sehen?

Natürlich. Das Kind.

Benjamin steht in der unaufgeräumten Stube. Er überlegt, ob er sich setzen soll. Aber es ist sowieso kein Stuhl frei. Überall Wäsche, Windeln. Auf dem Tisch benutztes Geschirr.

Das ist Anna.

Benjamin sieht die verstörte Frau mit dem winzigen Bündel im Arm. Denkt, er müsse jetzt etwas empfinden, ein väterliches Gerührtsein. Doch nichts dergleichen will sich einstellen. Ist es ein Junge?

Ich sagte doch: Anna.

Ja. Natürlich.

Magst du einen Tee? Er ist aber kalt.

Gern. Er klemmt sich auf die vordere Kante eines der beladenen Stühle.

Ich räum das gleich weg.

Nicht nötig! Er nippt an dem Glas. Der Tee schmeckt bitter. Es macht mir übrigens nichts aus, sagt er.

Ich kann auch frischen Tee brühen.

Ich meine, daß es kein Junge ist.

Ach so. Ich hab mich übrigens nach dir erkundigen wollen. Sie haben aber keine Auskunft gegeben, weil wir nicht verwandt sind.

Ja, sagt Benjamin. So machen sie das. Er rührt Zucker in das bittere Getränk. Denkst du noch manchmal an den letzten Sommer?

Ja, sagt Jule. Manchmal. Anna braucht jetzt ihr zweites Frühstück. Ich hoffe, es stört dich nicht.

Der kalte Tee schmeckt nun widerlich süß. Jule wickelt schweigend das Kind. Benjamin steht auf, tritt hinter sie, umfaßt mit beiden Händen ihren Körper, der jetzt weicher ist, als er ihn in Erinnerung hat. Auch Jules Geruch ist ein fremder.

Hör auf, verlangt Jule. Bitte! Sie nimmt das Kind auf, hält es schützend vor sich. Verlegen weicht Ben zurück.

Mußt du schon gehen?

Ja. Leider.

Wir bringen dich zur Tür.

Die Nachbarin liegt noch immer im Fenster. Habt ihr Besuch?

Schöner Morgen, ruft Jule.

Alles Gute, sagt Ben. Mühsam um Haltung bemüht, stolpert er den holprigen Schloßaufgang hinab.

Am Abend steigen die Schatten lautlos und schnell an der Häuserfront des Schloßbergs empor. Es erinnert an Schiffsuntergänge. Aus dem Berghang, in den sich die Häuser ängstlich tief eingegraben haben, tritt schmatzend die Nässe in Jules Stube. Die schimmelige Tapete nimmt die Farbe eines späten Ozeans an. Der blinde Spiegel hinter der Tür beginnt zu leuchten. Jules Gesicht, im Abglanz fremder Vergangenheiten, wird ein anderes. In dieser Stunde öffnen sich zahllose Kästchen und Schachteln, aufgestapelt in all den Schränken, Kommoden und Vertikos, mit denen die Wohnung vollgestellt ist. Abgegriffene Schildpattkämme wandern träumend durch Jules Haar, verblichene Seidentücher legen sich sanft auf ihre Schulter. Spangen aus angelaufenem Silber raffen ihr Kleid, geflochtene Bänder umspielen ihr Handgelenk. Wie Weihrauch durchströmt der Duft von Mottenkugeln die feierliche Szenerie. Nun setzt sich auch noch die Spieluhr in der Spanholzschachtel in Bewegung und läßt ihre Melodie der Sehnsucht erklingen; es erinnert an christliche Seefahrt, an fernen Möwenschrei und an große Fische mit herausfordernd trägem Flossenschlag. Klöppeldecken und brokatene Tischläufer entrollen sich. Das Blatt einer abgewelkten Rose löst sich aus dem Vergessen; unendlich sacht schwebt es zu Boden. Wie eine niemals einzulösende Sehnsucht. Schleifen fallen von gebündelten Erwartungen, es öffnen sich vergilbte Brautbriefe mit beigelegter Stirnlocke, und das mürbe Papier zittert vor verheimlichter Erregung. Zwischen artigen Zeilen in Schönschrift seufzen die ausgebliebenen Monatsblutungen und die unbezahlte Schneiderrechnung. Anna schläft, Jule beschwört längst vergessene Leben. Und es ist, als setze sie aus den geborgten Fragmenten Stück um Stück ihr eigenes Sein zusammen.

Über dem Vertiko hängt ein Kunstdruck, dunkel gerahmt, von dem Jule annimmt, es sei eine fernöstliche Seidenstickerei. Das Bildnis zeigt, vor schneebedecktem Phantasiegebirge, ein Seestück mit haushoch tosenden Wogen, auf denen, gischtumschäumt, ein zerbrechliches Schifflein schaukelt. Die beiden Matrosen an Bord heißen Eusebio und Enrico. Ihnen schlagen tätowierte Herzen mit der Inschrift »Juliane«. Das Meer wütet, macht die winzige Nußschale zum Spielball. Schon bricht die erste schwere Welle über Deck, schon neigt sich ächzend der Mastbaum.

Einmal holt uns die See, singt Jule wehmütig. Und das Meer gibt keinen von uns zurück, singt sie.

Noch einmal, wie jeden Abend, widmen die beiden Todgeweihten einen letzten tätowierten Herzschlag der fernen Geliebten. Dann spült sie, unterm dumpfen Geläut der Schiffsglocke, ihr Schicksal, der Ozean, hinab. Die salzige Wehmut aller Schiffbrüche vergangener und künftiger Zeiten und die Liebe zu allen ertrunkenen Kapitänen verdichtet sich zu einem stummen Seufzer, den Jule sich selbst und der Welt verschweigt. Der Windeltopf brodelt. Anna schreit. Nur ein paar Spritzer eisigen Seewassers, allein dem Eingeweihten erkennbar, bleiben auf dem durchgetretenen Orientteppich zurück.

Benjamin hat es gehört: ein unheimliches Geräusch, als würde ganz plötzlich etwas auseinanderreißen. Er weiß nicht zu sagen, ob das in ihm selbst oder außerhalb seines Kopfes geschehen ist. Doch er weiß, das ist die Zeit, die da zerrissen ist. Mitten entzwei, und die Teile entfernen sich schnell voneinander. Und die Leute, die in den verschiedenen Zeiten sind, haben überhaupt keine Aussicht, sich noch einmal zu begegnen. Sie stehen am Rand ihres Augenblicks und sehen den anderen unaufhaltsam davonziehen. Der einzige Trost bei all dem ist, denkt Benjamin, daß es in Wahrheit gar keine Zeit gibt, daß dies alles nur eine Übereinkunft war, angestiftet von der Uhrenindustrie. Aber auch die Übereinkunft ist nun zerrissen. Und für die Betroffenen ist es, als lebten sie in ganz und gar verschiedenen Zeiten.

Gregor der Große, sagt eine Stimme, unterscheidet verschiedene Formen von Träumen. – Wer spricht da? – Das Uhaml. Es liegt im Kinderwagen in der Ringgasse unterm Schloßberg.

Wie kommst du denn hierher?

Im Zustand zwischen Wachen und Schlafen, so Gregor, entsteht das visum oder phantasma. Sagt das Uhaml.

Was soll das? Laß mich in Frieden, mir gehts nicht gut!

Sorgen oder schlimme Befürchtungen, fährt das Uhaml unbeirrt fort, lösen das insomnium aus. Die visio dagegen nimmt das Wirkliche vorweg. Was du jetzt brauchst, ist die incubatio, der Tempelschlaf. Der Tempel heißt Zum Goldenen Anker und liegt an der Saale hellem Strande.

Gehorsam schiebt Benjamin den Kinderwagen übers Bukkelpflaster in die angegebene Richtung.

Eine junge Frau vertritt ihm den Weg. Ich bin die Karin. Und du bist der Neue von der Jule, stimmts? Die Frau Liebetrau hat es erzählt. Fährst du dein Kind aus? Darf ich mirs ansehen?

Ohne Benjamins Antwort abzuwarten, beugt sie sich über den Wagen, drückt vorsichtig das füllige Kissen beiseit und – ist dann eine Weile sehr still. Ungeduldig tritt Ben von einem Fuß auf den anderen. Endlich richtet die Karin sich auf. Ihre Nase ist spitz, ihr Gesicht ein wenig blasser als eben noch. Sie schaut an Ben vorbei und flüstert: Da habt ihrs ja eben auch nicht ganz leicht.

Das kann man wohl sagen!

Nun hat es die Karin plötzlich sehr eilig. Kinder sind Kinder, sagt sie. Wir müssen nehmen, was kommt. Und jeder von uns hat seine eigenen Sorgen! Eilig entfernt sie sich auf dem Holperpflaster. An der Ecke blickt sie sich noch einmal scheu um. Im Wagen das Uhaml kichert.

Zum Goldenen Anker. Ben trägt das Uhaml in die Gaststube. Die ist fast leer, nur ein sehr alter Mann sitzt im Eck am kalten Ofen.

Was trinken wir? fragt er den kleinen Geist.

Bier und Doppelkorn!

Ich versteh die Welt nicht mehr, klagt Ben.

Da bist du nicht der einzige.

Sie sucht mich, ich komme. Und dann das!

Nischte asunste is schwar wies Labn, murmelt der sehr alte Mann am kalten Ofen. Er reibt die Gichtknoten auf seinen Händen.

Im Schloßaufgang IV, der Stuhl, auf dem Benjamin saß, ist noch warm, leuchtet der blinde Spiegel.

Ting-Tang-Tellerlein –
Wer klopft an meine Tür …

Drei Mädchen in altmodischen Kleidchen singen im matten Abglanz des Spiegels, tanzen und lächeln Jule mitleidig an. Sie tragen weiße Schleifen im Haar. Der warme Ton von Bromsilber verklärt ihren Reigen.

Ein wunderschönes Engelein,
Das sprach zu mir:
Erster Stein, zweiter Stein …

Wer seid ihr? fragt Jule.

Wir teilen dein Geschick, ruft eines der Mädchen.

Dritter Stein soll bei mir sein!

Wehmut liegt über dem lebenden Bild. Eine Hochzeit ohne Bräutigam, denkt Jule.

Ich bin Meta, sagt das Mädchen. Komm zu uns, Schwester. Willkommen bei den Verlassenen!

Eine kleine Hand ragt aus dem Spiegel, reckt sich Jule entgegen.

Hör mal, gellt eine andere Stimme. Ich weiß einen Rat für dich. Es gibt Weibchen, die töten ihr Männchen, sobald sie begattet sind. Irgendwelche Käfer. Die haben dann unsere Sorgen nicht! – Die Mädchen kreischen. Ihre Freude ist laut und überanstrengt.

Ich bin kein Käfer, sagt Jule.

Die weiße Kinderhand zieht sich in den Spiegel zurück. Sie will nicht zu uns, sagt Meta. Sie denkt wohl noch, es gelingt ihr besser als uns.

Das haben wir alle mal gedacht!

Und nun, sieht Jule, altern plötzlich die Kindergesichter. Die kleinen Körper verhutzeln. Die Jüngste der Alten tritt aus dem Reigen heraus. Ich versteh dich, sagt sie. Ich wollte auch nicht hierher! Was soll ich unter Sitzengelassenen?

Du Schwuchtelgunke! schimpft Meta. Dir werd ich Luft machen!

Männertälsche Klauster!

Verschamsterte Klafter!

Sie geifern Gift und Galle, fahren sich in die Haare. Aufhören, fordert die Älteste. Sie kann uns noch sehen!

Verlegen halten die Zankenden ein. Jule sieht drei verhutzelte Weiblein traurig aus dem Spiegel hatschen. Das Licht erlischt.

Ting-Tang-Tellerlein! singt Jule betroffen. Sie sucht nach dem Schlüssel, nimmt das Kind und rennt aus dem Haus.

Leere Sprüche, sagt Ben im GOLDENEN ANKER. Der Alte im Eck hört nicht darauf. Ich hab auch welche, sagt Ben. Ein Licht ist im anderen …

Prost! ruft das Uhaml.

Eine Liebe rühret die andere, sagt Ben.

Benjamin!

Was ist?

In der Tür steht Jule, das Kind auf dem Arm.

II

Ich war fünfzehn, als sie die Straße vor unserem Haus erneuerten. Ich stand in der Hecke und betrachtete aufgeregt sein gebräuntes Gesicht, die kräftigen Arme. Ich stellte mir vor, sie schließen sich um mich.

Die Mutter holt mich ins Haus. Wer sich mit denen einläßt, landet in der Gosse.

Ich verachte die Mutter abgrundtief. Ich hasse sie.

Sie wohnen im Bauwagen, hinter der Kuhweide. Sonntags nach der Kirche nehm ich den Sommerweg hinterm Dorf. Vom Erlensaum seh ich den Wagen. Sie sitzen im Gras, trinken Bier. Ich hör ihr Gelächter. So räche ich mich an der Mutter.

Als ich gehe, kommt er aus den Erlen. Unwirklich. Eine Erscheinung. Packt mich am Arm. Hält ein Messer in der Hand, drückt mir die Klinge an den Hals. Zieh dich aus!

Ich kann mich nicht rühren. Er rammt mir sein Knie in den Bauch.

Warum, will ich fragen. Ich kann nicht sprechen. Er zerfetzt mit dem Messer mein Kleid. Ich spüre die Klinge auf meiner Haut. Eisig. Sehe Blut auf seinen Händen. Ist es meins? Ich bin körperlos.

Ich denke, ich ersticke. Er stößt mich ins Gras. Breitbeinig steht er über mir. Knöpft sich auf. Auf der Weide liegen Kuhfladen. Ich greife hinein. Wehrlos. Die Gosse!

Was geschieht, geht ohne mich vonstatten. Ich sehe mich liegen. Die Angst hat ein widerlich verzerrtes Gesicht. Sie keucht. Und sie macht mich zu Stein. Es gefällt dir, schreit die Angst. Sag, daß es dir gefällt, schreit sie.

Ich sehe den Speichel im fremden Mund. Er trifft mich. Auf den Bauch. Ins Gesicht. Ich bin tot, sag ich mir. Es hilft nicht. Alles ist Schmerz.

Jule spricht stockend, mit langen Pausen. Ben sitzt reglos; atmet er? Die Uhr in der Stube hält an.

Seitdem, sagt Jule, lebe ich mit der Angst vor der Angst. Letzten Sommer war sie weg. Gestern nicht.

Eine Tasse fällt vom Tisch. Ben bückt sich nach den Scherben.

III

Familienfoto. Jule hat es angeordnet und macht sich nun fein. Mit Spitzenkragen und Schnürstiefeletten. Auf das Fischbeinkorselett hat sie schweren Herzens verzichtet: es war ihrer vollen Milchbrust nicht gewachsen. Anna im Steckkissen. Und Ben soll einen Chapeau-Claque tragen. Verschämt versteckt er ihn unterm Arm. Feierlich, eine Prozession, wenn auch eine kleine, schreiten sie den Schloßaufgang hinab. Die Frau Liebetrau, die wie immer im Fenster liegt, wischt gerührt eine Träne von der welken Wange.

Der Fotograf, ein verwachsener Mensch mit starken Augengläsern, lauert hinter der Ladentür. Benjamin greift nach der Klinke, die springt von ihm fort. Er stolpert und landet in den Armen des Fotografen, der beflissen die Tür aufgerissen hat. Guten Tag, die Herrschaften!

Wir wünschen uns abgelichtet, sagt Jule. Als Familie.

Stets zu Diensten! Behend springt der Verwachsene zur Seite, öffnet eine Portiere und schaltet das Atelierlicht ein. Darf ich bitten? Er zieht an einer Schnur, himmelblau entrollt sich der Hintergrund. Die neue Zeit, schwärmt der Mann. Was für Möglichkeiten! Er rollt eine weiße Gartenbank vor das Himmelblau. Das Bild des neuen Menschen! Der Ehemann bitte auf diese Seite!

Wir sind nicht verheiratet, knurrt Ben. Doch er setzt sich gehorsam.

So? Na, auf dem Foto wird man das nicht sehen! Meckerndes Lachen.

Jule setzt sich nicht. Die Dame, was ist?

Wir wollen uns schwarzweiß. Oder, noch besser, in diesen Brauntönen aus Großmutters Zeit.

Nachsichtiges Lächeln. Ein Leporello entfaltet sich. Jule sieht rosige Gesichter optimistisch ins Himmelblau strahlen, postkartengroß. Abtudeht! ruft der Lichtbildner. Wissen Sie, was das bedeutet? Auf der Höhe der Zeit sein!

Ich bin nicht schwindelfrei, gesteht Jule. Ich bleib lieber unten.

Enttäuscht, daß seine gewachsenen Möglichkeiten so wenig gewürdigt sind, macht sich der Mann ans Umrüsten. Benjamin wird mit der Bank beiseite gerollt. Suse, liebe Suse, singt Jule, weil Anna im Steckkissen unruhig wird.

Der Fotograf schleppt einen Plüschsessel herbei. Er schwitzt. Jule setzt sich, ordnet die Falbeln an Annas Steckkissen. Der Lichtbildner verschwindet hinterm Apparat. Wo ist denn der Ehe ... ich meine, der Herr?

Benjamin stellt sich neben den Sessel. Der Lichtbildner zieht das Schnupftuch aus der Tasche, nimmt die Brille ab und wischt sich den Schweiß aus den Augen. Den Hut, verlangt Jule. Setz ihn auf! Verschämt zieht Ben die ihm peinliche Kopfbedeckung unterm Arm hervor. Mit lautem Knall öffnet sich der Chapeau-Claque.

Nanu? Erschreckt läßt der Lichtbildner Schnupftuch und Brille fallen. Was war das? Blind schaut er um sich, sieht verschwommen einen hellen Fleck auf dem Linoleum, streckt die Hand aus, bückt sich. Ein knirschender Laut läßt ihn innehalten. Er steht auf der Brille.

Was nun?

Drücken Sie einfach ab, rät Jule. Es wird schon richtig sein.

Bitte recht freundlich! Anna plärrt los. Und jetzt macht es: klick.

Diese neumodischen Sonderwünsche, seufzt entnervt der Fotograf. Da sehen Sie mal, was dabei rauskommt!

Anderntags holen sie das Ergebnis ab. In Schwarzweiß: die stolze Jule, die plärrende Anna; Benjamin ist nur vom Kinn abwärts abgelichtet. Macht nichts, entscheidet Jule. Seine wichtigsten Teile sind ja drauf! Schamhaft errötet der Fotograf.

Die Metzgerei und Schankwirtschaft Kirchhasel steht zum Verkauf. Arthur der Wirt kommt nicht auf sein Geld. Schulden muß er aufnehmen – wo hat es das schon gegeben in seiner Familie! Die Leute müssen ihr bißchen Geld zusammenhalten und kommen bloß noch am Freitag zu Arthur. Und die wenigen Getreuen, auf die er noch täglich zählen kann, finden am Stammtisch Platz. Filialleiter Bienert gehört nicht mehr zu ihnen; er ist aus dem Dorf verschwunden. Mit etlichem Geld, das nicht ihm gehört. Aber der Lehrer Umlauff kommt jetzt gelegentlich wieder. Und überläßt seine Frau der Einsamkeit und dem Fernsehprogramm aller Kanäle.

Von deiner Partei, sagt Waldarbeiter Zehner zu Umlauff, hab ich ja niemals nichts gehalten! Bonzensippschaft! Er spuckt auf den Boden. Aber was jetzt ist, das wird am Ende für uns noch schlimmer!

Umlauff ist mißtrauisch. Soll das eine Provokation sein? Und wie verhält sich einer, der verbeamtet werden will, zu solch düsterem Orakel? Also entschließt sich der Lehrer, eine Lage zu schmeißen. Das kann von keiner Seite falsch ausgelegt werden.

Lausige Zeiten, knurrt Arthur. Jedenfalls für unsereinen. Guck dir die Wurst an im Supermarkt. Alles light! Und was ist das? Lauter Chemie, vermischt mit viel Wasser.

Hier ist es passiert, sagt Jule. Sie steht in der Tür und deutet auf die Ofenbank. Neugierig schaut Ben über ihre Schulter.

Aber nein auch! ruft Arthur. Das sind ja Sie! Aber so was auch! Wie gehts denn unserem Kind?

Danke der Nachfrage. Jule überreicht artig ein kleines Paket, säuberlich eingewickelt in buntes Papier. Ben betrachtet verlegen die verräucherte Holzdecke. Mit ungelenken Fingern nestelt Arthur am Bindfaden. Sie können ruhig die Schere nehmen.

Danke, sagt Arthur.

Das Päckchen enthält Arthurs Tischdecke, gewaschen, gestärkt und gebügelt. Und das Familienfoto. Aber nein auch! wiederholt Arthur gerührt. Das war doch nicht nötig!

Doch, widerspricht Jule.

Und Arthur verkündet: Freibier. Für alle.

Für mich Saft, ich muß stillen, verlangt Jule. Und erkundigt sich: Wo ist denn der andere, der damals umgefallen ist?

Hol mal einer den Alfred, bittet der Wirt. Und nun kommt der Zapfhahn nicht mehr zur Ruhe. Alle trinken auf das Wohl der kleinen Dame. Wo ist sie denn überhaupt? will der Zehner wissen.

Sie schläft noch, sagt Jule. Im Auto. Später hol ich sie rein.

Auf die glückliche Mutter! schreit Waldarbeiter Zehner.

Vergeßt mir den Vater nicht, mahnt Rentner Habelschwerdt. Der hat ja schließlich auch sein Teil … das heißt … ich meine … Also prost! – Sie trinken, was das Zeug hält.

Du mußt jetzt auch eine Runde bezahlen, flüstert Jule in Benjamins Ohr. Und ruft dem Wirt zu: Das nächste Bier geht auf unsere Rechnung!

Arthur hat Hammer und Nägel gebracht, das Foto erhält einen Ehrenplatz über der Ofenbank. Dann kommt Alfred der Asphaltflicker und schmeißt eine Lage. Auf ex! Er geht zu der Ofenbank, kniet sich ächzend auf die Dielung. Hier hat sie gehockt, demonstriert Alfred Jules Entbindung.

Und dort, ruft Arthur, hat es dich umgehaun! Was sind wir Männer bloß für Schwächlinge!

Prost! schreit Habelschwerdt. Und: Ex!

Jule sieht Ben besorgt an. Ist dir nicht gut? Du bist ganz grün im Gesicht.

Die saufen wie die Löcher, stöhnt Ben. Das steh ich nicht durch.

Auf die Zukunft! schreit Zehner. Und daß unsre Kinder lange Hälse kriegen!

Wo gehts zur Toilette, erkundigt sich Benjamin.

Jule trägt Anna in die Gaststube. Hoch soll sie leben, singen die Männer. Daß ich das noch erlebe, sagt Arthur der Wirt. Dicke Tränen kullern aus seinen Augen.

Wie ich aus Gefangenschaft komme, erzählt Rentner Habelschwerdt, ist der Junge schon Drei. Und brüllt vor Angst, als er mich sieht. Du wirst es mal besser haben, sagt er zu Anna. Die lächelt ihn an. Und nun heult der Habelschwerdt auch noch.

Sie sollten sich mal um den Mann kümmern, sagt Arthur zu Jule. Ich glaub, der ist da draußen eingeschlafen.

Ach du liebe Güte! Jule findet einen Ben, dem es nicht gutgeht. Sie reinigt ihn notdürftig. Mühsam erreicht er das Auto. Jule holt Anna. Zum Abschied überreicht ihr der Wirt ein Wurstpaket. Garantiert ohne Chemie, versichert er ihr.

Danke, sagt Jule. Für alles!

Junge Frau, sagt Arthur, Sie haben uns ein großes Glück geschenkt. Das passiert einem nicht oft im Leben.

Da drückt Jule dem Wirt einen dicken Kuß auf die stoppelige Wange, steigt in das bahamagelbe Auto mit der tundragrünen Motorhaube und fährt davon. Die Männer in der Gaststube singen: So ein Tag, so wunderschön wie heute, so ein Tag, der dürfte nie vergehn.

Jule hat Ben ins Bett geschleift. Er sieht sehr elend aus. Zärtlich streichen ihre Fingerspitzen über das aschgraue Gesicht.

Du bist überhaupt das Beste, flüstert Jule, was mir im Leben begegnen konnte.

IV

Die Bücherei, in der Jule gearbeitet hat, gibt es nicht mehr. Die Stadt ist hoch verschuldet und muß sparen. Ein Prüfer hat festgestellt, daß seit dem Wandel im Land die Ausleihen stark zurückgegangen sind.

Das stimmt ja, sagt Jule. Doch es wird nicht so bleiben!

Dem leeren Stadtsäckel hilft das nicht auf. Ein Kippauto fährt die Bestände zur Müllhalde. Jule hat ein paar Armvoll ihrer Lieblingsbücher gerettet. Nun verstauben die Stapel in der Wohnung am Schloßaufgang. Jule ist arbeitslos.

Es fängt nicht eben gut an mit uns, stellt Benjamin fest.

Doch, entgegnet Jule. Was würde ich jetzt machen ohne Anna und dich?

An der Ecke zur Stiftsgasse hat es ein Sanitätsgeschäft gehabt. Künstliche Arme und Beine, leicht verstaubt, weil so häufig nicht benötigt, lagen da aus. Ein wenig unangenehm anzusehen in ihrer künstlichen Nacktheit. Aber schon auch tröstlich, sagt Ben, für den Fall, daß einem gelegentlich solch ein Körperteil abhanden käme. Sie stehen vor dem Schaufenster, das nun viel bunter anzusehen ist als all die Jahre zuvor. Und Jule macht große Augen. Garten Eden, so heißt inzwischen der Laden. Aus einem verborgenen Lautsprecher stöhnt eine unsichtbare Frau. Und statt der Arme und Beine werden künstliche Geschlechtsteile angeboten. In erstaunlichen Größen. Die, sagt Ben, sollen nun freilich kein eigenes Körperteil ersetzen, das einem womöglich verlorenging. Sie sind gedacht als Ersatz für einen Partner, den man nicht hat. Ein elektrischer Antrieb, heißt es, mache sie so gut wie lebendig.

Wohin sind wir geraten? fragt Jule entsetzt.

Benjamin kommt vom Einkauf. Ein fremder Mann sitzt in Jules guter Stube.

Der Herr ist der neue Eigner dieses Hauses, stellt Jule den Besucher vor.

Guten Tag, sagt Benjamin höflich.

Er will, daß wir ausziehen, teilt Jule mit.

Moment, bitte! Der Eigner, um Korrektheit bemüht, hebt den Zeigefinger. Es geht nur um Sie, sagt er zu Jule. Dieser Herr hat hier kein Wohnrecht.

Er ist der Vater meines Kindes!

So? Ein Kind wollen Sie auch haben? Davon steht nichts im Mietvertrag.

Als der abgeschlossen wurde, gab es das Kind noch nicht.

Wie kommen Sie eigentlich zu dem Haus? fragt Ben. Ich denke, es ist in städtischem Besitz?

Rückgeführtes Eigentum, ruft der Mann. Wiedergutgemachtes Unrecht! Dann korrigiert er sich: Was rede ich überhaupt mit Ihnen. Sie haben von mir keine Auskunft zu fordern.

Jule starrt auf die großen Poren in den Nasenflügeln des Eigners. Sie sind mit dicken Talgpfropfen verstopft.

Die Fakten sind eindeutig, sagt der Mann. Ich kündige den Mietvertrag wegen Eigenbedarfs. Und ich biete Ihnen Ersatzwohnraum für eine Person. Das Gesetz ist auf meiner Seite!

Raus, sagt Jule. Verschwinden Sie auf der Stelle!

Mal langsam. Wir sind hier in meinem Eigentum! Ich an Ihrer Stelle würde ganz still sein! Bei Ihrem Lebenswandel!

Ben steht auf und schiebt den Stuhl zurück. Herr, sagt er,

ich an Ihrer Stelle würde jetzt ganz schnell gehen. Sonst geschieht nämlich gleich ein Unglück.

Sie bedrohen mich? Der Eigner ist jetzt hochrot im Gesicht. Das werden Sie noch bereuen! Jetzt herrschen hier nämlich wieder Recht und Ordnung! Er greift seinen Hut, will gehen, vertut sich in der Tür und landet im Schlafzimmer. Erschrokken fängt Anna an zu heulen.

Hier hinaus. Aber schnell! Jule wirft hinter dem Eigner die Eingangstür ins Schloß.

Was ist denn in dich gefahren? Jule staunt. Ich kenn dich nicht wieder!

Irgendwann, sagt Ben, ist jeder Krug voll. Und meiner läuft jetzt über!

Nach einigen Tagen erhält Jule mit eingeschriebener Post die Kündigung ihres Mietvertrages. Sie läuft zum Rechtsanwalt und erfährt, daß Widerspruch sinnlos sei.

Komm, schlägt Ben vor, wir fahren zum Kohlberg. Vielleicht können wir dort neu anfangen.

V

Du kommst zu spät, sagt die alte Frau Schellenberger. Das brauchte sie gar nicht auszusprechen, denn Benjamin hat es gesehen: ein Bagger schiebt die Reste des Kohlberghofes zusammen. Nur das abseits gelegene Auszugshäuschen steht noch. Ein Hotel soll da hin! Nächstes Jahr werd ich hundert, da kann ich ja noch als Küchenmädchen gehen! Die Alte lächelt. Und Jule bewundert ihre lückenlosen Reihen weißer Zähne. Alle echt, sagt sie stolz. Und dann lern ich Golf; aus den Feldern wird nämlich so ein Sportplatz!

Ich hab mir eine Frau geholt, sagt Benjamin.

Jaja, so ist das Leben. Die Alte wiegt den Kopf hin und her. Erst ist das Haus da, und es hat keine Frau dazu. Und dann kommt die Frau, und es ist kein Haus mehr da. Alles kriegst du nie zusammen im Leben!

Unser Kind, sagt Benjamin.

Wenn das der Alte noch sehen könnte! Sie schlurft zum Bild des Verstorbenen und flüstert mit ihm.

Ben führt Jule zum Mundloch des Stölln. Das war meine Zuflucht! Die Sonne steht hoch über den Asbacher Bergen, der Adlerfarn leuchtet grüngolden. Blaumeisen irrwischen durchs Geäst. Hinterm Berg ruft der Häher. Ben schließt die Augen und sieht die Elbin im Nebelkleid. Weiß tritt sie auf die Lichtung. Er bückt sich und pflückt ein Sträußel roten Dost.

Ben?

Er öffnet die Augen. Vor ihm steht Jule. Ihr Rock liegt im Farnkraut.

Beim Abschied schlägt sich die alte Frau Schellenberger die Hand an die Stirn. Das hätt ich wahrhaftig fast vergessen! Sie holt ein Päckchen vom Küchenschrank. Es liegt schon eine Weile da. Ich hatte ja keine Adresse.

Auf der Rückfahrt halten sie mitten im Wald an. Ben hat darum gebeten. Ich will dir was zeigen! Die Chaussee macht hier eine Spitzkehre.

Wohin willst du?

Da hinauf!

Dort vorn zweigt ein Fahrweg ab.

Der ist neu, sagt Ben irritiert. Sie fahren bis zum Abzweig. Waldhotel und Bunkermuseum, steht auf dem Wegweiser.

Fahren wir hin?

Ja, entscheidet Ben.

Der Weg führt aufwärts, hindurch zwischen Betonpfählen mit Resten von Stacheldraht. Das neue Anschlußstück mündet auf die alte Straße. Die ist asphaltiert. Rostige Lichtmaste. Ein eisernes Tor. Das Pförtnerhaus aus Beton.

Was ist das?

Ich weiß es nicht.

Willkommen im Waldhotel und Bunkermuseum Rennsteig! Im Bergstübel serviert eine Blondine. Sie heißt vermutlich Brigitte, flüstert Benjamin. – Die nächste Führung beginnt in wenigen Minuten. Wenn Sie sich bitte zum Eingang begeben wollen?

Gemeinsam mit neugierigen Touristen aus Hessen und Bayern folgen sie einem Mann in blauem Overall, steigen auf feuchten Betonstufen hinab in den Berg, gehen endlos durch betonierte Gänge, unterirdische Räume, vorbei an eisernen Bettgestellen, doppelstöckig, hören Worte wie Mannschaftsraum, Nachrichtenzentrale, Medpunkt. Ihr Führer gibt sich als ehemaliger Sicherheitsoffizier zu erkennen. Wir waren hier bis zur Währungsunion noch im Einsatz, verkündet er stolz. Oben haben sie Revolution gespielt, aber hier unten ging alles planmäßig weiter!

Jule ist weiß wie Handkäse.

Und was war mit den Veteranen oben in der Pension? will Ben wissen.

Das war bloß zur Tarnung. Die Alten haben nichts von uns gewußt. Die dachten, die Einrichtung existiert nur für sie! Übrigens ist hier noch alles intakt. Wir könnten sofort die Arbeit wieder aufnehmen.

Und warum haben Sie aufgehört?

Es gab keinen Auftrag mehr. Wir mußten überleben. Da haben wir den Bunker zum Museum gemacht. Fürs Hotel gab es Kredite von der Europäischen Union. Zinsgünstig. Sie können bei uns auch Bungalows mieten. Die Einrichtung ist garantiert original!

Laß uns gehen, bittet Jule. Auf der Heimfahrt fällt zwischen ihnen kein Wort.

Daheim öffnet Ben das geheimnisvolle Päckchen. Es trägt keinen Absender. Ein dickes Heft kommt zutage, alle Seiten mit Kopierstift eng beschrieben. Jule rückt ihren Stuhl dicht neben Benjamin. Sie lesen. Robert der Einarmige verläßt das Erzgebirge, als die letzte Silberstufe der Fundgrube Daniel leergefahren ist.

Was mag das sein?

Keine Ahnung.

Sie haben Mühe mit der alten Handschrift.

Benjamin legt das Heft aus der Hand. Ich habs, sagt er. Es sind die Geschichten meiner Vorfahren.

Sie lesen weiter. Bis weit in die Nacht. Bis zur letzten Seite.

Das Erinnern, sagt Ben, gerät schnell zum Versuch, sich freisprechen zu wollen. Von einer Schuld, die andere einem eingeredet haben.

Du mußt es weiterschreiben, entscheidet Jule, ohne zu zögern.

Wem kann das nützen?

Machs für die Anna.

In den nächsten Tagen tippt Jule die schwer zu entziffernde Handschrift ins Reine. Unterdes sucht Benjamin vergeblich nach einer bezahlbaren Wohnung. Niedergeschlagen kehrt er heim. Auf dem Tisch liegt das kopierstiftbeschriebene Heft. Was soll das Vergangene, wo es keine Zukunft gibt? Wütend stopft Ben das abgegriffene Heft in einen Umschlag und adressiert den zurück an die alte Frau Schellenberger. Die wird es aber nicht mehr erhalten. Als der freundliche Bauherr sie ins Altersheim brachte, hat sie den Briefkasten vom Türrahmen geschraubt. Der Postbote öffnet den Umschlag, der keinen Absender enthält. Aber auch der Inhalt, ein zerfledertes Schreibheft, hilft ihm nicht weiter. Er legt das Konvolut einfach auf die Schwelle. Dort wird Linda zur Mitternacht fündig, als es sie am verlassenen Kohlhof umtreibt.

Schäfer Liebs, erinnert sich Ben. Von ihm hat die Mutter gesprochen wie von einem Heiligen. Man mochte meinen, er wüßte um alle Rätsel des Lebens. An der Garderobe hängt ein schwarzer Mantel.

Auf dem Flug nach Westen sieht Ben den einstigen Grenzstreifen. Buschwerk und Krauticht überwuchern die ehmals tiefe Wunde quer durch die Landschaft. Bald wird davon nichts mehr zu sehen sein. Und dann, sagt sich Ben, wird uns niemand mehr verstehen, wenn wir von unseren Schmerzen reden, weil die Wunden unsichtbar geworden sind.

Der Mantel ist gelandet. Benjamin geht durch einen dunklen Gang, angefüllt mit Küchendunst. Die fremde Wohnung besteht aus nebeneinanderliegenden Kammern; am Ende eine offene Tür, dahinter Kindergeschrei. Ein alter Mann steht am Herd, rührt die Suppe.

Ein Landsmann, stellt Ben sich vor. Der Sohn vom Trebener Schmied.

Es ist früher Abend, und der riecht nach gekochtem Lauch. Ächzend bückt sich der Alte nach dem Nachttopf, von dem sich ein rotzverschmiertes Kind erhoben hat. Eine Schmiede, sagt er. Soso.

Ratlos steht Ben in dem Durcheinander aus spielenden Kindern und unabgewaschenem Geschirr. Das soll der Mann sein, der mehr sieht als alle? Am Tisch hockt eine junge Frau, kämmt sich vorm Spiegelscherben. Kathrine, sagt Liebs. Meine Frau.

Ich geh dann, sagt Kathrine. Sie verschwindet ohne weitere Umstände. Verwundert blickt Ben ihrem Abgang hinterdrein.

Nimm Platz, Landsmann.

Ben tut es. Und fährt gleich wieder hoch. Der Stuhl, auf dem er sich niedergelassen hat, schwimmt vor Nässe. Liebs reicht ihm ein Wischtuch. Ja, sagt der Schäfer. Die alten Zeiten.

Und die neuen, fügt Ben hinzu.

Sie spielen mit den Kindern Schafskopf. Gemeinsam singen sie: Wer hat die schönsten Schäfchen.

Deine Frau, fragt Benjamin, die Kathrine – wohin ist sie gegangen?

Sie sucht nach dem Leben, sagt der Alte. Denn sie hofft noch, es möchte mehr sein als das, was ist. Soso, sagt Liebs, die neuen Zeiten! In denen bist du jetzt angekommen, nicht wahr? Wo es nichts mehr gibt, was weh tut. Keine Leidenschaft mehr. Kein Glück. Nur noch Spaß, aber den muß man kaufen. Willkommen im langweiligsten Land der Welt!

Da war ich doch schon, widerspricht Ben. Da komm ich doch her!

Warts ab, orakelt Liebs. Erst reist ihr pauschal an die Costa Brava, später kriegt ihr alle unsre Allergien. Ihr schließt Versicherungen ab und leistet euch einen Therapeuten. Und schuftet euch krumm, um alles zu bezahlen. Ein Teufelskreis.

Und da kommt man nicht raus?

Weil jeder, auch wenn er das alles durchschaut hat, insgeheim glaubt, er könnte der Mühle ein Schnippchen schlagen und als einziger nicht vermahlen werden.

Endlich sind die Kinder im Bett. Also, was willst du? fragt der Liebs.

Es heißt, du hörst viel, weißt manches im voraus. Sagt Ben. Läßt sich denn das ganze Elend im Leben, auch wenn man es kommen sieht, nicht verhindern?

Liebs lächelt geheimnisvoll. Unmöglich wärs nicht. Es gibt eine Wurzel, die heißt Alraune. Die kann helfen gegen das Unheil. Wie damals der Krieg heraufgezogen ist, da hab ich eine gekauft auf dem Markt in Hohenelbe. Mein ganzes Erspartes hab ich draufgeben müssen, weil sie so selten wächst. Und weil es gefährlich ist, sie dem Boden zu entreißen. Man darf sie nämlich nicht berühren dabei. Man legt eine Schlinge um ihren Bauch, daran bindet man ein großes Stück Fleisch. Und darauf läßt man einen ausgehungerten Hund los. Der verbeißt sich in das Fleisch, dabei reißt er die Alraune aus der Erde. Unter Klagen und Wehgeschrei löst sich die Wurzel. Der Hund fällt auf der Stelle tot um. Aber wenn man sie nun in Rotwein badet, hat man einen treuen Freund fürs Leben und einen Schutz gegen das Verderben.

Aber es hat doch nicht geholfen, sagt Ben.

Liebs seufzt. Sie haben mich beschissen, damals in Hohenelbe. Es war keine wirkliche Alraune; nur die Wurzel der Zaunrübe Bryonia. Und die kann nun mal keinen Krieg verhindern.

Irgendwann kommt die Frau heim, die noch beinahe ein Kind ist. Müde hängen die Mundwinkel, ihre Augen sind leer. Sie beräumt eine Ecke des Tisches von Essenresten und Papierschnipseln. Sie trinkt Wasser aus einer angeschlagenen Tasse und wartet geduldig, bis Liebs sagt: Es ist spät.

Ben steht auf. Du meinst, fragt er abschließend, so wird es ewig weitergehen? Ohne Hoffnung? Immer mit Beschiß, mit solchen Zaunrüben …

Bryonia! Schäfer Liebs grinst. Nichts ist unendlich, sagt er.

Rom ist untergegangen, Karthago ist verschwunden. Warum soll es Volkswagen oder Mercedes anders ergehen?

In einer Kammer, darin Koffer und Kisten aufgetürmt sind, legt Benjamin sich auf einem Feldbett zur Ruhe. Durch die Wand hört er noch lange die Liebesseufzer der Kathrine. Am Morgen erwacht er am Schloßaufgang IV. Umstellt von Kartons und gepackten Koffern.

VI

Die Wohnung am Schloßaufgang IV ist ausgeräumt. Zuletzt stand noch ein kleines Holzkästchen auf dem Fensterbrett, von dem Jule nicht wußte, wem es gehört und wie es dahin kommt. Heimlich hat Ben es an sich genommen. Die Möbel sind untergestellt bei der Frau Liebetrau. Bis wir was finden, hat Benjamin gesagt. Jule steht in der leeren Stube und blickt beklommen auf die Wand, an der hüfthoch der Schimmel grünt. Hinter modrigen Scheuerleisten steigen glitzernd Silberfische auf. Ben will etwas Tröstliches sagen, aber Jule legt ihm den Finger auf den Mund. Und nun hört es auch Benjamin: ein leises Rauschen, das aus der Tiefe des Berges zu kommen scheint. Gleich, denkt er, steigt gurgelnd das Wasser durch die Dielen. Und der Berg nimmt Besitz von dem Haus, noch ehe der neue Eigner hier zum Zug kommt. Ein rostiger Nagel markiert traurig die Stelle, an der noch gestern Jules blinder Spiegel leuchtete. Das fernöstliche Bild mit den treuen Matrosen hat auf der Tapete einen hellen Flecken hinterlassen. Jule legt die Arme um Bens Hals, preßt ihre verheulte Wange an die seine.

Wieder einmal, flüstert sie, beginnt alles von vorn.

Komm, sagt Benjamin.

Sie gehen, ohne noch einmal zurückzublicken. Jule öffnet die Autotür. Viel Glück, ruft die Frau Liebetrau aus ihrem Fenster. Anna ist auf dem Rücksitz eingeschlafen.

VII

Der Schlüssel steckt im Zündschloß. Der Verschluß des Sicherheitsgurtes klickt. Und nun? fragt Ben.

Jule starrt durch die Windschutzscheibe, von der das Kondenswasser perlt, auf das bucklige Kopfsteinpflaster. Viele Wege, sagt sie, führen nach Rom.

Mit den Wegen, murmelt Benjamin, ist das so eine Sache!

Jule wendet den Kopf. Sie versteht nicht, worauf er anspielt. Doch er verschweigt ihr, daß er in der Nacht noch ein zweites Mal auf den schwarzen Mantel getreten ist. Diesmal ging es zur schlesischen Grenze. Jedenfalls will er glauben, daß es die war. Denn er sah einen Berg, den er für die Landeskrone nahm. Und einen Fluß, der sich für die Neiße halten ließ.

Am Hang der Landeskrone, weiß Benjamin, hat Jakob Böhme als Knabe die Kühe gehütet. Da hat er einen Blick tun dürfen in die tiefe Höhle, in der die funkelnden Schätze für die güldenen Zeiten lagern.

Ben hat sich die Augen ausgeschaut nach einem Spalt im Berg. Nichts. Grau in grau lag der nächtliche Hügel. Auf der Straße am Hangfuß traf er eine Frau mit strohgelbem Haar und breiten Hüften. Sie stand, das eine Bein im linken Straßengraben, das andere im rechten, und ihr Schoß trank das frischgeteerte Asphaltband mit dem leuchtenden Randstreifen und den Katzenaugen an der Bankette in sich hinein. Sie sah seinen fragenden Blick.

Es gilt nicht, erklärte sie. Es ist auch diesmal mißlungen. Man muß es zurücknehmen.

Beruhigt ist Ben auf den schwarzen Mantel getreten und zurückgeflogen. Er war da, eh Jule in der beräumten Wohnung erwachte. Jetzt, da Benjamin angestrengt schweigt, streicht sie energisch das Haar aus der Stirn. Fahren wir?

Was sonst!